GOLDMANN

Buch

Oxford im Jahre 1264. Während in England der Bürgerkrieg zwischen der Krone und den aufständischen Baronen unter der Führung Simon de Montforts tobt, wird die Universitätsstadt von anderen Ereignissen erschüttert: Ein junges Mädchen wird ermordet aufgefunden. Den Bürgern der Stadt, die einen Studenten für die Tat verantwortlich machen, bietet dies einen willkommenen Anlaß, um wieder einmal gegen alle Angehörigen der verhaßten Universität zu Felde zu ziehen. Zwei Studenten, die sich unvorsichtigerweise auf die Straße gewagt haben, werden dabei erschlagen. In dieser angespannten Situation macht sich William Falconer, ein Universitätslehrer mit einer ausgeprägten Leidenschaft für streng logische Aufklärungen von Kriminalfällen, auf die Suche nach dem Mörder des Mädchens. Überzeugt von der Unschuld des unter Verdacht stehenden Thomas, der den Mord nur entdeckte und außerdem zu Falconers eigenen Studenten zählt, trägt er Indizien zusammen, verhört Zeugen und stellt Theorien auf – wobei allerdings zunächst der Kreis der Verdächtigen immer größer wird: Da sind Fyssh, der griesgrämige Brotgeber des Mädchens, Joshua, der Thomas aus dem Weg räumen will, Master Bonham, der immer wieder frische Leichen für seine anatomischen Experimente braucht oder auch de Stepyng, der unbedingt einem Juden die Morde in die Schuhe schieben will. Master Falconer muß seine ganzen kombinatorischen Fähigkeiten ausspielen, um den wirklichen Mörder zu entlarven.

Autor

Ian Morson lebt und arbeitet in Berkhamstead, England. *Im Namen des Falken* ist sein erster Roman.

Ian Morson

Im Namen des Falken

ROMAN

Deutsch
von Bruno Genzler

GOLDMANN VERLAG

Die englische Originalausgabe erschien unter dem Titel
»Falconer's Crusade«
bei Victor Gollancz, London

Umwelthinweis:
Alle bedruckten Materialien dieses Taschenbuches
sind chlorfrei und umweltschonend.
Das Papier enthält Recycling-Anteile.

Der Goldmann Verlag
ist ein Unternehmen der Verlagsgruppe Bertelsmann

Deutsche Erstveröffentlichung 5/95

Umschlaggestaltung: Design Team München
Satz: IBV Satz- und Datentechnik GmbH, Berlin
Druck: Elsnerdruck, Berlin
Verlagsnummer: 42856
TT · Herstellung: Peter Papenbrok
Made in Germany
ISBN 3-442-42856-0

3 5 7 9 10 8 6 4 2

PROLOG

Obwohl er sich in Rom befand, fuhr ihm die feuchte Kühle in dem düsteren Steinpalast in die Glieder. Amaury de Montfort fröstelte, und er zog seinen Pelz fester über der Brust zusammen. Indem er sich über den Tisch beugte, nahm er von der Süßspeise, die der Engländer ihm anbot.

»Seid Ihr krank, mein Herr?« fragte der Engländer.

»Bloß ein wenig erkältet. Die zwei Jahre Kerker bei den Sarazenen stecken mir wohl immer noch in den Knochen.«

Er biß in ein saftiges Stück Marzipan. Der süße Geschmack von Zucker und Mandeln ließ ihm das Wasser im Mund zusammenlaufen. Speichel tröpfelte auf seinen Bart, der in den langen Jahren der Gefangenschaft graue Strähnen bekommen hatte. Erneut durchlief ihn ein Schauder, und der andere Mann, dessen Züge ernst und besorgt wirkten, beugte sich vor. Als das Gesicht des Engländers in den Lichtkegel der Kerze trat, meinte Montfort, in seinem Blick auch so etwas wie Verachtung zu entdecken. Er blinzelte ein paar Mal und öffnete die Augen wieder. Jetzt hatte er erneut nichts weiter als eine bloße Maske vor sich, eine Maske, die die Überheblichkeit widerspiegelte, die Amaury schon erwartet hatte. Er stopfte sich den Rest des süßen Konfekts in den Mund und streckte die Hand nach einem Apfel aus. Der Engländer kam ihm zuvor.

»Nehmt diesen hier, Graf. Der ist reifer und schöner als die anderen. Das Essen muß karg gewesen sein in Eurem sarazenischen Verlies.«

»Essen kann man den Fraß wohl nicht nennen, den man uns dort vorsetzte. Schweinefutter trifft schon eher zu.«

De Montfort begann den Apfel zu essen, obwohl ein Stechen in seinen Gedärmen ihn warnte, sich zu mäßigen. Doch sagte er sich: lieber am Überfluß erkranken als am Hunger. Der stechende Schmerz kam wieder, diesmal stärker noch, und er krümmte sich auf seinem harten Holzstuhl.

»Mein Herr. Ich fürchte, Ihr seid krank.« Die Stimme des Engländers klang fern und verzerrt. Sein Gesicht floß in den Lichtkegel der Kerze und wieder hinaus, wie Ebbe und Flut. Eine groteske Maske.

»Mir ist nicht wohl. Laßt meinen Arzt rufen.«

Der andere Mann lehnte sich noch weiter vor. Sein Gesicht berührte fast das seines Gegenüber. Armaury spürte, wie ihm der Schweiß übers Gesicht rann und von seiner Nase tröpfelte. Er zitterte vor Kälte, dann plötzlich wurde ihm die Hitze unerträglich. Die Stimme, die er vernahm, war haßerfüllt.

»Ich fürchte, es ist zu spät für einen Arzt.«

Wie mit einer Zange verdrehte ihm der Schmerz die Eingeweide. Sie brannten, als habe ein Schwert seinen Körper durchbohrt. Amaury stürzte vornüber zu Boden, während sein Stuhl mit einem dumpfen Schlag umfiel. Zweifellos würden seine Diener den Lärm hören. Er versuchte zu schreien, doch sein Mund war voller Blut und Erbrochenem, und sein Schreien war nicht mehr als ein bloßes Gurgeln.

»Die Mühe könnt Ihr Euch sparen. Ich habe Eure Dienerschaft mit reichlich Wein versorgen lassen. Man wird Euch nicht hören...«

Ein Röcheln drang aus der Kehle des Sterbenden, in der nun das gleiche Feuer brannte wie in seinen Eingeweiden.

»Mord.«

»Eher eine gnädige Erlösung vom sündigen Fleisch Eures Körpers. Ich gewähre Euch eine raschere Erlösung als Euer Vater dem meinen. Eine Gunst sozusagen.«

Sein Körper wand sich in starken Krämpfen. Seine Beine zuckten, und unwillkürlich trat er gegen den Tisch. Er kippte um, die tönerne Schüssel fiel zu Boden, und Äpfel und Süßigkeiten kullerten um ihn herum. Es waren Geschenke des Engländers, der vorgegeben hatte, einen Kreuzfahrer mit Neuigkeiten versorgen zu wollen, der zwei Jahre lang von der Welt abgeschnitten war. Außerdem hatte er behauptet, Amaurys Bruder zu kennen. Die Steinfliesen drückten sich kalt gegen seine glühenden Wangen. Seine Glieder gehorchten ihm nicht mehr. Er konnte nur noch auf die Füße und den großen schwarzen Schatten seines Mörders starren. Wieder hörte er dessen Stimme, entfernt und flüsternd.

»Eure Brüder tötete ich schon vor langer Zeit. Doch dann mußte ich warten, bis Ihr von Eurer unsinnigen Kreuzfahrt zurück wart. Wie ähnelt Ihr doch Eurem Vater.«

Im Sterben liegend, besudelt von seinem eigenen Erbrochenen, überkam seinen Geist eine eigenartige Klarheit, und die Wahrheit pochte in seinem Schädel. Seine Lippen versuchten das Wort zu formen, doch starb er, bevor er es aussprechen konnte.

Ketzer.

1. KAPITEL

Der grob gearbeitete, wie ein Vogel geformte Gegenstand schnellte in die Luft und stürzte zu Füßen des Turmes senkrecht zu Boden, zersplitterte auf der hartgefrorenen Erde. Oben auf dem Turm erschien ein Gesicht, spähte über die Brüstung und verschwand wieder. Kurze Zeit später trat der Mann aus einer Tür des Great Keep, dem höchsten Wachturm der Stadtmauer im Westen Oxfords, und begann, nach dem Artefakt zu suchen, das er vom Turm geworfen hatte. Von der gelben Turmmauer aus schritt er in immer größer werdenden Kreisen systematisch das Terrain ab, bis er mit einem knirschenden Geräusch auf etwas trat, das einmal sein Flugobjekt gewesen war. Seufzend hob er den neuerlichen Beweis seines fortwährenden Scheiterns, eine der grundlegendsten göttlichen Schöpfungen nachzuahmen, vom Boden auf. Es wollte ihm einfach nicht gelingen, den Vogelflug zu imitieren, und nachdenklich drehte er die Konstruktion aus Leder und Stäben in seinen Händen hin und her. Es war ein langer Tag gewesen für Regent Master William Falconer, Magister an der Universität Oxford.

Zur ersten Stunde des Tages, knapp sechs Stunden nach Mitternacht, war er aufgestanden. In der Dunkelheit des Wintermorgens besprenkelte er sein Gesicht nur kurz mit eiskaltem Wasser. Später nahm er dann mit seinen Studenten ein einfaches Frühstück im Gemeinschaftsraum der Aristotle's Hall ein, bei dem er, wie es bei allen Mahlzeiten Brauch war, darauf bestand, daß seine Studenten sich nur auf lateinisch unterhielten. Vorher hatte er jedoch schon die Zeit genutzt, um seine vogelähnliche Konstruktion fertigzustellen, von der er annahm, sie würde aufsteigen und davonschweben, wenn er erst dazu käme, sie vom Turm aus in die Luft zu werfen. Zur *Sext*, der sechsten Stunde des Tages, konnte er es dann kaum noch erwarten, sein Modell auszuprobieren. Zuvor hatte er die jüngeren Studenten unterrichtet und mit ihnen gemeinsam die Hauptmahlzeit eingenommen, ohne jedoch zu sehr auf seine lateinische Konversation zu dringen. Der ganze Nachmittag mit Vorlesungen in verschiedenen Schulen lag nun noch vor ihm. Die neunte Stunde, *Nones*, war schon lange vorbei, als er endlich dazu gekommen war, einen Versuch zu starten. Leichten Herzens hatte er die Abendmahlzeit ausfallen lassen, um in der beginnenden Dämmerung zum Great Keep zu eilen.

Und jetzt war er nur noch müde und hungrig. All seine Bemühungen hatten sich als vergeblich erwiesen.

Wie vermißte er doch die freimütigen Gespräche mit seinem Freund und Lehrmeister Roger Bacon. Der Franziskanermönch war sieben Jahre zuvor, im Jahr 1257, von seinem Orden in ein Kloster verbannt worden, und Falconer spürte häufig das Verlangen, seine Ideen an diesem unabhängigen Geist zu erproben. Es war Bacon gewesen, der ihn gelehrt hatte, daß Wissenschaft auf empirischen Untersuchungen basierte und nicht auf einem Spiel mit Worten und Zitaten. Und er war es auch, der seinen Blick für die aristotelische Logik geöffnet hatte, für ein deduktives Verfahren, mit dem Falconer seitdem alle Probleme löste. Und dazu gehörten auch Mordfälle, obwohl er wußte, daß Bruder Bacon dieses spezielle Interesse als müßige Neugierde abgetan hätte, als einen Zeitvertreib, der William von seinen mathematischen und alchimistischen Studien ablenkte.

Bevor er den Mönch kennenlernte, hatte Falconer ein bewegtes Leben geführt, die Welt bereist und ihre Wunder gesehen. Nach Oxford war er über die Universität Bologna gekommen. Dort hatte er bei überragenden Köpfen gelernt und sich dann entschlossen, sein Leben der Wissenschaft zu widmen.

Das spitzfindige Naturell der Regent Master in Oxford hatte in ihm schon bald starke Zweifel an der Richtigkeit seiner Entscheidung aufkommen lassen. Doch dann war er zufällig auf die Vorlesungen eines gewissen Roger Bacon aufmerksam geworden. Der Mönch stand damals schon im Ruf, ein Magier zu sein, und das zog William an. Jemand, der den Neid der engstirnigen Geister an der Universität zu erregen wußte, mußte etwas Besonderes zu bieten haben. Seine Vorlesung über die »Zweckmäßigkeit der Natur« regte ihn an, die physikalischen Gesetzmäßigkeiten der Welt zu entschlüsseln.

Mit einer Einschränkung natürlich. Hinter die Gesetzmäßigkeit des Fliegens war er noch nicht gekommen. Als er jetzt über die High Street im dämmernden Oxford heimwärts ging, den Kopf tief gesenkt wegen des eisigen Windes, der ihm den ganzen Weg über entgegenblies, fiel ihm wieder ein, daß abends noch ein neuer Student eintreffen sollte. Wie hieß er doch gleich? Symon – ja, so hieß er. William ärgerte sich jetzt, daß er auf dem Turm so viel Zeit mit seinem Experiment vertrödelt hatte. Er hätte schon lange wieder in der Aristotle's Hall zurück sein müssen, um den Neuankömmling zu empfangen. Womöglich hatte ihm schon ein anderer Master auf der Jagd nach Studenten den Neuling weggeschnappt. Das Studiengeld von vier Shilling im Jahr war eine willkommene Aufbesserung seiner bescheidenen Einkünfte. Er hüpfte über den gefrorenen Matsch in der Mitte der Straße und lief eilig weiter.

Steifbeinig stieg Thomas Symon vom Karren. Auf dem gefrorenen Schlamm kamen seine müden Glieder ins Straucheln, und mit einem Fuß rutschte er in das Rinnsal, das in der Mitte der Straße floß. Trotz der Kälte des Abends glitt das graue, trübe Wasser warm über seinen Knöchel, und Thomas erschauderte bei dem Gedanken, was man wohl weiter oben alles in den Kanal geworfen hatte. Seine Ankunft in Oxford hatte er sich doch ganz anders vorgestellt. Eigentlich hatte ihn jemand zu Hause abholen und direkt zur Universität bringen sollen. Thomas hatte lange vergeblich gewartet und sich dann auf eigene Faust auf die Reise gemacht. Er zog seinen Fuß aus der Kloake und seufzte. Als Sohn eines Bauern mußte er sich glücklich schätzen, daß man ihn für einen Platz an der Universität ausgewählt hatte. Das meinte jedenfalls sein Vater, der gesagt hatte: »Eigentlich solltest du deiner Mutter und mir auf dem Hof helfen. Also sei dankbar.«

Und dankbar war Thomas auch. Doch gleichzeitig vergaß er nicht, wie schwierig es gewesen war, seine geistigen Fähigkeiten im Schlamm und Staub des Bauernhofes aufblitzen zu lassen. Er hatte davon gehört, daß der Dorfpfarrer gelegentlich besonders schlaue Köpfe unter seine Fittiche nahm und sie zu Priestern ausbilden ließ. Thomas hatte sich mächtig ins Zeug gelegt, um Henry Ely zu beeindrucken, und es hatte sich ausgezahlt. Dem Pfarrer war er nun verpflichtet, doch seinem Vater gegenüber empfand er nichts als eine starke Abneigung. Nie würde dieser ihn das Strafgeld vergessen lassen, mit dem er seinen Sohn von seinen Verpflichtungen gegenüber dem Grundherrn freikaufen mußte. Thomas war froh, daß seine Mutter mehr Verständnis gezeigt hatte und daß es ihr schließlich gelungen war, ihren Mann zu überreden. Und er war erleichtert, der täglichen Knochenarbeit, von morgens früh bis abends spät, entkommen zu sein. Er hatte seine Abreise immer wieder verschieben müssen, bis sein Vater endlich einsah, daß alle Arbeit auf dem Hof getan war. In der Zwischenzeit war er sicher schon den anderen Studenten gegenüber ins Hintertreffen geraten und würde wohl eine Menge aufzuholen haben. Doch ganz gleich – er war endlich angekommen. Die Universitätsstadt lag vor ihm.

Auf der langen beschwerlichen Reise durch das unruhige England des Jahres 1264 hatte er sich die Zeit damit vertrieben, sich auszumalen, wie sich seine Ankunft in Oxford gestalten würde. Die Leute auf der Straße würden sich gegenseitig anstoßen und auf die unzweifelhaft imponierende Erscheinung dieses Studenten deuten, der da seinen Einzug in die Stadt hielt. Der Master seiner *Hall* würde ihm entgegeneilen und ihn herzlich willkommen heißen. Dann würde er ihn in den großen Versammlungssaal mit dem prasselnden Kaminfeuer geleiten, wo die Studenten schon ungeduldig darauf warteten, mit ihm über Themen des Quadriviums zu diskutieren.

Doch die Wirklichkeit war meilenweit von diesen kühnen Vorstellungen entfernt. Der Fuhrmann warf jetzt Thomas' Bündel von seiner Sitzbank runter. Mit einem dumpfen Plumps landete es vor seinen Füßen. Der Mann gab dem Pferd die Peitsche, und sogleich zog der Karren an. Mit einem Sprung mußte Thomas den Wagenrädern ausweichen, die sich auf dem gefrorenen Schlamm in Bewegung setzten. Dabei rutschte ein Hinterrad an den Rand des Abwasserkanals und bespritzte ihn über und über mit Dreck. Seine Kleidung stank bereits nach Hühnerkot, nach den vielen Stunden auf dem Karren, wo er eingezwängt zwischen Weidenkisten voller gackernder Vögel gesessen hatte, die auf dem Weg zum Markt waren. Und nun nahmen seine von der Reise mitgenommenen Kleider auch noch den Gestank menschlicher Exkremente an. Er bückte sich, um sein Bündel aufzuheben, und als er es sich über die Schulter warf, schaute er sich um. Der Karren war bereits im Nebel verschwunden. Er war allein, und es war dunkel.

Thomas hatte eigentlich geplant, bei Tageslicht in Oxford einzutreffen und sich dann zur Aristotle's Hall durchzufragen, die, wie er wußte, zwischen Kibald Street und St. John's Street lag. Dort angekommen, hatte er nach Master William Falconer fragen wollen. Doch sein Vorhaben hatte sich bereits in Nuneham zerschlagen. Kein Mensch wollte von dort in nördlicher Richtung reisen, weil zur selben Zeit eine der großen Baronsarmeen über Oxford zu den Welsh Marches, dem Grenzland zwischen England und Wales, unterwegs war. Und es konnte leicht gefährlich werden, den Weg der Soldaten zu kreuzen, besonders dann, wenn man nicht wußte, zu welcher Seite man sich bekennen sollte. In Nuneham war Thomas dann mit einem Fuhrmann ins Gespräch gekommen, den er während einer Rast am Straßenrand bei der Einnahme seines schmackhaften Mittagsmahls, einem Kanten trockenen Brotes, getroffen hatte.

»De Montfort und seine Leute sollten sich endlich mal mit dem König einigen. Wie sollen wir armen Leute sonst unser karges Brot verdienen«, grummelte der Fuhrmann. »Ich hab kein Futter mehr für die Hühner. Heute abend noch muß ich sie nach Oxford bringen.«

Auch Thomas hatte es eilig, ans Ziel zu kommen. Geld für eine Kammer hatte er nicht, und er schauderte bei dem Gedanken, die Nacht draußen in der Kälte verbringen zu müssen.

»Ich könnte die Gegend für Euch auskundschaften. Und wenn die Luft rein ist, nehmt Ihr mich auf Eurem Karren mit.«

Mit einem abschätzigen Blick musterte der Fuhrmann den Jüngling vor ihm. Er mochte wohl nicht älter als fünfzehn sein, war aber groß, hatte blondes Haar, und seine blauen Augen gaben ihm etwas Kühnes und Unerschrockenes. Außerdem war ein zweites Paar Hände immer willkommen, falls sie es mit Räubern zu tun bekamen. Der Fuhrmann hustete und spuckte vor Thomas' Füßen aus.

»Steig hinten auf. Die ersten fünf Meilen geht's durch freies Feld, und wir müssen uns sputen, wenn wir's noch vor Einbruch der Dunkelheit nach Oxford schaffen wollen.«

Obwohl der Karren auf den holprigen Wegen heftig ruckelte und schaukelte, war es Thomas gelungen, ein Nickerchen zu machen. Erschrocken fuhr er hoch, als er eine rauhe Hand spürte, die ihn im Genick packte. Es war der Fuhrmann.

»Du wärst mir im Kampf weiß Gott keine große Hilfe«, schimpfte er. »Ich hätte dir schon dreimal die Kehle durchschneiden können.«

»Tut mir leid«, murmelte Thomas beschämt, weil er es an Mannesmut hatte fehlen lassen. Und gleich darauf schämte er sich fast noch mehr, weil er diesen ungehobelten Bauern um Entschuldigung gebeten hatte. War er nicht etwas Besseres, ein Student?

»Also, dann los.«

Thomas wand sich in dem kräftigen, schwieligen Griff des Mannes, dessen Hände sich eng um seinen Hals gelegt hatten. Das Gesicht des Fuhrmanns war ihm so nah, daß er seinen nach Fäulnis stinkenden Atem riechen und die Stummel seiner abgebrochenen Zähne sehen konnte. Der Mann schnaubte und lockerte seinen Griff.

»Hah. Du kannst von Glück sagen, daß ich dich noch brauche. Halt deine Augen jetzt offen – wir müssen durch den Wald. Und ich habe auf die Markierungen zu achten.«

»Markierungen?«

»Bist du überhaupt schon mal auf Reisen gewesen?« knurrte der Fuhrmann.

Thomas schien es nicht ratsam, zuzugeben, daß er sich bis dahin noch niemals mehr als eine Meile von seinem Heimatdorf entfernt hatte. Und so schwieg er.

»Manche Reisende hinterlassen Zeichen an Büschen und Bäumen. Dann wissen die Leute nach ihnen, wo es langgeht. Da, siehst du das Band dort drüben?«

Thomas nickte, obwohl ihm nicht ganz klar war, wonach er

da Ausschau halten sollte. Da schien es ihm schon einfacher, die Augen nach Räubern offenzuhalten. Als sie endlich aus dem Wald raus waren, konnte Thomas einen ersten Blick auf Oxford werfen. Ein Hang stieg sanft von zwei Flüssen aus auf und setzte sich in den klaren Umrissen der neuen Stadtmauer fort, die in der beginnenden Dämmerung gelblich schimmerte. Sie schafften es gerade noch, das Südtor zu passieren, bevor die Stadttore geschlossen wurden.

Und jetzt war er also in Oxford. Schlagartig wurde Thomas bewußt, daß der Fuhrmann ihn abgesetzt hatte, ohne ein Wort darüber zu verlieren, wo sie sich befanden und wie er an sein Ziel gelangen konnte. Er begann die Kälte zu spüren, die von unten durch seine dünnen Schuhsohlen drang. Er scharrte mit den Füßen und schaute sich um. Die dunklen Häuser mit ihren verrammelten Fensterläden ragten steil vor ihm auf, und die Straße zog sich in der Dunkelheit endlos hin. Thomas hatte gehört, daß über fünftausend Menschen in Oxford lebten, doch jetzt fühlte er sich sehr allein. Wo waren die bloß alle? Ihm blieb nichts anderes übrig, als auf eigene Faust den richtigen Weg zu suchen. Wenn sie durchs Südtor in die Stadt gelangt waren, mußte er sich jetzt nur rechts halten, um zur Aristotle's Hall im Osten der Stadt zu gelangen.

Er schulterte sein Bündel und ging ein Stück die Straße hoch, wobei er sich angestrengt darum bemühen mußte, den Abfallhaufen auszuweichen, die in der Dunkelheit entlang dieser tagsüber stark bevölkerten Durchfahrtsstraße lagen. Nachdem er hundert Yards in nördliche Richtung gelaufen war, stieß er auf eine enge Gasse, die nach Osten führte; sie sah noch düsterer aus als die Straße, in der er stand, doch die Richtung stimmte. Er zögerte nur kurz und bog dann in die Gasse ein. Er war erst wenige Schritte gegangen, als die Häuserzeile auf der rechten Seite endete und sich vor ihm eine mit Unkraut überwachsene Brachfläche öffnete, auf der weiß und tief der Nebel lag. Die Stadtmauer schien fast zu leuchten in der Düsternis. Thomas stellte sich vor, wie Geister aus dem Nebel aufstiegen. Und als jetzt eine schwarze Gestalt vor ihm durch die Hausmauer zu seiner Linken zu kommen schien und schnell wieder im Dunst verschwand, war er kurz davor, sein Bündel fallen zu lassen und schleunigst Reißaus zu nehmen.

»Hallo.« Thomas' Stimme klang schüchtern und gebrochen. Er war keineswegs erpicht darauf, eine Antwort von der geisterhaften Erscheinung zu erhalten. Als alles stumm blieb, atmete er erleichtert auf. Vorsichtig näherte er sich der Stelle, wo die geisterhafte Gestalt anscheinend ein festes Gebäude durchdrungen hatte und entdeckte dabei eine andere enge Gasse, die hinter einem etwas hervorstehenden Haus verborgen lag. Von dort mußte die Gestalt gekommen sein. Also war es wahrscheinlich doch ein Mensch gewesen. Um seine Nerven in den Griff zu bekommen, begann Thomas zu pfeifen. Schließlich war überhaupt nichts Außergewöhnliches vorgefallen.

Der Mann sah die Gestalt mit der Kapuze von hinten, dazu die Gesichter der zwei Schäfer, die konzentriert darauf lauschten, was der Mann mit der Kapuze ihnen zu sagen hatte. Es handelte sich um eine festgelegte Szene, wie bei einem Mirakelspiel, das auf irgendeinem Karren vorgeführt wird. Er wußte, daß der maskierte Mann das Buch in seiner Rechten hielt und daraus vorlas. Der Schein des Feuers in der Mitte erhellte die Gesichter der zwei Schäfer. Von dem dritten Mann waren nur die schwarzen Umrisse zu erkennen. Ohne die Worte zu verstehen, wußte er, daß der Mann eine Geschichte von den Heiligen Petrus und Paulus vorlas. Die Szene war so friedlich, daß sie fast einschläfernd wirkte. Er wußte jedoch, was kommen würde. Er versuchte sie zu warnen, doch seine Stimme blieb ein

Krächzen, das im Knistern des Feuers vor ihm unterging. Dann hörte er das metallene Klimpern von Steigbügel und Roßharnisch. Er drehte den Kopf und sah nach hinten. Die Umrisse des Ritters im Sattel, der in einer reich verzierten Rüstung steckte, wirkten riesengroß und unmenschlich. Das Getrappel der Hufe schallte in seinen Ohren wie Donnergetöse. Warum hörten die drei auf dem Feld es nicht? Dampf stieg aus den Nüstern des Pferdes auf, und die Hufe blinkten im Mondlicht. Eine gespenstische Kriegsmaschine. Jetzt zog der gesichtslose Ritter auf dem Pferd sein Schwert. Blanker Stahl blitzte auf.

Er wandte seinen Blick wieder der Gruppe auf dem Feld zu, die unschuldiger und wehrloser nicht hätte sein können. Erneut versuchte er, sie zu warnen, doch kein Wort kam über seine Lippen. Die Schäfer, deren Gesichter ihrer Nemesis zugewandt waren, mußten den Ritter doch sehen, mußten sich und den Mann mit der Kapuze in Sicherheit bringen können. Aber nein, sie waren der Wirklichkeit zu sehr entrückt, zu angestrengt lauschten sie den Worten ihres Gegenübers. Die Kriegsmaschine hielt auf sie zu, und das Schwert schnitt zischend große Bögen in die Luft. Kurz bevor die einfachen Schäfer unter den Hufen zertrampelt wurden, drehte der Mann mit der Kapuze sich um und zeigte sein Gesicht.

»Vater!«

Der Schrei kam zu spät. Mit einem unerbittlichen Schwung fuhr das Schwert nieder und auf das emporgerichtete Gesicht und spaltete es fast in zwei Teile. Ströme von Blut und Gehirnmasse ergossen sich über das Buch, das die zuckenden Hände des Mannes mit der Kapuze immer noch umklammert hielten.

Mit einem Schrei erwachte er aus seiner Trance, gebadet in kaltem Schweiß. Wie stets, wenn er die Ermordung seines Vaters wieder durchlebt hatte, versuchte er sich vergeblich zu erinnern, ob er die Seele des Vaters in den Himmel hatte auffahren sehen. Doch es gab keinen Trost für ihn. Nur seine Rache. Er stand von seinem Stuhl auf, um das einzige Hindernis, das sich dieser Rache entgegenstellen konnte, aus dem Weg zu räumen. Er wußte, daß sein Traum nur Bruchstücke der Wirklichkeit einnahm, und das Dienstmädchen konnte noch nicht weit gekommen sein. Es war wirklich dumm von ihr gewesen, ihm ihr Wissen so freimütig mitzuteilen.

An der Tür spähte er angestrengt in die Nacht hinaus. Es kam ihm so vor, als wirbele im Nebel eine Unzahl toter Seelen um ihn herum. Es würde ihm nicht schwerfallen, sich in ihrem Schutz an das Mädchen heranzuschleichen. Mit einiger Sicherheit war sie, nachdem sie sein Haus verlassen hatte, in die Hauptstraße eingebogen. Durch einen Seitenausgang trat er ins Freie und hastete durch den schmalen Verbindungsweg hinter den Häusern an der Shidyerd Street. Gegenüber der Kirche St. Frideswide kam er raus und erreichte noch vor ihr die Ecke, wo sie ihm fast direkt in die Arme lief. Als sie ihn sah, erschrak sie zutiefst, machte aber keine Anstalten zu fliehen. Sie war wohl zu überrascht, daß er sie hatte überholen können.

Er hörte das Raunen der toten, von ihren fleischlichen Hüllen befreiten Seelen. Wie Eulen mit geisterhaften Schwingen umschwirrten sie fast lautlos seinen Kopf.

»Wo ist es? Ich will es zurückhaben.«

Seine Frage, zischend ausgestoßen, traf das Mädchen wie ein Schock. Sie taumelte einige Schritte zurück. Er wußte, wenn er sich jetzt umdrehte, würde er den geharnischten, sich mächtig aufbäumenden Ritter vor sich sehen. Das Mädchen hatte offensichtlich Angst vor der schrecklichen Gestalt, er selbst jedoch nicht. Zu oft schon hatte er sie gesehen, hatte ihm das Schnauben der Pferdenüstern in den Ohren geklungen. Die toten Seelen umflatterten ihn immer noch, weiß und gestaltlos.

Entfernt drang durch den Nebel ein unpassend wirkendes,

nervöses Pfeifen zu ihnen. Das Mädchen drehte den Kopf in die Richtung, aus der die abgerissenen Töne kamen. Ihre Augen verrieten die Hoffnung auf Rettung, und ein Schrei entrang sich ihrer Kehle. Vorwärts gestoßen von dem Ritter ohne Gesicht, machte er einen Schritt auf sie zu. Eine Klinge blitzte auf, und der Schrei erstarb. Freudig keuchend nahm er wahr, wie die Seele des Mädchens durch den Mund ihren Körper verließ und sich zu den anderen Geistern gesellte.

Thomas war es so halbwegs gelungen, seine Nerven etwas in den Griff zu bekommen, als die tödliche Stille der Nacht von einem spitzen Schrei zerrissen wurde, der in ein ersterbendes Gurgeln überging. Sein Herz hämmerte in der Brust, und die Beine versagten ihm fast den Dienst. Die Augen fest geschlossen, suchte er Halt an einer Hauswand. Das rauhe, feuchte Gestein war eiskalt an seiner Wange. Er merkte, daß er schwitzte. Das war es also, das Jüngste Gericht, von dem die Mönche sagten, es würde mit Sicherheit nicht mehr lange auf sich warten lassen.

Als einige Minuten vergangen waren und die Stille vermuten ließ, daß er etwas zu voreilig in seiner Schlußfolgerung gewesen war, öffnete Thomas die Augen. Alles war unverändert. Anscheinend hatten die Toten doch noch nicht, wie vorhergesagt, ihre Gräber verlassen. Er versuchte sein pochendes Herz zu beruhigen und überlegte, von woher die Geräusche an sein Ohr gedrungen waren. Waren sie nicht genau aus der Richtung gekommen, in die die gespenstische Gestalt verschwunden war, dort hinten, ein Stück weiter die Gasse runter? Thomas umklammerte sein Bündel noch fester, wobei er sich wünschte, er hätte auch den schweren Knüppel eingepackt, den sein Vater auf dem Hof für unwillkommene Besucher bereithielt. Trotzdem drängte ihn etwas mit Macht zu der Stelle, von der der

Schrei gekommen sein mußte. Vielleicht hatte er ja auch bloß das Quieken eines Schweines vernommen. Doch im Grunde glaubte er selbst nicht daran.

Auf unsicheren Beinen ging er los, die Gasse runter. Langsam zunächst, dann immer schneller werdend, so als entwickelten seine Beine ihren eigenen Rhythmus, bis er schließlich fast lief. Die Gasse machte eine Biegung nach links, und als er um die Ecke bog, stieß er mit den Füßen gegen ein Kleiderbündel, so daß er der Länge nach hinfiel.

Seine Hände schmerzten von dem Aufprall auf die gefrorenen Kanten des zerfurchten Schlamms. Als er sie vors Gesicht nahm, dachte er zunächst, er habe sich schlimm geschnitten, so voller Blut waren sie. Auf Knien noch, wischte er das Blut an seinem Wams ab und starrte dann wieder ungläubig auf seine Hände. Da waren keine Schnittwunden zu sehen. Zitternd wandte er den Blick dem Kleiderhaufen vor ihm zu. Vorsichtig hob er das oberste Kleidungsstück an, und zum Vorschein kam das reglose, bleiche Gesicht eines jungen Mädchens. Die Augen blickten ihn ausdruckslos an. Kein weißer Hauch kam über ihre Lippen.

Mit einem Schrei sprang Thomas auf. Sich bekreuzigend starrte er wie gebannt auf das Gesicht der jungen Frau. Sie war jung und schön – unmöglich konnte sie tot sein. Ihre braunen Augen starrten ausdruckslos zwischen langen Wimpern hindurch. Zerzauste Haare umrahmten die weiße Haut ihres Gesichtes. Ihre Lippen waren noch rot und voll. Einige Haarsträhnen hingen ihr ins Gesicht, und Thomas fühlte das idiotische Verlangen, sie ihr zurückzustreichen. Er beugte sich über sie und fuhr ihr mit einer Hand über die Wange; sie war noch warm. Aufgeschreckt von der Berührung, zog er seine Hand schnell zurück. Dabei verschob er die Kapuze, die ihren Hals verdeckt hatte. Eine furchtbare Wunde kam zum Vorschein, aus der noch Blut sickerte, dampfend wie eine höhnische Parodie auf den Atem der Lebenden. Thomas war starr vor Entsetzen. Jetzt verstand er, warum der Schrei, den er vernommen hatte, so abrupt abgebrochen war. Plötzlich nahm er Stimmen wahr. Verzerrt klangen sie durch den Nebel, doch sie kamen näher.

»Hallo. Wer ist da?« rief jemand.

»Hast du den Schrei gehört«, fragte ein anderer von weiter links.

»Ja. Von dort drüben.« Die erste Stimme war nun schon ganz nahe. Thomas war noch klar genug im Kopf, um zu wissen, daß man ihn so nicht antreffen sollte – über eine Leiche gebeugt, mit Blut an den Händen. Er zwang sich aufzustehen und stolperte davon, fort von den Stimmen. Vor einer Haustür kam er zu Fall, rappelte sich wieder hoch.

»Seht doch. Dort drüben. Eine Leiche.«

Thomas hastete weiter, bis seine Füße auf der vereisten Straße den Halt verloren. Erneut knallte er zu Boden und blieb keuchend liegen. Das Geräusch war schon zuviel.

»Und da ist der Mörder.«

Thomas schaute sich um und sah zwei Männer neben dem Mädchen stehen. Schwarze Umrisse im Nebel. Sie zeigten auf ihn. Mühsam erhob er sich wieder und taumelte weiter, vorbei an einem Gäßchen zu seiner rechten. Eine starke Hand legte sich über seinen Mund, während ein Arm seinen Unterleib umschlang und ihn in das Gäßchen hineinzog. In wilder Panik schlug er um sich, um freizukommen, bis plötzlich etwas in seinem Schädel explodierte und alles schwarz wurde.

2. KAPITEL

Das Läuten der Morrow-Mass-Glocken der Kirche St. John and St. Peter aus östlicher Richtung riß William Falconer aus dem Schlaf. Ein leiser Fluch stieg in die kalte Luft auf, als er seinen Talar fester über der Brust zusammenzog, die nächtliche Kühle noch in den Knochen. Er schwang die Füße von der Bank, wo sie die Nacht über in seiner fellbesetzten Magisterkapuze warm eingepackt waren. Die gefrorenen Binsen knackten unter seinen Füßen. Er dachte daran, daß er sich abends niedergelegt hatte, ohne dafür zu sorgen, daß das Feuer im Kamin die Nacht überdauerte. Ein weiterer Fluch, lauter jetzt, kam über seine Lippen.

Falconer war ein groß gewachsener, kräftiger Mann, dessen Kleider nicht eben maßgeschneidert wirkten. Seine Handgelenke ragten ein gutes Stück aus den ausgefransten Enden seiner Ärmel hervor und verbreiterten sich zu knochigen Händen, die eher zu einem Arbeiter als zu einem Regent Master der Fakultät der Freien Künste gepaßt hätten. Mit dem Blick seiner klaren blauen Augen, die in einem Gesicht mit sehr markanten Zügen ruhten, konnte er jedem Studenten das unheimliche Gefühl geben, ihm damit noch das verborgenste Geheimnis seiner Seele entreißen zu können. Dieser Blick kam ihm bei vielen Gelegenheiten sehr zustatten.

Trotz seiner massigen Gestalt zeigte er jedoch in seinen Bewegungen, mit denen er auch jetzt durch den Raum zur Feuerstelle hinüberging, eine Anmut, die man bei seinem Körperbau nicht erwartet hätte. Erleichtert atmete er auf, als er vor dem Kamin niederkauernd den schwachen roten Schimmer in der Asche sah. Mit einer schwungvollen Bewegung hob er einige Binsen vom Fußboden auf und legte sie in den Kamin. Jedoch gelang es ihm damit kaum, der fast erloschenen Glut einige gelbe Flämmchen zu entlocken. Sich tiefer bückend, blies er auf den wenig erfolgversprechenden Beginn und tastete blindlings nach mehr trockenem Brennmaterial. Dabei legte sich seine Hand auf die unverkennbare Form eines in Leder eingebundenen Buches, das er am Abend auf dem Fußboden hatte liegen lassen.

Sich vom Feuer abwendend, brachte er das Buch ganz nahe vor sein Gesicht, um den Titel zu erkennen. Dazu mußte er schielen, denn mit seinen Augen, die in den Herzen schuldbewußter Studenten so treffliche Furcht zu säen verstanden, konnte er kaum weiter als seine eigene Nasenspitze sehen.

»Aha. Al-Khowarizmi«, murmelte er zu sich selbst.

Es handelte sich um die von ihm hochgeschätzte lateinische Übersetzung einer Abhandlung über Algebra des großen persischen Mathematikers. Ein Geschenk von Falconers Freund Grosseteste, das dieser ihm nur zwei Tage vor seinem Tod, mit dem all seine Bücher in den Besitz der Franziskaner übergegangen waren, geschenkt hatte.

Am vorigen Abend hatte er noch einmal darin gelesen und war dann, wie gewöhnlich, zu seinem Abendspaziergang aufgebrochen. Obwohl es überall hieß, die Straßen Oxfords seien nach Einbruch der Dämmerung höchst gefährlich, wußte er, daß ihm seine imponierende Gestalt genügend Sicherheit bot. Die Stille des Abends hatte ihm geholfen, seine Gedanken zu ordnen, und er hatte sich gefragt, was wohl dem Jungen zugestoßen war, der an jenem Tag bei ihm hatte eintreffen sollen.

Doch so ruhig war der Abend nicht geblieben. Zunächst hatte er diesen durchdringenden Schrei gehört, der wie von einem Schwein im Schlachthaus klang. Und dann, als er zu der Stelle eilte, von der der Schrei gekommen war, hörte er die aufgeregten Stimmen von Leuten, die anscheinend auf Verfolgungsjagd waren. Genau in jenem Moment rempelte ihn jemand von der Seite an. Instinktiv packte er die Gestalt, die sich mit aller Gewalt aus seinem Griff zu lösen suchte, und schlug ihren Kopf gegen eine Hauswand. William stand im Begriff, die Leute herbeizurufen, als er auf die Gestalt niederblickte, die jetzt schlaff in seinen Armen hing. Es war fast noch ein Kind, ein Junge mit pfirsichhäutigen Wangen, dem aller Wahrscheinlichkeit nach kein schlimmes Vergehen zuzutrauen war. Er schloß seine Arme wieder fester um ihn und zog ihn zurück in die Dunkelheit eines Hauseingangs an der Ecke der St. John's Street.

Irgendwie wußte er, daß dem Jungen keine gerechte Behandlung widerfahren würde, wenn ihn die aufgebrachten Bürger zu fassen bekämen. Zu oft schon hatte sich der Zorn der Städter an unschuldigen Studenten entladen. Ein Zorn, der sich an der privilegierten Stellung entzündete, die die Universität der Stadt gegenüber bereits einnahm. Die Verfolger des Jungen kamen näher, ihr Rufen klang wie das Bellen von Jagdhunden, die ihre Beute hetzen. Falconers Gedanken rasten. Es war keine gute Idee, sich in dem Hauseingang versteckt zu halten, da die Menge jeden Moment an der Straßenecke zum Stehen kommen konnte, um sich dort aufzustellen und beide Fluchtwege zu erkunden. Jetzt hieß es, kühlen Kopf zu bewahren.

Falconer legte den schlaffen Körper des Jungen in dem Hauseingang ab, hob Thomas' Bündel auf, das vorher zu Boden gefallen war, und warf einige Kleidungsstücke lose über die reglose Gestalt. Die Tarnung würde keiner eingehenderen Untersuchung standhalten. Aber im Moment mußte es reichen. Dann eilte er mit entschlossener Miene den Verfolgern entgegen. Er war keinen Augenblick zu früh dran! Vier brutal aussehende Männer mit roten Gesichtern hatten fast die Gabelung erreicht. Er stellte sich ihnen in den Weg und sprach sie an.

»Ich habe den Lärm gehört. Was ist denn passiert.«

»Ein Mord!« knurrte der Größte der Männer, dessen pokkennarbiges Gesicht wutverzerrt war. Falconer murmelte ein Gebet, und der Mann trat unruhig von einem Fuß auf den anderen. Offensichtlich konnte er es nicht erwarten, die Verfolgung wieder aufzunehmen, wagte es jedoch nicht, das Gebet zu unterbrechen.

»Wer wurde ermordet?«

»Eine Frau. Dort unten an der Ecke. Wir haben den Mörder da hinten hinüberlaufen sehen.«

»Da hinten? Nein.«

»Wer seid Ihr überhaupt?« schaltete sich ein älterer Mann aus der Gruppe ein, der Falconer aus glasigen Augen mißtrauisch anblickte.

Falconer beachtete ihn gar nicht. »Da war niemand. Er muß zur High Street gelaufen sein.«

Mit seiner massigen Gestalt versperrte Falconer den Weg, während er die Männer mit einem kalten Blick taxierte. Der alte Mann hielt seinem Blick stand. Die anderen jedoch traten unruhig von einem Fuß auf den anderen, unschlüssig, ob sie den kräftigen Mann vor ihnen herausfordern sollten, der sie möglicherweise – Gott wußte es – ins Gefängnis bringen konnte, wenn sie ihn zu Unrecht beschuldigten. Über Falconers Schulter blickend, konnte der alte Mann nichts anderes erkennen als eine leere Gasse und einen Kleiderhaufen in einem Eingang. Trotzdem war er sich immer noch nicht sicher. Das Pokkengesicht brachte Bewegung in die festgefahrene Situation.

»Komm, John. Wir verschwenden nur unsere Zeit. Er wird zur High Street hoch sein, wie der Master sagt.«

Widerwillig drehte sich der Alte um und folgte seinen Gefährten, die in der Finsternis entschwanden. Falconer bewegte sich nicht von der Stelle. Nur verschwommen nahm er wahr, wie die Gestalten den Rückzug antraten, sah jedoch genau genug, um zu wissen, daß sich der Alte noch einmal mißtrauisch umschaute, bevor sich der Nebel um ihn schloß. Falconer seufzte auf und wischte sich den Schweiß von der Stirn, der sich dort, der nächtlichen Kälte zum Trotz, gebildet hatte.

»Oh, Herr, laß mich nie wieder sagen, du würdest meine Gebete nicht erhören. So, und jetzt zu dem jungen Mann.«

Falconer fand den Jungen immer noch bewußtlos vor. Eilig stopfte er die ärmlichen handgesponnenen Kleider in den Sack zurück, in dem der Junge seine weltliche Habe mit sich führte. Dabei fiel ein Stück Pergament zu Boden. Falconer hob es auf, und indem er es nahe vor seine Augen hielt, las er seinen eigenen Namen. Jetzt mußte er seine erste Einschätzung von dem Jungen revidieren. Es handelte sich offensichtlich nicht um einen jungen Vagabunden, sondern um einen Studenten, wahrscheinlich sogar um den Jungen, auf den er den ganzen Abend gewartet hatte. Er war ihm von Henry Ely empfohlen worden, einem alten Freund, der es sich zur Aufgabe gemacht hatte, gelegentlich ärmere Schüler unter seine Fittiche zu nehmen.

Er schaute auf die reglose Gestalt im Hauseingang und wandte dann seine Aufmerksamkeit wieder dem Brief zu. Die Handschrift war tatsächlich die von Ely. Er faltete das schon abgegriffene Stück Pergament auseinander, das noch die Spuren früherer Aufzeichnungen von Ely trug, und las die Empfehlung, die sein Freund für Thomas Symon aus Broughton geschrieben hatte.

Jetzt nahm der Regent Master wieder das Stück Pergament vom Tisch, wo er es am letzten Abend abgelegt hatte, bevor er den Jungen zu Bett brachte. Fünf Jahre hatte er Henry Ely nicht gesehen, betrachtete ihn jedoch immer noch als engen Freund. Er rief sich die Zeiten in Erinnerung, als sie sich heftige Dispute über Thomas von Aquin und Aristoteles geliefert hatten. Dabei wußten sie beide, daß sie zu keiner Einigung finden würden. Das Wortgefecht genossen sie aber darum nur um so mehr. Henrys Gesicht rötete sich immer mehr, während Falconer jeden einzelnen seiner Gedankengänge widerlegte, bis er schließlich Angst bekam, sein Freund würde platzen. Und das tat er gewöhnlich auch – das heißt, er brach in schallendes Gelächter aus, mit dem er seine Niederlage quittierte. Und heute war Falconer Magister Regentes an der Universität von Oxford und Ely Pfarrer einer Dorfgemeinde. Letzterer hatte jedoch ein besonderes Geschick dafür entwickelt, aufgeweckte junge Burschen ausfindig zu machen. Er brachte ihnen Grammatik bei und schickte sie dann zu Falconer, damit sie sich bei ihm am Trivium und Quadrivium versuchten. Die aus dem antiken Bildungsgut hervorgegangenen sieben »Freien Künste« bildeten immer noch die Grundlage des Wissens. Dabei waren die ersten drei, Grammatik, Rhetorik und Dialektik, das Trivium also, die Voraussetzung für das Studium der vier großen Künste, Quadrivium genannt, also Musik, Arithmetik, Geometrie und Astronomie. Sieben Jahre eifrigen Studierens waren notwendig, bevor jemand hoffen durfte, Magister zu werden. Und für das Studium der höchsten Wissenschaft, das der Theologie also, waren noch einmal sieben weitere Jahre nötig.

»Und das wäre also seine letzte Gabe«, murmelte er, während er auf den schlafenden Jungen auf seinem Bett niederblickte. Thomas drehte sich um, und dabei rutschte ihm die rauhe Decke von den Schultern und fiel auf den reetgedeckten Boden. Falconer stöhnte auf, als er sich zu der Feuerstelle umwandte und gewahr wurde, daß sein Versuch, das Feuer zu neuem Leben zu erwecken, fehlgeschlagen war. Das Feuer war ganz erloschen, und Falconer bückte sich, um die Decke aufzuheben. In jenem Moment klopfte jemand heftig gegen die Tür.

»Master, seid Ihr wach? Ich muß mit Euch sprechen.«

Es war die Stimme von Hugh Pett, einem Studenten im vierten Studienjahr, der nun kurz vor der hohen Hürde der Prüfung in Form einer Disputation stand. Er war Williams gelehrigster Schüler, auch wenn der Master das niemandem gegenüber zugegeben hätte, vor allem nicht Hugh selbst gegenüber.

»Hugh, komm rein.«

»Master, es soll ein Mord geschehen sein...«

Während er sprach, fiel sein Blick auf Thomas, der sich auf dem Bett an der Wand unruhig hin und her wälzte. Dann schaute er wieder auf die massige Gestalt des Regent Master. Etwas mißbilligend Fragendes stand in seinen Augen. William hielt seinem Blick stand.

»Keine Angst«, sagte er. »Um seine Unschuld muß er bei mir nicht bangen. Und was den Mord betrifft, so weiß ich davon. Sag den anderen im Haus, sie sollen sich heute etwas zurückhalten. Da jemand aus ihren Reihen umgebracht wurde, werden die Bürger auf ausgelassene Studenten bestimmt nicht freundlich reagieren. Und nun wollen wir den jungen Master Thomas wecken.«

Er ging zu dem Bett, packte es am Kopfende und kippte es seitwärts um. Mit einem Schrei landete Thomas auf dem Fußboden, in einem Knäuel aus Armen, Beinen und Decke.

»Das ist heute das erste und letzte Mal, daß du länger als die sechste Stunde schläfst«, ermahnte ihn Falconer.

Thomas stammelte eine Entschuldigung, und indem er sich vom Boden aufrappelte, klopfte er sich die Binsen von seiner Tunika. Seine Augen schweiften durch den Raum, von dem er in der nächtlichen Dunkelheit kaum etwas hatte wahrnehmen können. Als er mitten in der Nacht zu sich gekommen war, hatte sich eine riesige bedrohliche Gestalt über ihn gebeugt. Der Schreck war ihm in die Glieder gefahren, denn er glaubte, sein letztes Stündlein habe geschlagen, weil man ihn für den Mörder hielt. Der fremde Mann hatte ihn jedoch beruhigt mit einer leichten, begütigenden Berührung, die man von seinen starken rauhen Händen nicht erwartet hätte, die Thomas stark an die Bauernhände seines Vaters erinnerten. So erfuhr Thomas also, daß er sich in der Sicherheit eben jenes Gebäudes befand, das er vergeblich gesucht hatte, und daß dieser eigenartige Mann William Falconer war.

Ja, das schien in der Tat ein eigenartiger Mann zu sein. An einer Seite des Raumes stand ein Regal mit so vielen Büchern, wie Thomas sie noch nie im Besitz eines einzelnen Menschen gesehen hatte. Weitere Bücher lagen auf dem Holztisch verstreut, der die Mitte des Raums einnahm. Das trübe Morgenlicht sickerte durch ein unverglastes Fenster rechts von der Feuerstelle. Sein Schein kämpfte sich durch tanzende Staubflocken bis zum Ende des Tisches durch, wo ein Haufen Knochen und die verstaubten grauen Reste getrockneter Kräuter wild durcheinander lagen. Von der hintersten Ecke des Zimmers aus wurde der Blick des Jungen von dem starren Blick einer Eule erwidert, die ruhig auf einer grob gearbeiteten, im Winkel der aufeinanderstoßenden Wände festgeklemmten Stange hockte. Darunter standen eine Anzahl von Tonkrügen am Boden aufgereiht. Thomas mußte unwillkürlich an die Warnung seiner Mutter vor Alchimisten denken, die, ihren Worten nach, immer Bedarf an frischen Kadavern für ihre Arbeit hatten. Es schauderte ihn.

»Wenn du mit der Bestandsaufnahme meines Zimmers fertig bist, würde ich dich gerne mit Hugh Pett bekannt machen.«

Falconers grollende Stimme brachte Thomas in die Wirklichkeit zurück. Zum ersten Mal fiel jetzt sein Blick auf den jungen Mann, der in der Tür stand. Petts Kleidung ließ auf eine Familie schließen, die sich seinen Aufenthalt in Oxford erlauben konnte. Seine schwarze, fast bis zu den Knöcheln reichende Tunika war zwar schlicht, doch trug er darüber eine wertvolle scharlachrote Toga mit Schlitzen in den Ärmeln, aus denen seine schmalen Hände hervorragten. Sein blasses Gesicht wurde von langen, sorgfältig geschnittenen kupferroten Haaren umrahmt und von einer dünnen, vornehm wirkenden Nase unterteilt. Thomas wurde es erst wohler, als jetzt ein Grinsen die feierliche Strenge in diesem Gesicht durchbrach. Trotzdem nestelte er nervös an seiner selbstgefertigten kurzen Tunika herum, wendete sein wettergegerbtes Gesicht ab und betrachtete verlegen den Fußboden.

»Laß dich von seinem stutzerhaften Aussehen nicht beeindrucken. Er ist trotzdem ganz umgänglich. Hugh, schau doch mal nach, ob du irgendwas zu Essen für Thomas findest. Er hat seit gestern nichts mehr in den Bauch bekommen. Und halte ihn von der Straße fern. Es könnte gefährlich werden, wenn man in der Stadt auf ihn aufmerksam wird.«

Als sich die Eichentür hinter den Jungen schloß, ließ Falconer sich in den wackligen Stuhl vor dem Tisch fallen und nahm einige Knochen zur Hand, die von einem Faden zusammengehalten wurden. Es handelte sich um Rumpf und Flügel eines Vogels, und wieder einmal machte er sich daran, sich über deren Beziehung zur menschlichen Anatomie den Kopf zu zerbrechen. Er zog ein Tintenfaß zu sich heran und ergriff eine Feder. Doch er war nicht bei der Sache. Auf das Rätsel des Vogelflugs vermochte er sich heute nicht zu konzentrieren. Gedankenversunken klopfte er sich mit dem knöchernen Rumpf gegen die Lippen. Nachdem der Junge letzte Nacht wieder zu sich gekommen war und sich etwas von seinem Schock erholt hatte, hatte er ihn vorsichtig zu dem Vorfall in der Shidyerd Street befragt. Es deutete alles darauf hin, daß die Gestalt, die er zwischen den Häusern hatte auftauchen sehen, der Mörder war.

Doch die Frage war, ob es sich bloß um einen Galgenstrick auf nächtlichem Beutezug gehandelt hatte oder ob hier noch finsterere Kräfte am Werk waren. Thomas war der Ansicht, die Gestalt habe das Mädchen nicht sehen können. Dafür sei der Nebel zu dicht gewesen. Daher nahm Falconer an, daß der Mörder genau wußte, daß das Mädchen außer Haus war und wo er sie abpassen konnte. Also gab es ein präzises Motiv für die Tat. Bloß welches?

Er warf die Knochen auf den Tisch zurück, und das mit solcher Kraft, daß die Schnur riß und die Einzelteile des Skeletts krachend zu Boden fielen. Die Eule riß die Augen auf und drehte den Kopf, um zu sehen, was das für Lärm war. Als nichts mehr auf weitere Störungen ihres Schlafs schließen ließ, machte sie es sich mit einem kurzen Flügelschlag wieder auf der Stange bequem. Falconer kümmerte sich nicht um das Durcheinander, das er angerichtet hatte, und verließ den Raum. Er mußte sich unbedingt die Leiche ansehen.

Master John Fyssh hatte die Leiche gesehen, hätte das jedoch lieber nicht getan. Beharrliches Hämmern gegen die Haustür hatte ihn geweckt. Eine Zeitlang versuchte er, es zu überhören. Es gelang ihm nicht, und so stand er widerwillig auf, und indem er den Schlafrock fester über seinem stattlichen Bauch zusammenzog, stieg er die steile Holztreppe hinab, wobei er mit seiner hohen Stimme mürrisch rief:

»Ist ja gut. Ich komme schon.«

Im stockdunklen Flur stolperte er. Es war also noch nicht einmal Morgengrauen. Während er schimpfend die Tür öffnete, kam ihm der Gedanke, daß er es vielleicht mit lichtscheuem Gesindel zu tun bekommen könnte. Daher war er im ersten Moment erleichtert, als er einem der Stadtwachtmeister gegenüberstand. Doch sofort schlug die Erleichterung in Ärger um. Was erdreistete dieser Mann sich, den wohlverdienten Schlaf eines rechtschaffenen Regent Masters zu stören?

»Hoffentlich habt Ihr einen Grund für die Störung.«

»Ein Mord ist geschehen. Habt Ihr nicht das Zeter und Mordio auf der Straße gehört?«

»Was geht's mich an?« Fyssh schien wenig daran interessiert, zu erfahren, warum Bullock ihn mitten in der Nacht geweckt hatte.

»Das Opfer ist Euer Dienstmädchen.«

Bullock kam mit voller Absicht direkt zur Sache und beobachtete jetzt genau, ob sich im Gesicht des Mannes irgendeine Regung zeigte. War das Zucken, das für einen Moment seinen korpulenten Körper durchlief, ein Hinweis, daß er etwas zu verbergen hatte? Bullock dachte noch darüber nach, als Fyssh plötzlich losschrie: »Diese Hure. Die hat mir doch schon immer nichts als Scherereien gemacht.«

Er hatte noch eine Weile lautstark geflucht, doch nichts damit erreicht: Der Constable verharrte weiter auf der Türschwelle und bestand darauf, er solle sich die Leiche ansehen. Es war keineswegs selbstverständlich, daß er schließlich nachgab – gewöhnlich ließ er sich nicht so leicht von einem Städter einschüchtern, einem Bürger, der keinerlei Befugnisse ihm gegenüber hatte. Doch dieser unförmige Mensch hatte seinen Zornausbruch stillschweigend über sich ergehen lassen und geduldig gewartet, während Fyssh sich langsam wärmere Kleidung überzog. Als er schließlich mit ihm gegangen war, hatte der dicke Master sich eingeredet, er füge sich nur, um diesen unsympathischen Menschen so schnell wie möglich wieder loszuwerden. Einen Kerl, der mehr von einer Kröte als von einem menschlichen Wesen hatte. Wieviel wohler fühlte er sich doch in Gesellschaft schön gestalteter junger Männer, deren Geist er formen konnte.

In aller Eile hatte er bestätigt, daß es sich bei der Leiche tatsächlich um Margaret Gebetz handelte. Dann wandte er sich abrupt ab, um die Seitenkapelle, in der sie aufgebahrt war, schleunigst wieder zu verlassen, wobei er im stillen befürchtete, der Constable würde ihn mit weiteren Fragen zurückhalten. Zu seiner Überraschung schwieg dieser, wusch nur seine Hände im Weihwasserbecken, und Fyssh atmete erleichtert auf. Daß er jetzt so einfach gehen konnte, kam ihm wie eine Freilassung vor.

Draußen vor der Kirche hatte er die massige Gestalt von Falconer, diesem Schnüffler, auf sich zukommen sehen. Er wollte ihm gerade griesgrämig einen guten Morgen wünschen, als dieser, die Augen auf irgendein entferntes Ziel gerichtet, wortlos an ihm vorbeirauschte. Seine Unhöflichkeit verfluchend, machte sich Fyssh auf den Weg zu *Beke's Inn*, wobei er mit Grauen der Tatsache entgegensah, daß ihm kein Dienstmädchen das Frühstück zubereiten würde. Er versuchte auch, sich die Geschehnisse der vergangenen Nacht in Erinnerung zu rufen. Doch von einem gewissen Zeitpunkt an verschwand alles in einem Nebel der Trunkenheit.

In der Marienkapelle in St. Frideswide war es eiskalt. Vielleicht war das gerade richtig, da sie die sterblichen Reste des ermordeten Mädchen beherbergte. Durch den Bogengang des nördlichen Querschiffs bot sich Falconer ein Bild, das fast an eine Anbetungsszene erinnerte. Eine Gestalt war über das im östlichen Teil der Kapelle eingelassene Weihwasserbecken gebeugt. Zu einer Seite stand ein Steinkreuz, das älter war als die Kirche selbst. Auf seinem Sockel waren Figuren eingemeißelt, deren Kanten die Zeit abgeschliffen hatte. Mit Sicherheit hatte das Kreuz einmal im älteren Teil der Kirche gestanden. Die Gestalt drehte sich um, und Falconer sah, daß es sich um Peter Bullock handelte, der seine Hände in dem Becken gewaschen hatte, das für die Reinigung der Heiligen Gefäße bestimmt war.

Bullock war einer der beiden Stadtwachtmeister. Sie wurden von der Kaufmannsgilde bezahlt, um zumindest den Anschein von Recht und Ordnung in der Stadt aufrechtzuerhalten. Die reichen Händler, in deren Auftrag sie handelten, waren zu beschäftigt, um ihre Interessen selbst wahrzunehmen. Bullocks Körper war gedrungen, sein Rücken krumm, und sein Blick hatte meist etwas mißmutig Finsteres. Trotzdem ertrug er klaglos seine körperlichen Gebrechen. Als Falconer ihn zum ersten Mal traf, hatte ihm auch die Geduld des Constables im Umgang mit den höherrangigen Diziplinarbeamten der Universität, den Proktoren, Eindruck gemacht. Damals hatte ein betrunkener Student unklugerweise angenommen, er könne einen Bäcker ungestraft um die wenigen Münzen für ein Brot betrügen. Auch als Falconer dem Bäcker das geschuldete Geld gezahlt hatte, war dieser nicht bereit gewesen, die Sache auf sich beruhen zu lassen. Er zog einen Constable hinzu, und zwar Bullock. Der nahm den Bäcker zur Seite und bewog ihn, seinen Ärger soweit zu vergessen, daß er schließlich das Geld für das Brot neben einigen Pence als Entschädigung akzeptierte. Von Falconer gefragt, wie er den Bäcker habe umstimmen können, hatte der Wachtmeister gelacht und gesagt, er habe dem Bäcker nur erklären müssen, daß er wohl in Zukunft kein Auge mehr zudrücken könne, wenn dieser mal wieder seine Kunden übers Ohr haue. Falconers akademisch geschultem Geist hatte diese praktische Anwendung der Logik nicht wenig gefallen. Und so war diese freundschaftliche Beziehung zwischen den zwei Männern in den sehr unterschiedlichen gesellschaftlichen Positionen entstanden.

Bullocks schwere Gestalt schien wie aus Stein gemeißelt – so als gehöre sie zu dem Kreuz, neben dem er stand. Für Falconer wirkte er wie der Schöpfer, der traurig auf Adam und Eva hinabschaut, während sie vom Baum der Erkenntnis essen, sein sichtbarer Atem ein kalter Windstoß, der die Menschheit erschaudern läßt.

Der Master wandte sich jetzt dem leblosen Körper auf dem Eichentisch in der Kapellenmitte zu. Das Mädchen war im Leben offensichtlich von gewinnendem Äußeren gewesen, und man hatte einige Anstrengungen unternommen, um wenigstens die schlimmsten Spuren der Gewaltanwendung zu beseitigen. Jemand hatte ihm das Blut aus dem Gesicht gewaschen, das nun von nassen Haarsträhnen eingerahmt wurde. Sie schmiegten sich an die bleichen Wangen, die noch wenige Stunden zuvor von der Blüte der Jugend gezeugt haben mußten. Die Vorderseite des schlichten grauen Hemdkleides wies jedoch schmutzige dunkelrote Blutspuren auf, und die Wunde am Hals klaffte weit offen wie ein gräßlicher zweiter Mund.

»Wer ist... war sie?« fragte Falconer, als er zu dem Tisch ging, um die Leiche näher zu untersuchen.

»Bloß eine Dienerin.«

In Bullocks rauher Stimme war ein bitterer sarkastischer Unterton, den Falconer noch nie bei ihm gehört hatte. Er schaute auf, und Bullock seufzte.

»Margaret Gebetz, eine Französin in Diensten von Master Fyssh.«

»Fyssh? Von *Beke's Inn?* Dann war er das, der eben aus der Kirche kam?«

»Sicher. Er war hier, um das Mädchen zu identifizieren. Du wirst ihn besser kennen als ich, doch ich nehme an, er wird sie von seiner Zeit in Paris mit nach England gebracht haben.«

»Hast du ihn in Verdacht?«

Bullock zögerte. Er wußte genau, wie sehr Falconer an mysteriösen Todesfällen interessiert war.

»Vielleicht. Dann wäre der Fall allerdings für mich erledigt.«

Falconer ignorierte die Anspielung auf das sorgsam gehütete Recht der Universität, in all ihren Angelegenheiten allein zu entscheiden. Er wandte sich wieder der Leiche zu. Sehr genau sah er sich die Wunde am Hals an, hob dann ihre Arme und betrachtete sie. Die Hände des Mädchens waren eiskalt, und obwohl das Opfer nichts mehr fühlen konnte, war Falconer so ergriffen, daß er sie sanft, über dem Körper verschränkt, zurücklegte.

»Du hast auch ihre Hände gewaschen«, stellte er fest, während er das nasse Haar aus ihrem Gesicht zurückstrich.

»Nein. Nur das Gesicht.«

Falconer ließ einige Sekunden verstreichen. Dann nickte er.

»Natürlich. Ich glaube, ich habe gesehen, was ich sehen wollte«, sagte er und machte Anstalten, an Bullock vorbei die Kapelle zu verlassen.

Der Constable packte seinen Arm mit festem Griff und flüsterte ihm ins Ohr:

»Ich bin nicht verantwortlich für das, was heute vielleicht passiert. Gewissen Leuten in der Stadt reicht der nichtigste Anlaß, um der Universität zu zeigen, was sie von ihr halten.«

Er deutete auf den reglosen Körper auf dem Tisch. Im immer schwächer werdenden Licht von draußen, wo sich Sturmwolken zusammenballten, wirkte er wie ein gemeißeltes Bildnis auf einer Grabplatte, starr und leblos.

»Und das hier ist mehr, als sie brauchen.«

3. KAPITEL

Normalerweise wurden die Straßen Oxfords zu dieser Stunde vom Lärm der Studenten geweckt, die sich gestärkt von einem billigen Ale vom Faß und einer trockenen Brotkruste vom Vortag zur Universität aufmachten. Wie Bäche, die einem großen Fluß zustreben, strömten Scharen von in verschiedensten Farben und Stilen gekleideten jungen Männern durch die Gassen, die in die High Street einmündeten, und rissen mit ihrem Lärmen, Schwatzen und Toben alle Spätaufsteher aus dem Schlaf. Reichere Studenten in höheren Semestern, die sich auf Ämter im Staat vorbereiteten, bevorzugten kräftige Farben – scharlachrot und blau. Die Gewänder der ärmeren Scholaren waren hingegen durchweg in rustikalen Brauntönen gehalten. Verstreut in der Menge tauchten einzeln die eher nüchternen Talare der Master mit ihren pelzbesetzten Kapuzen auf. Alle waren unterwegs zur School Street, der kleinen Gasse mit den Räumlichkeiten, die die Master für ihre Vorlesungen in den verschiedenen Fakultäten gemietet hatten.

Um diese Zeit nahmen auch die Kaufleute der Stadt die hölzernen Läden von den Fenstern und legten sie zu Tischen aus, auf denen sie ihre Waren feilboten. Der Duft aus den Bäckerläden brachte manch armen Studenten dazu, schon jetzt sehnsüchtig ans Mittagessen zu denken, das vier Stunden später, zur sechsten Tagesstunde, eingenommen wurde. Und der Anblick der Fleischstücke vor den Metzgerläden konnte einen Studenten, der mit der Beschaffung von Lebensmitteln für seine *Hall* beauftragt war, schon veranlassen, darüber nachzudenken, was ihm sein Viertelpenny wohl einbringen könnte. Der Geruch von Ale und Wein vermischte sich mit dem des Leders aus den Werkstätten der Schuhmacher.

Die normalen Bürger der Stadt, die weit zahlreicher waren als die Universitätsangehörigen, lebten in einem stets gefährdeten Waffenstillstand mit der Universität. In verschiedenen königlichen Verordnungen war die Vormachtstellung des Universitätskanzlers gegenüber der Stadt immer wieder neu bestätigt worden. Immerhin, mit dem Stopfen so vieler hungriger akademischer Mäuler konnte man schon seinen Lebensunterhalt bestreiten, auch wenn der Kanzler die Einnahmen der Händler kontrollierte. Was scherte es sie, daß der heilige Augustinus gute Geschäfte zu einem Übel erklärt hatte, die den Christen von der wahren Besinnung auf Gott ablenkten. Wie sollte man sonst leben und seine Familie durchbringen.

An diesem Morgen jedoch schien der Waffenstillstand nicht mehr lange halten zu wollen, und auf den Straßen Oxfords ging es ungewöhnlich leise zu. Einige Studenten, die sich mit gespielter Unerschrockenheit lärmend miteinander unterhielten, zogen am Bogenfenster des Gemeinschaftsraums der Aristotle's Hall vorbei. Der eisige Wind trug Thomas ihre Stimmen zu. Der Junge schüttelte sich fröstelnd und wandte sich dann wieder Hugh Pett zu. Abgelenkt durch sein Verlangen, hinauszugehen und die Stadt zu erkunden, hatte er nicht mitbekommen, was Hugh ihm zuletzt gesagt hatte.

»Entschuldige, was hast du gemeint?«

»Ich hab' gesagt, wenn du Grammatik schon hinter dich gebracht hast, könnte Master Falconer dich sofort für das übrige Trivium zulassen.« Sein blasses, dem Jüngeren zugewandtes Gesicht nahm feierliche Züge an, als er sagte: »*Inter artes quae dicuntur trivium, fundatrix Grammatica vendicat principium.*«

Thomas senkte betreten den Blick, während seine Füße scharrend über den blanken Lehmboden strichen. Er spürte, wie Hugh ihn am Arm faßte, dann einen angedeuteten Faustschlag in die Seite. Der ältere Junge grinste.

»Mach dir nichts draus. Wir haben hier ziemlich viele, die überhaupt nicht gut Latein können. In den ersten Tagen wird nichts anderes von dir erwartet, als einfach zuzuhören und die Worte nachzusprechen.«

Hugh reichte ihm ein Buch, das er schon in der Hand hielt, seit er Thomas sein Bett gezeigt hatte – in einem Raum, den er sich mit zwei anderen Studenten teilte. Auch am hellichten Tag war es dort dunkel. Von dem einzigen Fenster, das unverglast war, schaute man direkt auf die Hauswand des gegenüberliegenden Hauses in der engen Gasse. Mehr gab es über die karge Kammer nicht zu sagen, außer daß drei einfach Holzbetten und ein Stuhl darin standen. Thomas hatte sein Leben auf dem Lande verbracht und war die Enge der »Backe an Backe«-Bauweise in Oxford nicht gewöhnt. Im Gegensatz zu seiner Kammer war die von Hugh freundlich und konnte sich eines herrlichen Ausblicks rühmen, der über die gegenüberliegenden Dächer hinweg bis zur Stadtmauer reichte. Hugh hatte das Buch, das er Thomas nun reichte, von dem schmalen Regal über seinem Bett genommen. Am Fußende des Bettes, auf dem ein gemustertes Federbett lag, stand eine mit Schnitzarbeiten verzierte Truhe, die darauf schließen ließ, daß Hugh noch mehr teure Kleider besaß.

»Hier nimm und studier das. Ich muß jetzt gehen und mich weiter auf meine *responsions** vorbereiten. Denk dran, was der Master gesagt hat. Wir sollen Aristotle's Hall nicht verlassen.«

Thomas seufzte und wandte seine Aufmerksamkeit dem schon arg mitgenommenen Buch in seinen Händen zu.

Master Fyssh hatte einen seiner Studenten genötigt, ihm etwas Brot und Käse abzugeben. Ein anderer hatte etwas Bier von der

* In Oxford erstes von drei Examen für den akademischen Grad, d. Übers.

Zecherei am Vorabend übrig. Niemanden, am allerwenigsten Fyssh, reizte es, sich in der Stadt herumzutreiben, während man dort nach einem Mörder suchte. Noch dazu, da er selbst zu den Verdächtigen zählte. So mußte er jetzt eben mit den Resten auskommen und darauf warten, daß die Gemüter sich beruhigten. Er saß jetzt am Tisch im Gemeinschaftssaal, pickte die letzten Brotkrümel von seinem stattlichen Bauch und fluchte auf sein Dienstmädchen, so als sei es absichtlich gestorben, um seine Verdauung durcheinanderzubringen. Der Humpen vor ihm war leer, und die Studenten hatten sich aus Angst vor seiner üblen Laune auf ihre Zimmer verzogen.

Er wußte, daß er eigentlich zu unterrichten hatte, doch noch nicht einmal der einfältigste Student konnte das heute von ihm erwarten. Kinn und Doppelkinn auf die Hände gestützt, starrte er mißmutig in den leeren Humpen. Als sich eine feste Hand auf seine Schulter legte, fuhr er erschrocken auf und stieß dabei den Humpen um. Bierreste bespritzten sein elegantes Gewand, und als er sich umdrehte, sah er in ein häßliches pockennarbiges Gesicht, das ihm wohlvertraut war.

»Moulcom!«

Jack Moulcoms zerfurchtes Gesicht verzog sich zu einer Grimasse, die nur schwer als Lächeln zu deuten war. Sein schwarzes fettiges Haar hatte er quer über die Stirn geklatscht. Seine Augen sahen aus wie kleine Kohlestücke in einem Meer von Pockennarben. Die Beschaffenheit seines Überwurfs kontrastierte mit der Grobheit seiner Gesichtszüge; er war aus teurem, rotem Stoff, wirkte an seinem Körper jedoch keineswegs elegant. Obwohl Moulcom nur ein Clerk, ein höherer Student, war, hatte sogar Fyssh Angst vor ihm. Der Master saß jetzt mit wabbelnden Backen und offener Kinnlade auf seiner Bank und starrte zu dem Mann hoch. Moulcom packte ihn an beiden Schultern und sah ihm tief in die Augen.

»Das Zimmer von dem Mädchen.« Er sprach einen rauhen, nordenglischen Akzent.

»W-was?«

»Das Zimmer von dem Mädchen. Wo ist es?« Seine Hände gruben sich tief in Fysshs Schultern ein, preßten die Auskunft aus ihm heraus.

»Dort drüben.« Er wandte seinen angsterfüllten Blick der Tür am anderen Ende des Gemeinschaftsraums zu, wo Margaret Gebetz ihre Unterkunft gehabt hatte. Moulcom quetschte Fysshs Schultern noch fester zusammen, ließ dann los und ging mit großen Schritten auf die Tür zu und stieß sie auf. Als er in dem Raum verschwunden war, machte Fyssh seinem Ärger mit piepsender Stimme Luft: »Verdammter Schweinehund. Das kannst du mit einem Regent Master nicht machen. Der zuständige Proktor wird von der Sache erfahren.«

Seine Stimme erstarb gleichzeitig mit der nicht sehr mutigen Gegenwehr, als der grobschlächtige Student wieder in den Saal zurückkehrte.

»Das glaube ich nicht. Es sei denn, du willst, daß man da oben auch erfährt, was ich über dich und deine kleinen Gewohnheiten weiß.«

Seine Augen durchbohrten Fyssh, der wie ein leerer Sack auf der Bank in sich zusammensank. Indem er sich wieder der Tür zuwandte, befahl er dem Master, ohne ihn noch einmal eines Blickes zu würdigen:

»Du wartest hier. Und wenn einer deiner Studenten reinkommt, wimmelst du ihn irgendwie ab.«

Fyssh saß reglos auf seinem Stuhl, während sein Körper immer wieder von Angstschauern geschüttelt wurde. Nervös fuhr er mit dem Zeigefinger durch die Bierpfütze auf dem Tisch und leckte ihn geistesabwesend ab. Das Geräusch zerberstenden Mobiliars in dem anderen Raum ließ ihn zusammenzukken. Dann hörte er, wie Töpfe krachend zu Boden fielen. Er preßte die Hände auf die Ohren, um nicht mehr mitanhören zu müssen, wie sich Moulcoms Wut immer mehr steigerte. Und wenn er nicht fand, wonach er suchte? Was würde er dann mit dem Regent Master anstellen? Was suchte er überhaupt zwischen den kümmerlichen Habseligkeiten des toten Mädchens?

Falconer stand gedankenversunken am Eingang zur Kirche St. Frideswide. Sollte er sich wieder einmal in einen verzwickten Kriminalfall hineinziehen lassen? – Daß es sich um keinen normalen Raubmord handelte, stand für ihn fest. Oder sollte er sich an das dem Kanzler nach der Godstow-Affäre gegebene Versprechen halten? Er seufzte. Es war sinnlos, so zu tun, als ob er noch eine Wahl hätte. Bevor dieses Rätsel nicht gelöst war, würde er keine Ruhe mehr finden. Besonders, da sich unter den Bürgern, nach Bullocks Worten zu urteilen, ein gehöriges Unwetter zusammenbraute. Als er sich zum Gehen wandte, um zur Aristotle's Hall zurückzukehren, rief ihn eine Stimme aus der entgegengesetzten Richtung an.

»Falconer. Ich muß mit Euch sprechen.«

William seufzte erneut – es war die Stimme von de Stepyng, dessen Vorlesungen an der juristischen Fakultät nach Falconers Ansicht von einer übertriebenen Korrektheit waren, die an Borniertheit grenzte. Anscheinend kam er gerade von dort. Falconers verschwommener Blick sah seine Gestalt aus der Vine Hall Lane auftauchen. Als er näher kam, bestätigte sich Falconers erste Zuordnung der Stimme. Robert de Stepyng war in seiner Erscheinung ebenso starr wie in seinem Denken. Aus seinem einfachen schwarzen Talar mit der weiß gesäumten Kapuze ragte ein fahles Gesicht mit einer Hakennase. Das kurz gestutzte Haar betonte noch seine eckigen Körperformen. Sogar die Ohren schienen spitz nach oben zuzulaufen.

»Man trug mir zu, daß jemand gestorben sei.«

»Ermordet. So ist es.« Falconer fragte sich, wieso wohl jedermann in de Stepyngs Anwesenheit in dessen affektierte Redeweise verfiel.

»Das sollte die Studenten nicht davon abhalten, ihre Vorlesungen pünktlich zu den festgelegten Zeiten zu besuchen.«

Ein kalter Windstoß blies durch die Gasse, und Falconer schaute zum Himmel auf. Immer mehr Wolken zogen sich dort zusammen, und es sah sehr nach Regen aus.

»Bullock meint, die Städter seien so aufgebracht wie selten. Die Studenten sollten ihre Unterkünfte wohl besser nicht verlassen. Ich habe meine jedenfalls dazu angehalten, zu Hause zu bleiben.«

»Bullock?« De Stepyngs Frage verriet die Ungeduld eines Menschen, der stets nach klaren Definitionen verlangt.

»Einer der Constables in der Stadt.«

»Aha.« Es war offensichtlich, daß de Stepyng den Mann nach dieser Auskunft keiner weiteren Erwähnung mehr für wert hielt. »Ein Mädchen aus der Stadt, zweifellos von ihresgleichen umgebracht. Diese Leute würden sich auch für einen Laib trockenen Brots gegenseitig die Kehle durchschneiden. Doch wie dem auch sei, das Mädchen ist mir unbekannt und die Angelegenheit daher ohne Interesse für mich. Für Euch auch, Falconer?«

De Stepyng spielte damit eindeutig auf Williams Verwicklungen in andere Kriminalfälle an. Falconer begann zu frösteln. Ein erneuter eisiger Windstoß brauste auf, und die ersten Regentropfen fielen. Er zog seinen Talar fester über der Brust zusammen und stellte dabei fest, daß sein Gegenüber sich von dem Wetter nicht im mindesten beeindrucken ließ. Es war, als ob sich sogar der Wind an seiner Starrheit breche.

De Stepyng drehte sich wortlos um und entfernte sich in

Richtung der Kirche St. Aldate, eine finstere Gestalt, die sich im spärlichen Licht des aufkommenden Unwetters verlor und Falconer mit einem quälenden Gedanken, den er nicht niederhalten konnte, allein ließ.

Thomas hatte es satt, untätig im kalten Gemeinschaftsraum von Aristotle's Hall zu sitzen. Er war doch nicht nach Oxford gekommen, um sich zu langweilen. Und außerdem hatte sich der Schrecken der vergangenen Nacht bereits verflüchtigt. Hugh und die anderen Studenten hielten sich in ihren Zimmern auf, und ihm war nicht danach, die Leute zu stören, die er erst so kurz kannte. Unschlüssig schaute er aus dem Bogenfenster. Dann lehnte er sich hinaus. Auf der Straße war es in beiden Richtungen totenstill, und Thomas wollte es nicht in den Kopf, warum es gefährlich sein sollte, jetzt einfach hinauszugehen. Er wollte nur die allernächste Umgebung auskundschaften: Hugh hatte erzählt, die Häuser am anderen Ende der Shidyerd Street würden Juden gehören. Thomas hatte viele Geschichten über Juden gehört, jedoch noch nie einen gesehen. Sein Vater hatte ihm einmal von einem Juden aus Bristol namens Samuel erzählt. Dieser hatte einen Jungen mit Namen Adam in sein Haus gelockt und dort, mit dem Wissen seiner Frau, gekreuzigt. Sein Vater hatte ihm die grausige Tat in allen Einzelheiten ausgemalt, und Thomas wurde es jetzt noch heiß und kalt, wenn er daran dachte. Durch eine Stimme Gottes wurde die Frau dann auf den rechten Weg gebracht. Doch Samuel geriet darüber so in Wut, daß er sie tötete. Sein Vater hatte ihn daher eindringlich vor den ausgestoßenen Juden und ihrem niederträchtigen Charakter gewarnt. Dabei hatte er auch selbst noch nie einen Juden gesehen.

Natürlich glaubte Thomas die Geschichte nicht, auch wenn die Juden den Herrn ans Kreuz geschlagen hatten. Trotzdem lockte es ihn zu sehen, was es mit dieser verfluchten Rasse auf sich hatte. Einem Volk, das sich seinen Lebensunterhalt mit Geldgeschäften verdiente. Thomas steckte das Buch von Donatus in seinen Wams und öffnete leise die Haustür. Kein Mensch war zu sehen, und da auch der Himmel düster war, wiegte er sich in Sicherheit und wandte sich nach rechts dem Judenviertel zu.

Obwohl es in dem Keller eiskalt war und der Regen durch den Bogen direkt unter der Decke schräg in den Raum hineinprasselte, war der Körper in Verwesung übergegangen. Er würde ihn noch diese Nacht unter die Erde bringen müssen, damit die Nachbarn sich nicht über den Gestank beschwerten. Ihn selbst störte er nicht, für ihn war der Geruch eine unabänderliche Notwendigkeit. Ja mehr noch, eine angenehme Begleiterscheinung, war er doch untrennbar mit der Entfaltung seiner chirurgischen Fähigkeiten verbunden. Er räumte den Abfall beiseite, indem er Eingeweide, Knochen und Fleischstücke in einen Sack zu einem blutigen Mischmasch zusammenwarf. Seine Arbeit war damit noch nicht getan, denn diese Probe hatte ihm nicht die erhofften Ergebnisse gebracht. Wie schade, daß das Dienstmädchen so standhaft von dieser häßlichen Kröte von einem Mann bewacht wurde. Denn was Bonham jetzt am dringendsten brauchte, war eine frische Leiche.

4. KAPITEL

Der Himmel verdunkelte sich immer mehr. Der eiskalte Regen prasselte jetzt heftig hernieder und zwang Falconer, sich zu irgend etwas zu entschließen. Er konnte nicht länger untätig vor

St. Frideswide stehenbleiben und darüber nachdenken, wie wohl aus den wenigen Fakten, die ihm bekannt waren, ein logisches Ganzes zu konstruieren wäre. *Beke's Inn* lag nur einen Sprung entfernt, und so war jetzt vielleicht der richtige Zeitpunkt gekommen, um sich ein wenig mit Master Fyssh zu unterhalten. Er wandte sich nach rechts und lief die Gasse hinunter, die sich unter den Wassermassen, die vom Himmel niedergingen, zusehends in eine Schlammwüste verwandelte. Vor *Beke's Inn* angekommen, duckte er sich in den niedrigen Eingang. Er strich sich das triefend nasse Haar mit einer Hand glatt zurück und klopfte. Nach einer Weile hörte er das Schlurfen von Schritten hinter der Tür. Doch niemand öffnete. Er klopfte noch einmal ungeduldiger jetzt, während ihm das Wasser den Nacken hinunterlief.

»Wer ist da?« Die Stimme pfiff zitternd, kaum hörbar durch die massive Eichentür.

»Macht auf, Fyssh. Ich bin's, Falconer von Aristotle's Hall.«

»Was wollt Ihr?«

»Im Moment nichts anderes als ein warmes, trockenes Plätzchen. Jetzt macht endlich auf, um Himmels willen.«

Die Stimme hinter der Tür grummelte etwas Unverständliches. Dann hörte Falconer das schabende Geräusch, wie einige, anscheinend selten benutzte Riegel zurückgeschoben wurden. Ein tief in einem fetten Gesicht liegendes Schweinsauge erschien im Türspalt. Fast gleichzeitig drückte Falconer, der mit seiner Geduld am Ende war, mit der Faust gegen das Eichenholz und schob den verdutzten Fyssh zur Seite, so als handele es sich bei ihm um ein Leichtgewicht. Geduckt kauerte er jetzt in der Ecke und quiekte wie ein Schwein, wobei er die Türkante wie einen Schild umklammert hielt.

»Ihr braucht keine Angst zu haben. Ich bin allein.«

Gewaltsam löste er Fysshs Finger von der Tür und schloß sie, den trommelnden Regen aussperrend, hinter ihm. Fysshs Unterkiefer bebte, während ihm eine einzelne Träne über die fette Wange lief. Als Falconer den Mann in dieser Verfassung vor sich sah, bereute er sein ungalantes Eindringen. Fyssh lebte anscheinend schon den ganzen Tag in Angst und Schrecken und stand jetzt kurz vor einem Nervenzusammenbruch. Es konnte Falconers Vorhaben, einige Dinge zu klären, nicht dienlich sein, wenn sein Gegenüber einen hysterischen Anfall bekam. Deshalb legte er jetzt behutsam einen Arm um Fysshs Schulter und führte den zitternden Mann zu einer Bank neben dem Kamin. Er selbst ließ sich direkt vor dem Feuer nieder, wo seine nassen Kleider sofort zu dampfen begannen.

»Ah, das tut gut. Eine wahre Sintflut da draußen.«

Er ließ Fyssh Zeit, sich zu fassen, und nutzte die Gelegenheit, um seinen Blick durch die Halle schweifen zu lassen. Verglichen mit seiner eigenen kargen Behausung schien sie ihm fast prunkvoll – sogar ein Gobelin hing an der Wand. Es hieß, Fyssh unterrichte nur wenige Studenten, und doch schien er nicht unter Geldmangel zu leiden. Er hatte sogar ein Dienstmädchen – wenigstens bis gestern abend noch.

»Ich nehme an, Ihr wollt mich auch wegen dieses verdammten Mädchens ausfragen«, brach Fyssh das Schweigen.

»Auch?«

»Ja, dieser griesgrämige Kerl mit dem Buckel hat mich gezwungen, mir die Leiche anzusehen, und mich dabei mit seinen Blicken praktisch des Mordes angeklagt. Und dann...«

Fyssh stockte und schlug die Augen nieder, gerade als Falconer dachte, er habe zu seiner normalen, aufbrausenden Art zurückgefunden. Irgend etwas bedrückte ihn: War es die Angst, überführt zu werden? Falconer wartete schweigend, doch Fyssh hatte sich offensichtlich entschlossen, kein weiteres Wort mehr zu sagen. Er starrte ins Feuer und nestelte nervös an den Pelzaufschlägen seines weit geschnittenen Talars. Für Falconer war klar, daß er seinem Gegenüber, trotz dessen schwieriger seelischer Verfassung, etwas auf die Sprünge helfen mußte.

»Was hatte Margaret gestern abend so spät außer Haus zu tun?« begann er.

»Was?« Fysshs Blick richtete sich unwillkürlich auf den Fragenden.

»Das weiß ich nicht.«

»Wann habt Ihr sie zuletzt gesehen?«

Fyssh gab an, daß sie ihm das Abendessen zur neunten Stunde gebracht und auch die Studenten in der Halle versorgt hatte. Später hatte sie das schmutzige Geschirr abgeräumt, und was sie danach getan hatte, wußte er nicht, und es interessierte ihn auch nicht. Sie hatte ihr Bett in der Küche. Falconer überlegte, ob Fyssh vielleicht zu betrunken gewesen war, um sich an mehr zu erinnern. Doch wäre er in einem solchen Zustand wahrscheinlich auch nicht mehr in der Lage gewesen, das Mädchen umzubringen.

»Wie sieht es mit ihrer Habe aus?«

»Was geht mich ihre Habe an? Wenn sie überhaupt irgend etwas besaß.«

Fyssh wurde jetzt immer abweisender. »Sie war doch bloß eine Dienstmagd.«

Offensichtlich war er der Ansicht, nicht mehr über sie wissen zu müssen.

Falconer kam zum entscheidenden Punkt.

»Und Ihr? Wo wart Ihr, als sie starb?«

Seltsamerweise schien sich Fyssh durch die Frage keineswegs aus der Ruhe bringen zu lassen, und seine Antwort hörte sich durchaus plausibel an. Aber vielleicht hatte er sich auch nur gut vorbereitet.

»Ich bin bald nach dem Abendessen eingeschlafen. Sonst kann ich mich an nichts erinnern, bis mich der Constable heute morgen geweckt hat. Ich weiß noch nicht einmal, wann sie genau umgebracht wurde.«

Falconer seufzte und fragte den Master, ob er sich ihr Quartier ansehen könne. Fysshs Augen zuckten, als er zur Küchentür blickte, und sein Gesicht wurde kreidebleich. Unsicher, wie er diese Reaktion deuten sollte, schickte sich Falconer an, zur Küche zu gehen. Diesmal war die Reaktion des dicken Mannes brüsk und unerwartet.

»Nein, das dürft Ihr nicht.«

Er sprang von seinem Stuhl auf. Sein Unterkiefer bebte, und sein Gesicht wurde noch fahler. Speicheltröpfchen flogen durch die Luft, als er Falconer lautstark verfluchte. Dieser Wutanfall machte ihm ausreichend Mut, um sein Gegenüber am Arm zu packen und ihn Richtung Tür zu stoßen. Überrascht und amüsiert von dieser übertriebenen Demonstration von Unerschrockenheit, ließ sich Falconer ohne Gegenwehr auf die Straße setzen. Offensichtlich war aus Fyssh nicht mehr herauszuholen – im Moment jedenfalls nicht. Doch was hatte ihn zu dieser heftigen Reaktion veranlaßt?

Jenseits der Türe schob Fyssh die Riegel vor. Jetzt fühlte er sich wieder sicher. Er preßte eine schwabbelnde Wang' gegen das Eichenholz und atmete erleichtert auf. Moulcoms rauhe Stimme dicht an seinem Ohr ließ ihn erneut vor Schreck zusammenfahren. Er hatte nicht bemerkt, wie sich der junge Mann von hinten an ihn herangeschlichen hatte.

»Du hast gut daran getan, den Schnüffler abzuwimmeln. So können wir uns jetzt über das Buch von dem Mädchen unterhalten.«

»Ich weiß von keinem Buch. Sie war ein Dienstmädchen. Was sollte sie mit einem Buch anfangen?«

Fyssh zuckte zusammen, als Moulcom eine mächtige rote Faust über den Kopf des Masters erhob, während er ihn mit der anderen Hand am Pelzkragen packte. Er konnte Moulcoms nach Ale stinkenden Atem riechen, denn der häßliche Student hatte ihn jetzt ganz nah an sich herangezogen und damit begonnen, die Kleider in seinem festen Griff derart zu drehen und zu wringen, daß sie dem Master unsanft in den Nacken schnitten.

»Sie hatte also kein Buch oder irgendwelche Papiere?«

»Nein, ich schwöre es«, keuchte er. Moulcom drehte noch fester. Die Kleider schnitten tief in das gefleckte rote Fleisch ein, und Fysshs Gesicht, in dem die Augäpfel vor Angst hervortraten, lief violett an.

»Sollte sich herausstellen, daß du lügst...« Moulcoms Drohung stand unausgesprochen im Raum. Er ließ Fyssh los, der keuchend zu Boden fiel, und verließ die Halle, während sich der Master fragte, was an dem Buch des Mädchens wohl so wichtig war.

Falconer, der in einem Hauseingang in der Nähe von *Beke's Inn* stand, beobachtete, wie sich die häßliche Gestalt des Studenten die Gasse runter in Richtung Fish Street entfernte. Trotz seiner schlechten Augen und des dichten Regens erkannte er in ihm Jack Moulcom von der nordenglischen Landsmannschaft, der schon einiges für seinen denkbar schlechten Ruf getan hatte. Warum hatte Fyssh sich so sehr bemüht, seine Anwesenheit in *Beke's Inn* zu vertuschen? Ein Blitz und gleich darauf ein gewaltiger Donnerschlag zwangen Falconer, irgendwo Schutz zu suchen, wollte er nicht in den Fluten untergehen, wie jene Tiere, die Noahs Arche nicht mehr erreicht hatten.

Thomas' Herz blieb fast stehen bei dem Donnerschlag. Er wünschte, er hätte die sichere Aristotle's Hall nie verlassen. Nun stand er in einem Gäßchen im Judenviertel – wie er an dem Kehrichthaufen zu seinen Füßen zu erkennen glaubte. Er war sich nicht sicher, aber fast schien es ihm so, als wolle sich der zerbrochene Topf vor ihm, dessen Füße wie Teufelshörner zum Himmel zeigten, über seinen Orientierungssinn lustig machen. All die verschlossenen Haustüren und engen Gassen sahen gleich aus. Und jedes verrammelte Fenster schien ihm den Rücken zuzukehren. Der Regen prasselte immer noch heftig hernieder. Die Furcht wie der ermordete Adam aus Bristol zu enden, hinderte ihn daran, irgendwo anzuklopfen, um Schutz vor dem Wetter zu suchen oder nach dem Weg zu fragen. Plötzlich erschienen ihm die Geschichten, die sein Vater erzählt hatte, gar nicht mehr so weit hergeholt.

In der Tat war es ihm, als höre er schon den Höllenhund bellen. Ganz deutlich nahm er bellende Laute ganz in der Nähe wahr und stellte sich vor, sie rührten von der Bestie mit den scharfen Reißzähnen her. Dann wurde ihm klar, daß es menschliche Stimmen waren und daß sie immer näher kamen. Sein Herz, das vorhin beinahe stehengeblieben wäre, schlug jetzt mit einer Geschwindigkeit, als gehorche es dem Rhythmus eines wahnsinnig gewordenen Hufschmieds. Zum zweiten Mal schon in den letzten beiden Tagen sah er sich einer Meute Jäger gegenüber. Ob das Leben in der Stadt wohl immer so aussah? Fast sehnte er sich jetzt nach der Langeweile auf dem väterlichen Hof zurück. Er versuchte festzustellen, aus welcher Richtung der Lärm der Meute kam, um sich dann in der entgegengesetzten Richtung aus dem Staub zu machen. Wenigstens blieb ihm jetzt nichts mehr anderes übrig, als sich für irgendeine Richtung zu entscheiden. Durch den klebrigen Matsch rannte er die Gasse runter, bis zu der Stelle, an der sie sich plötzlich gabelte. Er blieb stehen und lauschte, während er sein pochendes Herz zu beruhigen versuchte. Die aufgeregten Stimmen hallten aus beiden Gassen vor ihm wider. Er hatte nur die Möglichkeit, kehrtzumachen auf dem Weg, den er gekommen war, wieder zurück zu dem Punkt, wo er die Orientierung verloren hatte.

Mit beiden Händen stützte er sich gegen das rauhe Holz einer Haustür, um erst mal wieder zu Atem zu kommen, als er plötzlich nach vorne stolperte, weil die Tür nachgab.

Er fing sich wieder und schaute sich, das Schlimmste befürchtend, um. Doch er war allein in der düsteren Vorhalle. Anscheinend war er durch bloßen Zufall an eine Tür geraten, die jemand nur nachlässig verriegelt hatte.

Er drehte sich um und wollte zurück durch die Tür, die immer noch offenstand. Doch die barschen Stimmen von der Gasse her, die sich gegenseitig anfeuerten, hielten ihn davon zurück. Er schlug die Tür zu und schob den Riegel vor – diesmal richtig. Dann lehnte er sich mit dem Rücken gegen die Tür, schloß die Augen und genoß die Sicherheit, die das massive Holz ihm gab – für einen kurzen Augenblick, denn als er sie wieder aufmachte, bot sich ihm ein fürchterlicher Anblick.

Falconer hatte gerade den Eingang von Aristotle's Hall erreicht, als er in der Ferne das blecherne Läuten einer Kirchenglocke vernahm. Es war die Glocke von St. Martin. Wahrscheinlich rief sie die Bürger dazu auf, sich zu sammeln. Er stand im Türbogen und lauschte. Kurz darauf erscholl das Schmettern von Ochsenhörnern, und Falconer wußte, daß es nun zu Tumulten kommen würde, die nicht mehr zu verhindern waren. Eine Reihe törichter Studenten würde mit Sicherheit wieder auf die Kriegserklärung der rabiaten Bürger antworten und andere dazu anstacheln, mit ihnen zu Felde zu ziehen. Schlaue Füchse wie Falconer verzogen sich, bis sich der Sturm wieder gelegt hatte. Wie Bullock vorhergesehen hatte, waren die Bürger über den Tod des Dienstmädchens, das sie zu den ihren zählten, dermaßen entrüstet, daß sie alle Vernunft vergaßen. Und so schoben sie kurzerhand die Schuld an seinem Schicksal auf ihren alten Feind, die Universität. Man würde nicht innehalten, um gesunden Menschenverstand walten zu lassen; Unbesonnenheit und Dummheit herrschten vor, die später von beiden Seiten bereut würden. Falconer schlug die Tür seiner *Hall* hinter sich zu und seufzte.

»Falconer, seid Ihr es?«

Er kniff die Augen zusammen, um die Gestalt am Ende des dunklen Ganges, der zur Vorhalle führte, besser wahrnehmen zu können. Obwohl es noch Nachmittag war, konnte Falconer kaum mehr als die grauen Umrisse des Mannes erkennen. Es war noch zu früh, um sich den Luxus von Kerzen zu erlauben, und innerlich fluchte William auf seine schwache Sehkraft. Da er sein Gebrechen niemandem preisgeben wollte, versuchte er, Zeit zu gewinnen, während er auf den Mann zuging.

»Wer könnte es auch anders sein – bewegt sich in Aristotle's Hall, als gehörten die Mauern ihm. Ihr scheint Euch hier ja ganz wie zu Hause zu fühlen, . . . Bonham«, fügte er hinzu, als er den Mann vor sich endlich erkannte.

Richard Bonham war ein nicht sehr auffälliger Regent Master der Rhetorik, der mit Vorliebe die Warnungen des Hl. Augustinus vor den Übeln des Handels zitierte. Er war ein kleiner Mann, im Denken und vom Körperbau her, mit einer Halbglatze, die an eine Franziskaner-Tonsur erinnerte. Seine Kleider waren von einfacher Beschaffenheit und dazu oft genug noch von einem so langweiligen Grau, daß man ihn tatsächlich für einen Mönch hätte halten können.

Ohne auf Falconers spitzen Kommentar einzugehen, begann

er sogleich, ihn auf seine Freundschaft zu Peter Bullock anzusprechen. Die Absicht, die dahinter stand, blieb nicht lange verborgen. Ganz im Gegensatz zu de Stepyng war Bonham stark an dem toten Mädchen interessiert.

»Wäre es Euch wohl möglich, ein Wort für mich einzulegen, daß man mir erlaubt, über die Leiche in angemessener Weise zu verfügen.«

Als er Falconers skeptischen Blick sah, fuhr er eilig fort.

»Bedenkt, daß sie keine Familie hat, und ich würde natürlich für ein christliches Begräbnis sorgen.« Er ergriff Falconers Arm, so als könne er ihn dadurch zu einer rascheren Entscheidung nötigen. Aber es war von vorneherein ein ungleicher Kampf zwischen dem schwächlichen Bonham und dem kräftig gebauten Falconer, der sich nicht im mindesten beeindrucken ließ und seinem Gegenüber sogleich den Wind aus den Segeln nahm.

»Nein, da werde ich nichts für Euch tun können – im Moment wenigstens nicht. Da draußen hat die Treibjagd begonnen, und Ihr möget tollkühn genug sein, um den Leuten die Stirn zu bieten. Ich jedoch nicht.«

Der kleine Mann schien etwas erwidern zu wollen, doch dann kniff er die Lippen zusammen und ging zu dem Fensterschlitz, von wo aus man die Gasse überblicken konnte. Er legte seinen schmalen Kopf schief und horchte. Er erinnerte Falconer an eine scheue Singdrossel, die mit einem Auge die Gegend auskundschaftet, während sie mit beiden Ohren auf verdächtige Geräusche lauscht.

Das heisere Geschrei der aufgebrachten Bürger drang aus der Ferne zu ihnen, und Bonham kniff die Lippen noch fester zusammen, offensichtlich verärgert, daß Falconer recht hatte.

»Wenn das so ist und ich, wie es den Anschein hat, hierzubleiben gezwungen bin, möchte ich die Gelegenheit nutzen, um die Fehler richtigzustellen, die Ihr vor den armen Studenten verbreitet habt, die auf ihrem Weg durch das Quadrivium leider von Euch abhängen.«

Falconer seufzte tief – Bonham war ein Kleingeist, mit dem Dispute lang und zäh werden konnten.

»Von welchen Fehlern sprecht Ihr?«

»Mir ist zu Ohren gekommen, daß Ihr weiterhin an der Auffassung festhaltet, die Erde habe die Form eines Umhangs.« Ein herablassendes Lächeln huschte über das Gesicht des kleinen Mannes. Sein nach unten verzogener Mund drückte Mißbilligung aus. »Natürlich stimme ich nicht mit Cosmas Indicopleustes überein, der in seiner *Topographia Christiana* behauptet, die Erde sei geformt wie ein Gotteshaus. Nein, es ist Isidor von Sevilla, der die richtige christliche Position vertritt.«

Seine Augen fixierten Falconer, forderten ihn zum Widerspruch heraus. Doch der ließ sich nicht darauf ein, und Bonham fuhr fort.

»Mit einem T in einem Kreis läßt sich treffend die Aufteilung der Erde unter den Söhnen Noahs beschreiben. Sem als Erstgeborener erhielt Asien zugesprochen, und damit die Hälfte der ganzen Erde. Europa war der Anteil Japhets...«

Seine Ausführungen wurden jäh unterbrochen, als die schwere Eichentür krachend aufflog und Hugh Pett hereingestürzt kam, der ungewöhnlich zerzaust aussah und nur durch den Anblick des verärgert dreinschauenden Richard Bonham in seinem Mitteilungsdrang gestoppt wurde.

»Master!«

Petts Augen waren flehend auf die beiden Regent Masters gerichtet. Doch Bonham erhob die Hand und verbat sich damit jedes weitere Wort des jungen Studenten. Seelenruhig fuhr er dann fort. »Europa war also der Anteil Japhets und Afrika der von Ham.«

»Der Umhang, den Ihr so lächerlich findet, ist doch nur eine Hilfskonstruktion. Es entspringt dem Versuch des alten Ptolemäus, die Krümmung der Erde auf einer ebenen Fläche darzustellen.«

Pett konnte nicht mehr länger an sich halten. »Master. Ich muß Euch sprechen.«

Jetzt war es an Falconer, die Hand zu heben. Bonhams Überheblichkeit wurmte ihn, und er war entschlossen, ihn mit logischen Argumenten zu widerlegen.

»Still, Hugh.« Er wandte seinen Blick wieder dem Regent Master zu, der steif und selbstgefällig auf der Bank saß.

»Wollt Ihr etwa die Erdkrümmung leugnen? Ich selbst habe schon auf hoher See auf dem höchsten Mast gesessen und von dort ›Land in Sicht‹ geschrien, bevor irgend jemand auf Deck Land sehen konnte. Sogar Eure mageren Kenntnisse in Geometrie müßten es Euch erlauben, die Tragweite dieser eindeutig bewiesenen Tatsache zu erkennen.«

»Master, Thomas ist verschwunden«, platzte es aus Hugh heraus, bevor er wieder unterbrochen werden konnte. »Er ist irgendwann hinaus und bis jetzt noch nicht wiedergekommen.«

Falconer fuhr von seinem Stuhl hoch und stieß dabei einen Bierkrug um, der dem verdutzten Bonham in den Schoß fiel. Dann packte er den Seidenkragen von Petts Tunika und stieß den Jungen nieder auf die Bank, direkt neben den älteren Mann.

»Sag mir. Wo könnte er hin sein?«

Hugh zögerte.

»Komm schon, er muß doch was gesagt haben. Wollte er sich irgend etwas anschauen gehen. Überleg doch mal. Wie war das für dich, als du hierherkamst. Was hat dich da am brennendsten interessiert? Denk nach!«

Hugh legte die Stirn in Falten und versuchte, sich an die Flut von Fragen zu erinnern, mit denen Thomas ihn am Morgen gelöchert hatte. Dabei kam ihm etwas in den Sinn.

»Er hat so ein dummes Zeug über Opferrituale gefaselt. Ich hab' ihm natürlich kein Wort geglaubt...«

»Das Judenviertel.« Falconer hastete zur Tür, wobei er ihnen über die Schulter zurief: »Ihr bleibt beide hier. Verstanden? Hugh – du verriegelst die Haustür hinter mir und wartest, bis ich zurück bin. Und unter keinen Umständen gehst du auf die Straße.«

Falconer war schon durch die Tür, noch bevor Hugh Pett aufgestanden war. Er war erst wenige Schritte hinter seinen Master hergeeilt, um die Tür hinter ihm zu verrammeln, als Falconer plötzlich wieder vor ihm stand und streng mit dem Finger auf ihn zeigte.

»Wenn ihm irgend etwas zugestoßen sein sollte...«

Die Drohung blieb unausgesprochen. Pett erbleichte, denn er wußte, daß er für den Jungen verantwortlich war. Er wollte etwas sagen, aber Falconer war schon fort.

5. KAPITEL

Die grauenerregende Gestalt vor ihm versperrte schwarz und riesig den Zugang zur Vorhalle. Ihre Haare waren ein wildes Gestrüpp, aus dem, wie Thomas zu erkennen glaubte, Hörner herausragten. Dampf entwich zwischen ihren Händen, und der Junge war sicher, den Todesgestank der Hölle riechen zu können. Er wich zur Tür zurück und bekreuzigte sich. Davon völlig unbeeindruckt kam das Ungeheuer näher, sein schwarzes Gewand von Dampfwolken umhüllt. Wie angewurzelt verharrte

Thomas auf der Stelle. Er konnte nur noch voller Entsetzen hochblicken. Dabei dachte er an die vielen Kinder, die auf dem Altar der Juden geopfert worden waren. Die Augen des Ungeheuers glühten rot in dem düsteren Flur und schienen ihn zu durchbohren. Ihm war, als höre er hinter seinem Peiniger jemanden rufen, in einer ganz fremdartigen Sprache. Das konnte nur die Sprache der Juden sein, eine Art Affensprache – wie sein Vater ihm erzählt hatte. Thomas fiel auf die Knie und wartete auf den Tod.

Falconer hörte, wie Hugh den Riegel hinter ihm vorschob, und lief die Gasse runter, wobei er sich eng an die Hauswände hielt, um dem tiefsten Schlamm in der Straßenmitte zu entgehen. Immerhin hatte der Regen etwas nachgelassen. Doch war es immer noch ein trostloser Nachmittag. Die Stimmen und das Waffengeklirr kamen überwiegend aus Richtung High Street. Falconer blieb in den Gassen in der Nähe der Stadtmauer. Der Junge hatte über Ritualmorde gesprochen, diesen weit verbreiteten Unsinn, den man den Juden andichtete. Vielleicht wollte er jetzt nur die verständliche Neugier eines Bauernjungen befriedigen und sich die verfolgte Rasse einmal aus der Nähe ansehen und hatte sich deswegen ins Judenviertel vorgewagt. Aber wie auch immer, Falconer hatte keine anderen Hinweise auf seinen möglichen Aufenthaltsort. Er betete, daß er recht hatte und der Junge vernünftig genug war, sich von dem aufgebrachten Pöbel fernzuhalten. Als er die Shidyerd Street überquerte, kam er an der Stelle vorbei, wo das Mädchen getötet worden war. Erneut dachte er an die Fakten, die er bis jetzt zu ihrem Tod zusammengetragen hatte. Es war wenig, so enttäuschend wenig, und ein logischer Tathergang ließ sich nicht aus ihnen ableiten. Plötzlich stieß er mit einem Mann zusammen, der so gehetzt um die Ecke bog, als sei der Teufel hinter ihm her. Falconer umfing der Ale-gesättigte Atem des Mannes, der jetzt den Master an den Kleidern packte und ihn mit wildem Blick anstarrte.

Falconer straffte die Schultern, um einen möglichen Angriff abzuwehren, doch der Mann murmelte nur einen Fluch, ließ Falconer los und taumelte weiter die Gasse hinunter. Noch einmal drehte er sich zu Falconer um, dann war er verschwunden. Falconer atmete erleichtert auf und bog in die Gasse ein, die direkt ins Judenviertel führte. Die abweisenden Häuser türmten sich hoch zu beiden Seiten von ihm auf – von den Dächern tropfte Regenwasser in den aufgewühlten Schlamm der Gasse. Immerhin boten sie einen gewissen Schutz vor den wildgewordenen Bürgern, deren gedämpftes Geschrei jetzt ein gutes Stück entfernt zu seiner Rechten wie in Wellen an sein Ohr drang. Für sie war jetzt nicht die Zeit, um Juden zu jagen – die Stadt hatte andere Geschäfte zu erledigen. Falconers einziges Risiko war es, daß er beim Einbiegen in die Vine Hall Lane für einen Moment von der High Street aus gesehen werden konnte. Wegen seiner schlechten Augen konnte er nicht erkennen, ob jemand die Gasse überblickte, während er dort auftauchte und auf die andere Seite wechselte. Falconer entschloß sich, es zu wagen. Da er nun schon so weit gekommen war, wollte er unbedingt, wenn es in seiner Macht stand und nötig sein sollte, den Jungen retten.

Thomas de Cantilupe war um seine Sicherheit besorgt. Als Universitätskanzler hatte er noch weit mehr zu verlieren als bloß seine Würde. Sogar um sein Leben mußte er fürchten, sollte es ihm nicht gelingen, die ständigen Querelen zwischen Stadt und Universität einzudämmen. Der König mochte zu schwach sein, um das Land vor einem blutigen Bürgerkrieg zu bewahren. Doch stark genug war er noch, um die Universität auf eine Petition der Stadtväter hin für ein vermeintliches Unrecht zu bestrafen. Außerdem war de Cantilupe unzufrieden mit der Haltung der Studentenschaft, die immer mehr die Partei von Earl Simon zu ergreifen schien. Wenn de Cantilupe der diplomatische Balanceakt mißlang, den man von ihm erwartete, würden seine ehrgeizigen Pläne, die weit über Oxford hinausgingen, entscheidend durchkreuzt werden.

Er hatte gerade eine Zusammenkunft mit dem von den Mastern der nordenglischen Landsmannschaft neugewählten Proktor beendet, als er durch das Läuten der Glocken von St. Martin alarmiert wurde. Seine Nackenhaare richteten sich auf, und er entließ den Proktor mit dem Auftrag, seine Studenten irgendwie unter Kontrolle zu halten. Als er dann eilig auf die Straße trat, hatte er noch sein offizielles akademisches Pluviale am Leibe. Die Falten des schweren Purpurs wirbelten um seine Beine, während er die High Street runterlief, in der Hoffnung, tollkühne Mitglieder der Universität von unbesonnenen Aktionen abhalten zu können. Außerdem mußte er jetzt unbedingt mit Jack Moulcom sprechen.

Er fluchte, als vor ihm zwei Studenten auftauchten, die wichtigtuerisch die Straße entlangstolzierten. Einer von ihnen war mit einem Schwert bewaffnet. Der Regen prasselte auf sie nieder und durchtränkte ihre Kleider, doch sie schienen keine Notiz davon zu nehmen. Der mit dem Schwert stand breitbeinig mit dem Rücken zum Kanzler und ließ seine Waffe in großen Bögen zischend durch die Luft sausen. Sein Gefährte schaute ihm voller Bewunderung zu, als der Prahlhans jetzt auch noch aus voller Kehle nach einem Gegner rief. Die Antwort war ein mächtiges Donnergrollen, und die beiden fingen lauthals an zu lachen. Unbemerkt näherte sich ihnen de Cantilupe von hinten, und als der Schwertträger zu einer erneuten Demonstration seines Heldenmuts ausholte, sprach er sie an.

»Ihr Dummköpfe. Warum wollt ihr unbedingt so jung sterben?«

Seine ruhige, aber feste Stimme ließ die beiden zusammenfahren. Der Student mit dem Schwert drehte sich um. Dabei sank seine schwere Waffe zu Boden, direkt vor de Cantilupes Füße. Glücklicherweise wurde die Klinge durch den dicken Stoff seines Pluviales abgelenkt, jedoch mit dem Resultat, daß das kostbare Gewand jetzt einen langen Riß aufwies. De Cantilupe senkte den Blick, und der Student erbleichte, als er gewahr wurde, wessen Gewand er da ruiniert hatte. Seine kraftlosen Finger lösten sich vom Schaft des Schwertes, und de Cantilupe nahm die Waffe an sich. Seufzend betrachtete er sich das Ausmaß des Schadens an seinem Pluviale, das sich mittlerweile schon mit den Abwässern vollsaugte, die sich ihren Weg durch den Straßenmatsch bahnten.

»Die Waffe ist bei mir wohl besser aufgehoben. Und auch ihr seid wohl besser aufgehoben im Schutz eurer *Hall*. Also, macht, daß ihr nach Hause kommt. Aber schnell.«

Die Studenten schauten betreten zu Boden, und indem sie so etwas wie eine Entschuldigung stammelten, traten sie den Rückzug an. Der Kanzler schaute ihnen nach, wie sie in eine Gasse einbogen, die ins Judenviertel führte. Dann sah er vom anderen Ende der High Street eine Gruppe von Leuten auf sich zukommen. Wenn die Horde ihn mit dem Schwert in der Hand antraf, würde sein Leben genauso in Gefahr sein, wie es das der Studenten gewesen wäre, und er gab sich nicht dem Trugschluß hin, daß sein Pluviale ihm irgendeinen Schutz bieten würde. So kehrte er also in seine sichere *Hall* zurück, wobei er hoffte, daß die beiden Studenten von den aufgebrachten Bürgern unentdeckt bleiben würden. Seine Unterredung mit Moulcom mußte warten.

Am Ende der Gasse blieb Falconer stehen und lehnte sich gegen den Querbalken eines Eckhauses. Seine schlechten Augen verfluchend, schielte er nach rechts. Er nahm die Umrisse zweier Gestalten wahr, die an der Einmündung der Gasse in die High Street standen. Einen Augenblick lang schienen sie zu streiten, wobei einer den anderen am Ärmel zog. Ein entfernter Schrei schien ihre Auseinandersetzung zu beenden, und sie bewegten sich jetzt in Falconers Richtung. Sie hatten kaum einige Meter zurückgelegt, als ein halbes Dutzend dunkler Gestalten hinter ihnen an der Ecke auftauchte. Zwei Studenten hatten sich unvorsichtigerweise oder mit falsch verstandenem Heldenmut entschieden zu weit vor die Tür gewagt. Und die Meute hatte sie entdeckt und würde ihnen keine Chance lassen. Falconer betete, daß nicht Thomas einer der beiden war.

Einer der Studenten schaute sich jetzt nach den Verfolgern um, rutschte dabei im Schlamm aus und brachte gleichzeitig auch seinen Gefährten zu Fall. Im Nu hatten sich die Verfolger auf sie gestürzt und ließen Hieb auf Hieb mit ihren schweren Knüppeln auf die wehrlosen Opfer niederregnen. Falconer hörte das grauenhafte Geräusch brechender Knochen, das ihn aus der Benommenheit herausriß, in die ihn der so abrupt erfolgte Überfall versetzt hatte. Ohne lange zu überlegen, sprang er aus seinem Versteck und stürmte auf die Schläger zu, wobei er brüllte, so laut er konnte.

Es mag sein, daß ihn sein unerwartetes und wahrscheinlich verrückt wirkendes Auftauchen vor dem Schicksal der beiden Jungen bewahrte. Die festgefügten Reihen wankten jedenfalls, brachen auseinander, und die Totschläger flohen in die Richtung, aus der sie gekommen waren. Auch möglich, daß ihr eigener wahnsinniger Drang zu töten durch die tatsächlich erfolgte Tat plötzlich erloschen war. Schließlich waren sie im Grunde nichts anderes als gewöhnliche Bürger – in einer ungewöhnlichen Situation. Die beiden Studenten lagen auf dem Rücken, ihr Blut rann in einer Lache zusammen. Die Gesichter waren entsetzlich zugerichtet. Falconer erkannte jedoch deutlich, daß es sich bei keinem der beiden um Thomas handelte. Und genauso deutlich war zu sehen, daß beide tot waren.

Da Falconer nichts mehr für sie tun konnte, blieb seine Hauptsorge weiterhin Thomas – und seine einzige Hoffnung, Rabbi Jehozadok in der Schola Judaeorum anzutreffen. Wenn Thomas noch lebte und sich irgendwo im Judenviertel versteckte, wußte der Rabbi davon. Oder er war zumindest in der Lage herauszufinden, wo er zu suchen war. Das Leben eines Juden in England schwebte in einem sehr labilen Gleichgewicht und hing im großen Maße von der Wachsamkeit der nächsten Umgebung ab.

Juden waren Eigentum des Königs und durften sich in England nur zu dem Zweck aufhalten, ihm zu Diensten zu sein. Der Dienst bestand darin, daß sie sich finanziell ordentlich vom verschwendungssüchtigen König Henry melken ließen, der erst wenige Jahre zuvor beschlossen hatte, seine Juden nicht länger wie ein ungeliebtes, heruntergekommenes Haus an seinen Bruder Richard of Cromwell zu verpachten. Zähneknirschend respektiert wurden die Juden von den Kaufleuten, die mit ihnen Handel trieben, und gehaßt von de Montfort und den Baronen. Letztere hatten geschworen, die *archas* zu vernichten, die Verzeichnisse also, in denen die Juden in allen größeren Städten ihre Schuldverschreibungen festhielten. Dieses Vorhaben lag de Montfort besonders am Herzen, da er bei Juden die fürstliche Summe von hundertzehn Pfund geliehen hatte.

Viele Leute fürchteten und haßten die Juden. Falconers eigenes Vorurteil diesem Volk gegenüber war jedoch in seiner Jugend, fernab von England, revidiert worden. Es hatte einer ehrlichen Bewunderung für die Gelehrsamkeit dieses Volkes Platz gemacht. So war es auch Rabbi Jehozadok selbst gewesen, der es Falconer ermöglicht hatte, sehr seltene Abschriften der beiden bedeutenden Werke des Arabers Avicenna zu entleihen – die *Qanun* und die *Shifa*. Letztere schätzte Falconer besonders wegen der gelungenen Interpretation der Philosophie des Aristoteles.

Ein erneuter kräftiger Regenguß wusch das Blut von den so grausam verunstalteten Gesichtern der toten Studenten. Mit einem Seufzer wandte sich Falconer von ihnen ab und machte sich auf, um seinem alten Freunde, dem Rabbiner, einen Besuch abzustatten. Bald schon stand er vor der Schola. Er mußte gar nicht anklopfen, damit sich die schwere Eichentür für einen Moment öffnete, um ihn hereinzulassen. Er war noch dabei, sich das Regenwasser aus den Augen zu wischen, als ihn die Stimme des alten Rabbiners von hinten ansprach.

»Du gehst ein großes Risiko ein, mein Freund. Was du suchst, muß sehr wichtig für dich sein.«

Trotz seines Alters war Jehozadoks Stimme noch tief und fest. Seine knorrigen, von den Jahren gezeichneten Hände machten sich an den Türriegeln zu schaffen, und Falconer half ihm, die Synagoge sicher abzuschließen. Ein gewebter Umhang bedeckte seine Schultern, und dichte weiße Locken fielen ihm ins Gesicht und vermischten sich übergangslos mit seinem langen Bart. Seine dunklen Gesichtszüge waren stark ausgeprägt, und obwohl seine Augen Glanz und Stärke der Jugend verloren hatten, verrieten sie deutlich die Geistesschärfe dieses Mannes. Fest schaute er jetzt in Falconers besorgtes Gesicht.

»Komm mit. Mir scheint, du brauchst etwas, das diesen düsteren Blick aufhellt.«

Der Jude faßte Falconer am Arm und führte ihn durch einen dunklen Flur und hob an dessen Ende einen schweren Vorhang an. Der Raum dahinter erstrahlte im Licht der Kerzen, und Falconers Blick fiel auf eine Wand, an der sich ein Buch ans andere reihte. Obwohl er ein Liebhaber ausgefallener Schriften und an den imponierenden Bücherreichtum der Universität gewöhnt war, war er immer wieder aufs neue von dieser Bibliothek begeistert. Ein dicker Band lag aufgeschlagen auf dem Eichentisch neben dem Leuchter.

»Leider sind meine Augen vielen dieser Schriften nicht mehr gewachsen. Meistens lese ich mehr aus dem Gedächtnis als von den Seiten.«

Falconer setzte sich an den Tisch, während der Rabbiner umständlich mit einen Krug Wein herumhantierte. Das Buch war in einer ihm fremden Sprache geschrieben, und Falconer lag es auf der Zunge zu fragen, wovon es handelte. Doch das Schicksal des Jungen war im Moment dringender, und er riß sich von den Seiten los, um sein Anliegen zu erklären. Er nahm einen Schluck von dem süßen Rotwein, den sein Gegenüber mittlerweile serviert hatte, und bat Jehozadok dann, sich zu erkundigen, ob seine Leute einen ortsunkundigen Studenten gesehen oder gar bei sich aufgenommen hatten. Der alte Mann rief etwas in seiner Muttersprache, und ein Jüngling mit einem schütteren Bart hob den Vorhang an. Er mußte die ganze Zeit über direkt dahinter gestanden haben – anders war sein promptes Erscheinen nicht zu erklären. Jehozadok wechselte einige Worte mit ihm, und so lautlos wie er erschienen war, verschwand der Junge wieder.

»Joshua wird den Jungen finden, wenn das irgend möglich ist.« Die Stimme des alten Mannes klang beruhigend. »Jetzt sag mir, was du von Avicennas Werk hältst, das ich dir vor einiger Zeit geliehen habe.«

Jack Moulcom fand sich verspätet bei seinem Auftraggeber ein, wohl wissend, daß diesen die erfolglose Suche nach dem Buch keineswegs freuen würde. Aber was konnte dieser schon erwarten, wenn er nicht sagte, um was für ein Buch es sich handelte, bloß, daß er es schon erkennen würde, wenn er es vor sich sähe. Doch er hatte es einfach nicht gesehen, und daran ließ sich nichts mehr ändern. Der heftige Regen und die ersten Zusammenstöße zwischen Bürgern und Studenten, die von dem nun offen ausgebrochenen Kampf kündeten, zwangen ihn, einzutreten und dem alten Mann gegenüberzutreten. Seine schlimmsten Befürchtungen erwiesen sich als berechtigt. Das Gesicht des Mannes war tiefrot vor Zorn, wie Moulcom sogar in der Düsterkeit des schwachbeleuchteten Raums klar erkennen konnte.

»Du Idiot. Dich kann man aber auch zu nichts gebrauchen. Du hast Fyssh sogar noch erzählt, wonach du suchst. Das könnte noch sehr gefährlich werden.«

Moulcom kratzte sich die fettigen Locken und nuschelte in seinem rauhen nordenglischen Dialekt: »Zu finden war da nichts.«

»Wie dumm von mir zu glauben, du würdest ein Buch erkennen, das vor deiner Nase liegt. Wann hast du zum letzten Mal eine Vorlesung besucht?«

Moulcoms zusammenhanglose Entschuldigungsversuche wurden durch eine jähe Handbewegung des älteren Mannes weggewischt. Forschen Schrittes ging er in dem düsteren und beängstigend engen Raum auf und ab. Moulcom wagte es nicht, sich zu rühren.

»Warum mußte das Mädchen auch sterben?«

Der Mann war offensichtlich verärgert über die Dreistigkeit des Dienstmädchens, sich einfach umbringen zu lassen.

Moulcom saß still in seiner Ecke und dachte angestrengt darüber nach, wie er die Laune seines strengen Herrn verbessern könnte. Der Mann brummelte jetzt etwas zu sich selbst, in einer Sprache, die dem verblüfften Studenten völlig unbekannt war. Dann fiel Moulcom die Unterbrechung seiner Suche ein, und er erwähnte Fysshs unerwarteten Besucher.

»Falconer kam vorbei, während ich bei der Suche war.«

Das Auf- und Abgehen brach auf der Stelle ab.

»Hat er dich gesehen?«

Moulcom erklärte, daß er sich in einem Hinterzimmer versteckt und Fyssh gedroht hatte, er würde ihn umbringen, sollte er den Besucher nicht schleunigst wieder loswerden. Er versicherte seinem Gegenüber, daß Falconer wieder gegangen war, ohne irgend etwas in Erfahrung gebracht zu haben. Möglicherweise, so Moulcom, habe der Regent Master immer noch Fyssh in Verdacht.

»Warum auch nicht? Immerhin war sie sein Dienstmädchen. Vielleicht hat sie nicht ordentlich abgewaschen.«

Moulcom zwang sich zu einem schwachen Lachen über den Scherz seines Herrn. Der reagierte mit einem bösen Lächeln.

»Ich möchte bloß etwas zurückhaben, an dem ich sehr hänge. Und das Mädchen wird in seinem Zustand Schwierigkeiten haben, selbst meinem Wunsche nachzukommen.«

Diese Worte verführten Moulcom dazu, zu glauben, die Laune seines Gegenübers habe sich gebessert. Und er konnte seine Neugier nicht länger zügeln.

»Würde man das Mädchen mit Euch in Verbindung bringen, wenn man das Buch fände?«

Da er keine Antwort erhielt, kam er zu der einzigen Schlußfolgerung, die ihm sein plumper Verstand ermöglichte. Und kichernd sagte er: »Es heißt, sie habe sich mit Männern eingelassen. Habt Ihr sie auch besessen?«

Moulcoms sich überschlagender Zunge waren keine Zügel anzulegen, auch nicht durch den stechenden Blick, mit dem sein Auftraggeber ihn anstarrte.

»War sie gut?«

»Jetzt reicht's, Gotteslästerer!«

Moulcom war überrascht, welche Kraft der Mann in den Händen hatte. Nie hätte er geglaubt, daß ihm dieser Bücherwurm körperlich überlegen sein könnte. Er packte die Hände, die sich eng um seinen Hals gelegt hatten, konnte sie aber nicht von der Stelle bewegen.

»Gott, steh mir bei«, keuchte er, um Luft ringend.

»Gott wird dir nicht beistehen.«

Die Augen des Mannes bohrten sich triumphierend in die von Moulcom.

»Der Teufel hat dich erschaffen, und alles, was um dich herum existiert. Wie könnte der gute Gott auch für irgend etwas anderes verantwortlich sein als den reinen Geist. Und daher wird es auch keine Auferstehung geben, wie man Euch Toren immer weismachen will. Nun denn, werfe einen letzten Blick auf die irdische Welt.«

Moulcom bekam panische Angst. Nicht wegen der ketzerischen Behauptungen, die ihn nicht im geringsten störten, obschon er sie als solche erkannte. Nein, in Panik versetzten ihn die Unausweichlichkeit der Worte und die Kraft der Hände, die seine Kehle zudrückten. Seine Fäuste trommelten einen schwachen Rhythmus auf dem Rücken des Mannes. Aber es war sinnlos.

»Doch keine Angst. Deine Seele wird überleben. Aber nur, damit die Dämonen sie in den Abgrund stürzen können.«

Der Mann hatte jetzt sein Gesicht gegen das von Moulcom gedrückt, doch dieser war schon nicht mehr in der Lage, irgend etwas in den Augen seines Peinigers zu lesen. Er war mit seinen Kräften am Ende. Mit Schrecken dachte er daran, was da kommen sollte. Was hatte er bloß gesagt, um solch ein Ende zu verdienen? Das fragte er sich noch, als sich jetzt die kalten Augen vor ihm in einem grauen Nebel des Vergessens auflösten. Und er hätte schwören können, daß das letzte, was er hörte, das metallene Klimpern eines Roßharnischs war.

So sehr er sich auch bemühte, es gelang Falconer nicht, sich auf Jehozadoks Erläuterung über den Unterschied zwischen den zwei Formen der Weisheit zu konzentrieren. Ständig dachte er an den Mangel an Weisheit, den er bewiesen hatte, als er Thomas sich selbst überließ. War dem Jungen, der gerade erst in Oxford angekommen war, die Stadt schon zum Verhängnis geworden? Der sanfte Tadel des Rabbiners riß Falconer aus seinen düsteren Gedanken.

»Wie ich sehe, interessiert dich mein Vortrag über *Sophia* und *Phronesis* nicht genug, um dich von dem Schicksal des Jungen abzulenken.«

»Verzeih mir, Rabbi...«

Falconers Bemühen, seine dunklen Ahnungen in Worte zu kleiden, wurde durch die Rückkehr des jungen Juden hinfällig. Fast lautlos näherte er sich Jehozadok und beugte sich, Falconer den Rücken zuwendend, zu ihm nieder, während Regenwasser von seinen durchnäßten Kleidern zu Boden tröpfelte. Er flüsterte dem älteren Mann etwas ins Ohr, das Falconer nicht verstand, und wandte dann seinen undurchdringlichen Blick dem Nichtjuden zu. Seine kalten Augen verrieten eine Abneigung gegen den Regent Master, nichts jedoch vom Inhalt seiner Nachricht. Auf das Schlimmste gefaßt, richtete sich Falconers Blick wieder auf den älteren Juden. Im Gesicht des Rabbiners machte sich ein Lächeln breit.

»Gute Neuigkeiten, mein Freund. Der Junge ist in Sicherheit. Er ist bei Samson, dem Apotheker. Joshua wird dich sicher zu ihm bringen.«

Obwohl er hungrig war und die Speisen, die vor ihm standen, verführerisch dufteten, konnte Thomas seinen Blick nicht von dem schönen Gesicht des jüdischen Mädchens wenden. Es hatte große, braune Augen, und seine roten Lippen bildeten einen herrlichen Kontrast zu der elfenbeinfarbenen Haut. Während sie sprach, starrte er nur auf diese Lippen und achtete nicht auf ihre Worte. Lachend tadelte sie ihn.

»Der Herr Student hält es wohl nicht für nötig, einem einfachen Mädchen zuzuhören.«

Thomas errötete und stammelte eine Entschuldigung. Das letzte, was er wollte, war, Hannah zu beleidigen. Schließlich war sie das erste wirklich schöne Mädchen, mit dem er zu tun hatte. In seinem Dorf kannte er nur rotgesichtige Mägde, die sich etwas auf ihre größere Erfahrung in Liebesdingen einbildeten und ihn einfach ignorierten, weil sie ihn noch für ein Kind hielten. Nun jedoch hatte er ein Mädchen getroffen, das sich mit ihm wie mit einem Mann unterhalten wollte. Leider wußte er nicht, was er sagen sollte. Er verfluchte seine Unerfahrenheit.

Als er vorhin wieder zu sich gekommen war, war sein Blick zuerst auf ihr Gesicht gefallen, und er dachte, er sei im Himmel. Glücklicherweise fand er keine Gelegenheit, sich weiter lächerlich zu machen, indem er irgend etwas sagte. Der Dämon, der seine Ohnmacht verursacht hatte, war hinter dem Mädchen aufgetaucht. Doch im hellen Schein verschiedener Kerzen wurde offenbar, daß es sich bei ihm bloß um einen alten Mann handelte. Zugegeben, er sah etwas anders aus als alle Menschen, die Thomas bisher gesehen hatte. Aber schließlich war er auch der erste Jude, den er traf. Sein Haar war lang und zerzaust, und zwei Locken umrahmten sein Gesicht. Das waren die Hörner, die Thomas so erschreckt hatten. In sein fließendes schwarzes Gewand waren zwei Streifen aus gelbem Stoff eingenäht. Er nahm zwei kleine, oval geformte Scheiben aus rot getöntem Glas vor die Augen und sah Thomas aufmerksam an.

»Tut mir leid, daß ich dir Angst eingejagt habe. Doch auch dein unerwartetes Eindringen hat uns gehörig aufgeschreckt. Nicht wahr, Hannah?«

Er sah zu dem jungen Mädchen rüber. Sie schaute unverwandt auf Thomas, nickte jedoch zustimmend. Als sie Thomas' Verwirrung wegen der Glasscheiben bemerkte, die sich der Mann vor die Augen hielt, lächelte sie und erklärte:

»Vater ist kurzsichtig. Die Gläser sind so geformt, daß sie den Lichteinfall in seine Augen bündeln.«

Thomas' Verwirrung legte sich nicht. Von neuem beschlich ihn der Verdacht, das Wesen vor ihm stehe vielleicht doch mit dem Teufel im Bunde. Er kannte jedenfalls kein Mädchen, das über solche Dinge Auskunft geben konnte. Dennoch schien sie sehr menschlich zu sein. Auf dem Boden liegend, konnte er die Wärme ihres Beines spüren, das seinen Oberschenkel berührte. Plötzlich wurde er sich bewußt, daß er immer noch ausgestreckt vor ihnen lag. Er rappelte sich auf und entschuldigte sich für sein Eindringen. Auch das Mädchen setzte sich zurück, wobei sie ihn belustigt ansah.

»Hannah, ich würde vorschlagen, du bringst unseren Gast in die Küche und bietest ihm etwas zu essen und zu trinken an. Er braucht wohl noch etwas Zeit, um seine Gedanken zu ordnen.«

Thomas wollte gerade dankend ablehnen, als er spürte, wie sich Hannahs warme, weiche Hand in die seine legte. Bereitwillig ließ er sich durch den Flur führen, wie magisch angezogen vom Rascheln ihres Kleides und dem sanften Getrappel ihrer Füße auf den Steinfliesen. Als sie an einer offenen Tür zu ihrer Rechten vorbeigingen, stiegen ihm eine Reihe betörender Gerüche in die Nase, die er nicht recht einzuordnen wußte. Einige erinnerten ihn an seine Heimat, die er gerade erst verlassen hatte. Andere waren mit nichts zu vergleichen, was er kannte. Er hatte gerade Zeit, einen Blick in den schwach beleuchteten Raum zu werfen, in dem sich auf verschiedenen Regalen eine Vielzahl schimmernder Fläschchen und Gläser aneinanderreihten. Dann zog Hannah ihn mit energischem Griff weiter in die Küche. Dort angekommen, drehte Thomas sich um und sah, wie der alte Mann in dem Raum verschwand. In der Hand hielt er fest umklammert ein Fläschchen. Es war das Gefäß, aus dem Thomas den Höllenqualm hatte aufsteigen sehen, bevor er in Ohnmacht gefallen war.

Beim Essen hatte sie Thomas erklärt, daß ihr Vater Arzt sei und sich mit Kräutern und Arzneien bestens auskenne. Während sie zu ihm sprach, hatte sich der Junge dann immer mehr von ihren Lippen bezaubern lassen und war gleichzeitig immer verlegener geworden. Eine wohlvertraute Stimme vom anderen Ende des Flurs riß Thomas aus seiner Beklommenheit. Man hörte eilige Schritte. Dann erschien die Gestalt Master Falconers in der Küchentür. Die Erleichterung, die für einen Augenblick über sein Gesicht huschte, wurde sofort von der Schroffheit seiner Stimme überspielt.

»Du törichter Knabe. Man hätte dich umbringen können.«

Beschämt, da man ihn in Hannahs Anwesenheit wie ein Kind ausschalt, antwortete Thomas so, wie er es sich normalerweise gegenüber einem so viel Älteren wie seinem Oxford Master nie erlaubt hätte.

»Ich kann auf mich alleine aufpassen. Als ich mich nach Oxford durchschlagen mußte, hätte mir eine ganze Armee den Garaus machen können. Da fürchte ich mich doch nicht vor ein paar Kaufleuten.«

Falconer lag es auf der Zunge, in gleichem Ton zu antworten, doch war ihm das Zittern in der Stimme des Jungen nicht entgangen. Und er bemerkte auch den raschen Blick, mit dem

Thomas das Mädchen neben sich streifte. Daher lenkte er rasch ein:

»Na Hauptsache, du bist wohlauf. Und gut versorgt, wie ich sehe. Wenn die Leute draußen sich etwas beruhigt haben, können wir vielleicht in unsere *Hall* zurückkehren. Verflucht sei der Mistkerl, der dieses arme Mädchen umgebracht hat.«

Leicht verlegen sah er Hannah an und entschuldigte sich für seinen Gefühlsausbruch.

»Ihr braucht Euch nicht entschuldigen«, antwortete sie. »Ich würde ihn auch gern zur Hölle schicken. Wißt Ihr, ich kannte Margaret nämlich.«

Sein Schlaf wurde durch die Gedanken an seinen Vater gestört – sein seltsam heiteres Gesicht, als das Schwert es traf und in zwei Teile spaltete. Dann schwebte er plötzlich über seinem eigenen Körper, der sich auf der schmalen Matratze ruhelos hin und her warf. Er sah sein eigenes leidverzerrtes Gesicht, und er wußte, daß er vom Tod seines Vaters träumte. Bäche von Tränen rannen über seine Wangen, und sein Mund weitete sich zu einem lautlosen Schrei. Er glaubte, seine Zunge aus dem Mund ragen zu sehen, doch war sie grün und hatte Augen. Dann erkannte er, daß es eine Eidechse war, die aus seinem Munde kroch. Entgeistert schaute er ihr nach, wie sie über die Decke huschte, den Fußboden erreichte und in einer Ecke des Raumes verschwand. Eine jähe Furcht ergriff ihn, als ihm die Geschichte in den Sinn kam, die ihm sein Vater als Kind erzählt hatte: Ein Schlafender hätte beinahe seine Seele verloren, die in Gestalt einer Eidechse erschienen war; denn während er schlief, hatte ein anderer versucht, ihre Rückkehr in den Körper zu verhindern. Auf der Stelle schlüpfte er zurück in seinen Körper und wachte schweißgebadet auf. Ohne recht zu wissen warum, krabbelte er auf Knien durch sein Zimmer, auf der Jagd nach etwas, das er verloren zu haben glaubte. In seinem Innern fühlte er nichts als eine große Leere.

6. KAPITEL

Thomas de Cantilupe war erst seit zwei Jahren Universitätskanzler. Doch in dieser kurzen Zeit hatten die Fälle, die er vor seinem Gericht zu verhandeln hatte, in einem Maße zugenommen, daß er alleine nicht mehr damit zurechtkam. Heute hatte er den Fall eines Masters entschieden, der fälschlicherweise beschuldigt wurde, ein Schotte zu sein. Dann hatte er einen Mönch schwören lassen, daß er der Frau eines Schneiders in Zukunft keine verdächtigen Besuche mehr abstatten würde. Und nun mußte er sich mit Master Falconer darüber unterhalten, wieso er sich unbedingt in den Fall des ermordeten Dienstmädchens einmischen mußte – schließlich war das Opfer ja kein Mitglied der Universität. Außerdem machten ihm noch die Nachwirkungen der gestrigen Ausschreitungen zu schaffen, und er wußte nicht, ob er den König in der Sache einschalten sollte, damit er die Stadt Oxford angemessen bestrafte. Aber hatte dieser König überhaupt noch irgendeine Macht in seinem Reich?

Der Kanzler verließ eilig den kalten Saal, wo das Gericht getagt hatte, und erreichte seine Privatgemächer. Sich heftig am Rücken kratzend, fragte er sich, warum es einen nur immer an den Stellen juckte, an die man nicht herankam. Ungeduldig legte er sein Amtspluviale ab und zog den braunen pelzbesetzten Talar über, der über der Lehne seines Lieblingssessels hing. Er ging zum Feuer hinüber und goß sich großzügig Wein in einen Zinnbecher. Sosehr er sich auch bemühte, er konnte sich nicht vorstellen, daß die Unterredung mit Falconer glatt verlaufen würde. Der Master war ein Dickkopf und ein Aristoteliker. Wie nannte er sich doch selbst so gern? Einen Deduktiven. Nun, er sollte nicht mehr so leicht Gelegenheit haben, dieser Bezeichnung zu entsprechen. Er spürte einen erneuten Juckreiz zwischen den Schulterblättern und rieb sich den Rücken an der Sessellehne. Dann leerte er den Becher, rief seinen Diener.

»Halegod!«

Ein kleiner Mann mit krummem Rücken trippelte in den Raum und blieb ehrfürchtig vor dem Kanzler stehen.

»Ist Master Falconer eingetroffen?«

Der Diener erklärte, daß Falconer schon seit geraumer Zeit wartete. De Cantilupe seufzte. Zweifellos würde der Mann jetzt noch gereizter sein als ohnehin schon.

»Schicke ihn herein. Und bringe etwas zu essen und noch mehr Wein.«

Halegod drehte sich um und verließ in der gleichen tippelnden Gangart wieder den Raum. Im Gegensatz zu seinem Herrn befriedigte es ihn, daß er den Besucher hatte warten lassen. Auf diese Weise ließ sich seine eigene Bedeutung als Diener des Universitätskanzlers noch besser herausstellen. Allerdings war es auch denkbar, daß dieser hünenhafte Master zu jener Sorte Mensch gehörte, die leicht die Geduld verlieren und jemanden umbringen können. So jemanden wie Halegod zum Beispiel. Er stellte sich vor, wie sich mächtige Hände fest um seine Luftröhre schlossen, und stürzte in den kleinen Raum, wo er Falconer hatte warten lassen. Fast stieß er mit ihm zusammen. Ein erstickter Schrei kam über seine Lippen.

»Ich hörte Euch kommen«, sagte Falconer erklärend. »Ist der Kanzler endlich zu sprechen? Ich habe noch andere Dinge zu erledigen.«

Halegod gelang es, seine Fassung wiederzufinden, und er forderte Falconer auf, ihm zu folgen.

Der Kanzler war immer noch dabei, gedankenversunken mit dem Rücken an der Sessellehne auf und ab zu rutschen, als der Diener Falconer auf der Schwelle des warmen, gut ausgestatteten Raumes stehenließ. Helle Wandbehänge erfüllten sowohl dekorative als auch praktische Zwecke, indem sie die Februarkälte eindämmten. Falconer hustete, und de Cantilupe unterbrach unverzüglich sein Kratzen, während sich sein Blick auf die Tür richtete.

»Master Falconer. Kommt herein und setzt Euch ans Fenster.«

Die falsche Liebenswürdigkeit in seiner Stimme, die Falconer deutlich wahrnahm, ließ für die Unterredung nichts Gutes ahnen.

»Ich habe Halegod aufgetragen, ein paar Kleinigkeiten zur Stärkung zu bringen. Ich baue darauf, daß Ihr mir Gesellschaft leisten werdet.«

Falconer war überzeugt, daß es kein fröhliches Mahl werden würde. Das schmale Gesicht des Kanzlers mit der römischen Hakennase war das typische Gesicht eines Asketen. Doch de Cantilupe war auch ein Mann voller Widersprüche. Und dazu zählten seine Vorliebe für gutes Essen und die geröteten Wangen, die ihn als Weinliebhaber auswiesen. Noch seltsamer war jedoch, daß seine Vorlesungen zur Heiligen Schrift außerordentlich gut waren und daß er gerne härene Gewänder trug. Plötzlich wurde Falconer sich bewußt, daß man ihn etwas gefragt hatte.

»Verzeiht mir, Chancellor.«

»Ich fragte, ob Ihr tatsächlich gedenkt, den Fall des ermordeten Mädchens weiter zu verfolgten. Schließlich ist das eine Angelegenheit der städtischen Behörden. Im übrigen dachte ich,

Ihr wäret vollauf damit beschäftigt, Eure Studenten von Unbesonnenheiten abzuhalten. Wie ich hörte, hat sich einer von ihnen ins Judenviertel verirrt.«

Falconer war unangenehm überrascht, daß de Cantilupe anscheinend über alle seine Schritte unterrichtet war, und er begann sich zu rechtfertigen. Glücklicherweise kam in dem Moment gerade Halegod zurück und brachte eine große Platte mit kaltem Fleisch, Geflügel und Käse und dazu einen neuen Krug Rotwein. Falconer, der an schlichtere Genüsse gewöhnt war, unterbrach seine Erklärung. Der alte Mann deutete sein Zögern als Fügung und seufzte erleichtert, froh darüber, Falconer so einfach umgestimmt zu haben.

»Ich sehe, wir sind in dieser Sache ganz einer Meinung. Das freut mich. Wir wollen doch beide nicht, daß Ihr wieder auf die gleiche Weise wie das letzte Mal von Euch reden macht.«

Falconer brachte noch einige Entschuldigungen vor, merkte jedoch bald, daß es besser war, zu schweigen. Er würde sich weiter mit dem Mordfall beschäftigen, bis sein Verstand ihn auf die richtige Lösung gebracht hatte, nahm sich jedoch vor, ab sofort viel diskreter vorzugehen. Und außerdem, hatte der vorherige Kanzler ihm nicht ausdrücklich gratuliert, als er ihm den Mann präsentierte, der den Koch des päpstlichen Legaten ermordet hatte? Ja, von sich reden gemacht, das hatte er.

Thomas war es allmählich leid, daß Hugh Pett ihm nicht mehr vom Leibe rückte. Als er den kleinen Raum durchquerte, den er auf Falconers Anordnung hin mit dem älteren Jungen zusammen bewohnte, wußte er genau, daß Hughs Augen ihm folgten. Nicht, daß Hugh seine Aufgabe Spaß gemacht hätte. Jede Bewegung von Thomas störte ihn offensichtlich und entlockte ihm, wie jetzt gerade wieder, einen gereizten Seufzer. Da konnte Thomas nicht mehr an sich halten.

»Herrgott, wenn dir alles zuviel ist, was ich mache, dann geh doch.«

»Du weißt doch genau, Bauernbursche, er hat gesagt, ich soll ein Auge auf dich haben. Und das werde ich auch tun, bis die Stadt wieder zur Ruhe gekommen ist und der Vorlesungsbetrieb weitergeht.«

Thomas ärgerte sich über Hughs Anspielung auf seine Herkunft vom Lande. Er war allerdings nicht selbstsicher genug, um etwas darauf zu erwidern. Doch auch Hugh bereute auf der Stelle seine spöttische Bemerkung und versuchte, sie irgendwie abzumildern.

»Wenigstens bist du keiner aus dem Norden«, fügte er zähneknirschend hinzu.

»Oder gar ein Schotte«, erwiderte Thomas lachend.

»Um Himmels willen!«

Hughs Hand legte sich leicht auf Thomas' Schulter, und ein Schauder durchlief ihn. Der ältere zog seine Hand schnell zurück, blickte jedoch weiter unverwandt in Thomas' Augen.

»Es ist gefährlich. Das weiß du doch.«

»Was?«

»Auf die Straße zu gehen und sich draußen herumzutreiben. Auch wenn es hellichter Tag ist wie jetzt. Immerhin haben die Bürger ein paar Studenten umgebracht. Und als so etwas das letzte Mal vorgekommen ist, blieb die Universität ein ganzes Jahr geschlossen, bis der König die Stadt endlich bestraft hatte.«

Thomas stöhnte. Die Universität geschlossen, wo er gerade erst hier eingetroffen war? Die Vorstellung, zu Hühnern und Schweinen zurückkehren zu müssen, deprimierte ihn zutiefst. Außerdem wollte er unbedingt Hannah wiedersehen. Sie hatte doch gesagt, sie habe das ermordete Mädchen gekannt. Und wenn er von Hannah etwas mehr über es in Erfahrung brachte, konnte er vielleicht wieder in Falconers Achtung steigen. Schließlich ließ dieser Mordfall, allem Anschein nach, den Regent Master nicht mehr los. Doch zunächst mußte er Hugh Pett loswerden. Vielleicht konnte er ihn dazu bringen, sich so zu langweilen, daß er die Bewachung aufgab. Thomas riß den Mund auf zu einem langen Gähnen, legte sich auf der dünnen Decke nieder, die seine Pritsche bedeckte, und schloß die Augen. Nach einer Weile vernahm er einen weiteren tiefen Seufzer von seinem Gefährten. Das konnte also noch etwas dauern.

Der Kanzler bereute es allmählich, daß er es mit Falconer im Guten versucht hatte. Es war wirklich kein leichtes Unterfangen, ihn von den Ermittlungen im Fall des toten Dienstmädchens abzubringen. Besonders da die Speisen, die vor ihm standen, offensichtlich ganz nach seinem Geschmack waren. Falconer wischte sich über den Mund und fuhr mit seinen Ausführungen fort.

»Es sind die ›dem Schluß vorausgehenden Analysen‹, auf denen eine deduktive Theorie aufbaut. Zwei allgemeine Wahrheiten implizieren nicht selten eine dritte Wahrheit, die spezielleren Charakter hat.«

De Cantilupe seufzte.

»Und was folgert Ihr aus dem Tod des Dienstmädchens?«

»Ich folgere gar nichts aus seinem Tod.«

De Cantilupe öffnete den Mund, um die Unterredung mit dieser befriedigenden Aussage seines Gastes zu beenden. Doch Falconer war jetzt ganz in seinem Element und ließ ihn nicht dazu kommen. Er stellte klar, was er gemeint hatte.

»Faszinierend ist für mich nicht, was ich *aus* ihrem Tod, sondern was ich aus den Todesumständen *zu* ihrem Tod folgern kann. Der Schnitt am Hals des Mädchens war zum Beispiel schräg, und nur ihr rechter Arm wies Blutergüsse auf.«

Falconer hielt inne. Offensichtlich wartete er darauf, daß der Kanzler nachdachte und eine eigene Schlußfolgerung daraus zog. Gerade als dieser gestehen mußte, nicht zu erkennen, was daraus zu folgern wäre, schlich Halegod in den Raum, um die Reste des Mahls abzuräumen. Seine demonstrative Gelassenheit schlug in Panik um, als Falconer ihn von hinten an der Gurgel packte.

»Wenn man jemanden von hinten angreift, ist es eine natürlich Bewegung, mit dem Arm den Oberkörper zu umfassen und mit der Klinge den Hals des Opfers aufzuschlitzen.«

Halegod kreischte, als Falconer zu einem Messer griff und es ihm an die Kehle setzte.

»Das Ergebnis wäre ein nahezu waagerechter Schnitt. Andererseits, wenn man...«

Halegod wollte sich nicht darauf verlassen, daß seine Kehle auch bei einer erneuten Demonstration Falconers unversehrt bleiben würde. Er wand sich aus seinem Griff und tippelte davon, wobei er die fettige Platte, die er vom Tisch genommen hatte, fest umklammert hielt.

»Andererseits, wenn man seinem Opfer von vorne gegenübertritt, seinen Arm ergreift und ihm die Kehle durchschneidet, wird der Schnitt eher schräg sein. Daraus schließe ich, daß das Mädchen seinen Mörder kannte und es diesem gleich war, daß es sein Gesicht sehen konnte. Wahrscheinlich hatte er den Vorsatz, es zu töten. Und das Mädchen war zu erschrocken, um sich überhaupt zu wehren. Unter seinen Fingernägeln war kein Blut.«

Falconers Gesicht hatte während seiner Darlegungen zu glühen begonnen. Er stand über den Kanzler gebeugt und hatte mit beiden Händen die Armlehnen des Sessels ergriffen, in dem dieser saß. Leider wurde sein Enthusiasmus nicht geteilt. De Cantilupe sah ihn nur an. Sein Gesicht verriet Überdruß.

»Und was nützt Euch diese Erkenntnis, Master?«

Falconer zögerte. Er achtete de Cantilupe. Doch offensichtlich verstand dieser Mensch einfach nicht, daß eine Schlußfolgerung gleichzeitig die Voraussetzung für eine Reihe anderer Schlüsse sein konnte. Er hatte einfach noch nicht alle Wahrheiten beisammen, aus denen sich auf das wichtige, alles entscheidende Faktum schließen ließ. Im Moment jedenfalls noch nicht.

Wieder faßte de Cantilupe Falconers Schweigen als Zustimmung auf. Er wollte Falconer gerade entlassen, als Halegod im Türrahmen erschien, um sogleich von der verkrampft wirkenden Gestalt Master de Stepyngs zu Seite gestoßen zu werden. Sein blasses Gesicht war zu einer Maske erstarrt. Nichts als Mißbilligung war darin zu lesen.

»Chancellor, es müssen unverzüglich Maßnahmen gegen die Stadt ergriffen werden. Ihr müßt dem König eine Bittschrift zukommen lassen.«

De Cantilupe seufzte. »Der Tod der Studenten ist natürlich bedauerlich.«

Bei diesen Worten des Kanzlers verzog sich de Stepyngs schmaler Mund zu einen dünnen Strich. De Cantilupe fuhr unbeirrt fort.

»Doch fürchte ich, angesichts der Situation außerhalb unserer Stadtmauern wird der Tod dreier Studenten die geringste Sorge des Königs sein.«

Falconer sah den Kanzler erstaunt an. Bevor er jedoch fragen konnte, wo der dritte Student sein Leben verloren hatte, schnaubte de Stepyng voller Empörung.

»Unser guter König Henry sorgt sich zu wenig um die dringenden Anliegen der wahren Engländer. Indem er sich mit diesen Fremden aus Frankreich umgab, hat er das Land an den Rand des Abgrunds geführt.«

»Mein lieber Master, geht Ihr da nicht etwas zu weit? Wie ich weiß, war Eure eigene Mutter Französin, und darf ich Euch daran erinnern, daß auch de Montfort Franzose ist.«

Durch die Erwiderung des Kanzlers ließ sich der aufgebrachte kleine Master keineswegs beeindrucken. Er wandte sich jetzt an Falconer, der bis dahin bloßer Zuhörer der gereizten Unterhaltung war.

»Falconer, wenigstens Ihr erkennt doch, daß die Zukunft dieses Landes entscheidend von den Maßnahmen abhängt, die in dieser unserer Stadt getroffen werden?«

Es war mehr eine Stellungnahme als eine Frage, dennoch ging Falconer darauf ein.

»Eine Vertretung der Barone mag den König in wichtigen Fragen beraten können, jedoch werden die endgültigen Entscheidungen immer bei ihm liegen.«

Er hielt inne und lenkte das Gespräch dann auf ein Thema, das ihm mehr am Herzen lag.

»Zu gerne würde ich mehr über den Tod des dritten Studenten wissen. Ich selbst war ja Zeuge, als die anderen beiden am Rand des Judenviertels ermordet wurden. Wo wurde das dritte Opfer gefunden?«

De Stepyngs Gesicht bekam einen gequälten Ausdruck. Er spuckte die Antwort richtig heraus.

»Vor dem Eingang zu meiner *Hall*. Er war einer meiner Studenten – Moulcom, ein Nordengländer. Ich fand ihn heute am frühen Morgen, hingestreckt auf den Eingangsstufen. Direkt vor den rettenden Mauern.«

»Kann ich die Leiche sehen? Wo ist sie aufgebahrt?«

Dem Kanzler gefiel das Leuchten in Falconers Augen überhaupt nicht. Weit davon entfernt, ihn von seinen Ermittlungen zum Tod des Mädchens abbringen zu können, mußte er jetzt auch noch tatenlos mitansehen, wie Falconer sich in einen zweiten Mordfall einschaltete. Die Speisen, die ihm vorhin noch so gemundet hatten, lagen ihm jetzt wie Blei im Magen.

»Im Moment liegt sie noch bei mir in der *Hall.* Wenn Ihr es wünscht, bringe ich Euch hin. Obwohl ich nicht verstehe, was Ihr Euch von dem Besuch versprecht.«

De Stepyngs kalter Blick richtete sich wieder auf den Kanzler, der mit unglücklicher Miene dasaß. »Was wir jetzt brauchen, sind harte Maßnahmen gegen die Stadt. Die sind alle schuldig.«

Thomas war endlich auf dem Weg ins Judenviertel. Er hatte lange gebraucht, um Hugh Pett in dem Glauben zu wiegen, er sei eingeschlafen. Doch irgendwann hatte der Junge dann doch das Zimmer verlassen und Thomas damit Gelegenheit gegeben, aus dem Fenster zu klettern. Der Sprung war zwar ziemlich riskant, doch das störte ihn nicht. Mehr als einmal war er früher aus dem oberen Fenster ihres Bauernhauses gestiegen, um mit sich und seinen Gedanken allein sein zu können. Wie weit dieses Leben auf dem Bauernhof doch schon zurücklag. Sein Vater hatte nie viel mehr als ein Arbeitstier in ihm gesehen. Und doch hatte er es geschafft. Er war ein Student, unterwegs in der Stadt Oxford, um sich mit einer Jüdin über ein totes Mädchen zu unterhalten. In der kalten Nachmittagsluft gefror der Regen des Vortages jetzt zu Eis. Es knirschte unter den Füßen, und wiederholt rutschte Thomas aus und mußte an einer der Hauswände, die die Gasse säumten, Halt suchen. Sein Atem verließ in weißen Wolken seinen Mund, was ihn an den dichten Nebel in der Mordnacht erinnerte. Er mußte an der Stelle vorbei, wo die Tat geschehen war. Einen anderen Weg ins Judenviertel kannte er nicht. Glücklicherweise war weit und breit kein Mensch zu sehen. Also senkte er den Kopf und lief schleunigst weiter.

Der leblose Körper lag auf einem Tisch in der kalten Halle. Anders als bei der Leiche des Mädchens, die Falconer zuvor untersucht hatte, hatte sich bei Moulcom niemand des geschundenen Körpers angenommen. Auch jetzt war der Master in Begleitung von Peter Bullock. Der gedrungene Constable hatte wartend vor de Stepyngs Tür gestanden, als die beiden Master dort eingetroffen waren. Obwohl seine Amtsgewalt vor den Toren der Universität endete, verlangte er, die Leiche zu sehen, und begründete sein Anliegen mit einem persönlichen Interesse an dem Fall. Das erregte de Stepyngs Zorn, und er nutzte die Gelegenheit, um wieder einmal mit seinen Attacken gegen die Stadt zu beginnen. Als er seiner Verärgerung ausreichend Luft gemacht hatte, ließ er Falconer und Bullock allein, und die beiden konnten die Leiche in Ruhe in Augenschein nehmen.

Moulcom lag mit den Füßen zur Tür, ein Arm hing achtlos über die Tischkante. Bullock warf einen flüchtigen Blick auf die Leiche und seufzte.

»Da hätten wir also Nummer drei.«

Er wollte sich zum Gehen wenden, wurde aber durch einen überraschten Ausruf Falconers zurückgehalten, der um den Tisch herumgegangen war und jetzt das Gesicht des Toten eingehend studierte. »Komm, schau dir das an, mein Freund.«

Bullock durchquerte den Raum und stellte sich neben Falconer. Das Gesicht, das sie bei ihrem Eintreffen nur ungenau hatten wahrnehmen können, war schwarz, und die Augen wirkten durch die hervortretenden Augäpfel schauderhaft starr.

»Der hier ist nicht zu Tode geprügelt worden wie die anderen«, sagte Falconer.

»Nein, den haben sie offensichtlich gehängt – auch nicht außergewöhnlich unter den gegebenen Umständen«, brummte Bullock zustimmend.

Falconer schüttelte nur den Kopf, und indem er Bullocks

Arm ergriff, zog er ihn näher an den toten Körper heran. Der Gestank des Todes stieg ihm in die Nase.

»Sieh hier. Die Abdrücke am Hals stammen sehr deutlich nicht von einem Seil. Er wurde mit bloßen Händen erwürgt. Meinst du wirklich, das ist normal unter den gegebenen Umständen?«

Bullock mußte wohl oder übel zugeben, daß in den vielen gewalttätigen Auseinandersetzungen in Oxford zwischen Studenten und Bürgern noch niemand mit bloßen Händen erwürgt worden war. Wenn Menschen verletzt oder umgekommen waren, so war dies niemals vorsätzlich, sondern in der Hitze des Gefechts geschehen. Bullock verstand jedoch nicht, was daraus zu schließen wäre, und gab dies Falconer zu verstehen.

»Ich, offen gestanden, auch nicht«, mußte der Master zugeben. »Doch ich bin sicher, er ist nicht infolge der Unruhen gestorben. Dahinter steht ein klares Motiv, das vielleicht mit dem Tod des Mädchens zu tun hat. Für den Mörder war der Aufruhr der Bürger eine willkommene Gelegenheit, um seine Tat zu vertuschen.«

»Hast du irgendwelche Beweise?«

Falconer seufzte.

»Nein, keine. Aber es ist nur eine Frage der Zeit, bis ich genügend Fakten gesammelt habe.«

Mit einer Hand, die von schwerer Arbeit gezeichnet war, schlug Bullock seinem Freund auf die Schulter.

»Du bist in dieser Sache viel weiter als ich.«

Er drehte sich um und ging in seinem schlingernden Gang auf die Tür zu. »Aber ich habe auch alle Hände voll damit zu tun, nach den Ausschreitungen ein wenig aufzuräumen«, fügte er fast vorwurfsvoll im Hinausgehen hinzu.

Falconer überhörte die Bemerkung. Er war damit beschäftigt, Hände und Kleidung des Opfers näher zu untersuchen, so als könnten sie ihm verraten, wer Moulcom getötet hatte. Bullock schlug die Tür zu und überließ den Regent Master seinem geschäftigen Tun.

Thomas hatte sich gefragt, ob er Hannah wohl wiederfinden würde. Seine Sorge erwies sich als nicht ganz unbegründet, doch schließlich war sie es gewesen, die ihn gefunden hatte. Nun saßen sie zusammen im Haus ihres Vaters, während sie ihm erklärte, daß sich unmöglich jemand unbeobachtet im Judenviertel herumtreiben könne. Auf der Hut sein, lautete die Parole, besonders in diesen bewegten Zeiten, da man wußte, daß Earl Simon die Juden noch mehr haßte als der König. Dem Monarchen waren die Juden schließlich noch zu etwas nütze.

Thomas hatte nicht bemerkt, daß Joshua sich beharrlich an seine Fersen geheftet hatte seit dem Zeitpunkt, da er die unsichtbare Grenzlinie überschritten hatte, die jüdisches Gebiet in Oxford markierte. Er war bloß unschlüssig umhergeirrt, auf der Suche nach der Tür, die am Vortag, als die Meute hinter ihm her war und er nicht mehr auf den Weg geachtet hatte, überraschend nachgegeben hatte.

Als er in diesem Gassengewirr um eine Ecke bog, war er daher nicht wenig überrascht, als er plötzlich Hannah gegenüberstand. Neben ihr ein junger Jude. Die kalten Augen des Mannes, die so reif wirkten, daß sie zu dem zarten Flaum auf seinen Backen in einem auffälligen Kontrast standen, waren voller Mißtrauen auf Thomas gerichtet. Hannah sagte Joshua, daß alles in Ordnung sei und er um ihre Sicherheit nicht fürchten müsse. Daraufhin verschwand er widerwillig im Dunkel. Trotzdem hatte Thomas das vage Gefühl, daß er ihnen folgte, während Hannah ihn zum Haus ihres Vaters brachte. Dort angekommen, wurde ihm klar, daß er die Tür niemals wiedererkannt hätte.

»Ich bin froh, daß du mich gefunden hast.«

»Ich freue mich auch.«

Sanft berührte sie seine Hand, und Thomas errötete. Um seine Verlegenheit in den Griff zu bekommen, sprudelte er schnell heraus, was ihn zu ihr geführt hatte. Als Thomas erzählte, sein Master sei sehr an der Aufklärung des Mordes an Margaret Gebetz interessiert, weiteten sich Hannahs braune Augen. Gefragt, was sie über das Mädchen wisse, erklärte sie, Margaret sei oft bei ihrem Vater gewesen, um Arzneien für Master Fyssh zu besorgen. Während sie auf die Fertigstellung der Medikamente wartete, hatte sie sich oft in ihrem fehlerhaften Englich mit Hannah unterhalten.

»Sie hat gern von ihrer Familie in Mirepoix erzählt, und bis vor einigen Wochen war sie immer guter Dinge.«

»Was geschah dann?«

»Das weiß ich nicht, jedenfalls war sie blaß und wirkte verängstigt. Ich habe sie gefragt, was ihr fehle, doch sie wollte es mir nicht sagen. So ging das bei einigen Besuchen. Sie wollte einfach nicht mit mir darüber reden. Bis letzte Woche dann.«

»Ging es ihr da wieder besser?«

»Oh, nein, sie sah sogar noch schlechter aus. Aber sie wollte sich mir unbedingt anvertrauen.«

Hannah erklärte, Margaret habe von einem Buch gesprochen, das in ihrem Besitz sei, und Hannah gebeten, es sicher für sie aufzubewahren. Als Erklärung gab sie an, es handele sich um ein Beweisstück, und es gebe jemanden in Oxford, der es ihr unbedingt abnehmen wolle. Sie hatte sich gesträubt, seinen Namen zu nennen. Doch es war offensichtlich, daß sie große Angst vor ihm hatte.

»Beweis? Für was?« Hannahs Vater hatte den Raum betreten.

»Das weiß ich auch nicht. Als sie ging, murmelte sie irgend

etwas, was ich aber nicht verstand. Nur wenige Tage später wurde sie dann ermordet.«

Hannah traten Tränen in die Augen, und trostsuchend lehnte sie sich an Thomas. Er spürte die Wärme ihres Körpers und legte vorsichtig eine Hand auf ihr Bein. Sie in den Arm zu nehmen, wagte er nicht. Einige Sekunden lang war er erfüllt von der Freude durch die körperliche Berührung mit dem schönen Mädchen. Dann faßte sie sich wieder und setzte sich gerade auf. Widerwillig zog Thomas seine Hand zurück.

»Ich habe es natürlich noch.«

»Was?«

»Das Buch, das Margaret mir gegeben hat. Ich hole es gleich.«

Während sie aus dem Raum stürmte, stellte Thomas sich vor, wie wohl ihr Körper unter dem schweren Stoff ihres Kleides aussah. Und ihm wurde klar, daß er mehr als nur einen Grund gehabt hatte, sie erneut aufzusuchen. Doch egal wie, wenn er sich jetzt nicht auf sein eigentliches Anliegen konzentrierte, würde er nicht nur vor Hannah wie ein Idiot dastehen, sondern auch seinem Master keinerlei Hilfe sein.

Hannah kam mit einem arg zerschlissenen kleinen Buch in einem roten Ledereinband wieder. Sie reichte es Thomas. Er nahm es und blätterte in den befleckten Seiten. Wie er feststellte, handelte es sich um Stellen aus der Heiligen Schrift und im hinteren Teil um eine Art Kalender. Warum hatte dieses Büchlein bloß solch eine Bedeutung gehabt für Margaret Gebetz und mehr noch für ihren Verfolger, der vermutlich auch ihr Mörder war? Er blätterte zurück auf die Innenseite des Einbandes, weil er hoffte, dort auf einen Titel zu stoßen. Doch da standen nur einige unleserliche, mit krakeliger Handschrift hingeworfene Worte. Er bemerkte jedoch auch etwas, was einem ans Schlachten gewöhnten Bauernjungen wohlvertraut war. Die ganze erste Seite war bis zum unteren Rand mit dunkelbraunen Blutflecken besprenkelt.

7. KAPITEL

Zwei Tage lang hatten eine Reihe von Regent Masters, unter ihnen Robert de Stepyng, gehörig Druck auf den Kanzler ausgeübt, bevor dieser sich dazu durchrang, eine Versammlung der mächtigen Gruppe der Magister der Freien Künste, auch die »Schwarze Kongregation« genannt, einzuberufen. Es sollte beschlossen werden, wie die Stadt nach den gewalttätigen Ausschreitungen angemessen zu bestrafen wäre. In der Kirche St. Mildred war es jetzt am frühen Morgen kalt und ungemütlich. Das schien jedoch dem Feuereifer einiger Master keinen Abbruch zu tun. Falconer saß auf einer Bank im hinteren Teil der Kirche, während sich die Master, wie schwarze Krähen über einem Leichnam, die Arme wie Schwingen ausgebreitet, nacheinander erhoben und voller Leidenschaft ihre Sache vertraten: Gerechtigkeit müsse gnadenlos sein, solle sie eine nachhaltige Wirkung zeigen. Da spielte es keine Rolle, daß auch einige Häuser angesehener Bürger in Flammen aufgegangen waren. Schließlich hatten drei Studenten ihr Leben verloren.

»Zwei«, murmelte Falconer. Doch nur sein nächster Nachbar hörte ihn in dem aufgeregten Stimmengewirr. Es war Master Bonham. Er warf Falconer einen befremdeten Blick zu, stand dann auf und verließ den Saal, während sich die Krähen weiter beharkten. Ein selbstgefälliges Lächeln umspielte seinen Mund.

Der Gedanke an Vergeltung und das Gesuch an den König mochten die Gemüter vieler einflußreicher Köpfe an der Universität bewegen. Für die meisten Lehrer hatte dennoch die Wissensvermittlung Vorrang. Während der Kanzler darüber nachsann, wie man die Stadt, die durch die Versorgung der Universitätsmitglieder ihren Lebensunterhalt bestritt, in ihre angestammte Abhängigkeit von der Universität zurückdrängen könnte, begann für die Studenten allmählich wieder der normale Unterrichtsbetrieb. Für Thomas war es der Beginn eines neuen Lebensabschnitts. Und begierig sog er alles in sich auf.

Master Falconer hatte Thomas' Fähigkeiten in Grammatik als ausreichend beurteilt, so daß er an den Veranstaltungen in den beiden anderen Disziplinen des Triviums, die den ersten Teil des Studiums ausmachten, teilnehmen konnte. Dies waren Rhetorik und Dialektik, und die Vorlesungen würden in lateinischer Sprache abgehalten werden. Thomas war froh, daß er bei Henry Ely eine Menge hatte lernen können, bevor er nach Oxford kam.

Hugh Pett hatte ihn zu der überfüllten kleinen Schule hinter der Kirche St. Mary gebracht. Er war ein wenig verärgert darüber, daß Thomas am Vortag wieder seiner Obhut entschlüpft war. Andererseits war er ihm aber auch dankbar, daß er sich wohlbehalten wiedereingefunden hatte, bevor der Master sein Verschwinden bemerken konnte. Hugh ließ ihn vor der Tür zur Rhetorik-Schule allein. Er hatte schon das *Quadrivium* erreicht und war nicht erpicht darauf, sich unter die gemeinen Sterblichen zu mischen.

Thomas stieß die Tür zum Vorlesungsraum auf und stand mitten in einem Tollhaus. Trotz der frühen Morgenstunde waren die Studenten in dem überfüllten Raum hellwach und ganz erfüllt von den Vorkommnissen der letzten Tage. Sie tobten um die schlichten Bänke herum, die auf ein Pult auf einem hölzernen Podest hin ausgerichtet waren. Ihr Stimmengewirr hallte von den kahlen Steinwänden wieder. Durch die unverglasten Fenster und den stark beanspruchten, unschönen Fußboden hätte der Raum eigentlich abweisend wirken müssen. Doch in dem lebhaften Durcheinander verfehlte die Häßlichkeit ihre Wirkung. Alle wußten, daß die »Schwarze Kongregation« tagte, und man hoffte allgemein, daß dadurch der Unterricht ausfallen oder zumindest verspätet beginnen würde. In der Zwischenzeit konnte man sich etwas Entspannung gönnen. Die Gespräche drehten sich nicht ausschließlich um Tod und Vergeltung. In den Köpfen der jungen Menschen war Rache nicht lange der alles beherrschende Gedanke, und auf vielen Gesichtern zeigte sich ein fröhliches Grinsen, während heitere Anekdoten unter den Kameraden die Runde machten. Ein wenig erleichtert stellte Thomas fest, daß er sich hier durchaus wohl fühlen könnte.

Er lächelte erst, prustete dann lauthals los, als eine Bank umkippte und sich im gleichen Moment ein Dutzend Studenten in einem großen Haufen am Boden wiederfand. Während sich das Knäuel der Leiber zu entwirren suchte, erstarb das Lachen um Thomas herum, und er stellte fest, daß das Pult vor den Bänken nun besetzt war. Wie aus dem Nichts war ein kleiner grauer Mann aufgetaucht und brachte mit seinem mißbilligenden Blick die Studentenschar zum Schweigen. Thomas setzte sich zu den Studenten, die vorhin mit der Bank umgekippt waren und sich jetzt bemühten, ernst dreinzublicken. Master Richard Bonham begann seine Vorlesung. Seine Stimme war dünn und leise, doch sie trug durch den ganzen Raum.

»Heute werden wir uns mit juristischer Rhetorik befassen. Ich werde jeden Text zunächst zusammenfassend und dann in allen Einzelheiten behandeln, indem ich zu jedem Gesetz eine klare Interpretation an die Hand gebe. Dann werde ich jeden

Text lesen und möglicherweise notwendige Korrekturen anbringen. Viertens werde ich den Inhalt jedes Gesetzes noch einmal wiederholen und fünftens jeden scheinbaren Widerspruch auflösen, wobei auch alle aus diesen Gesetzen abzuleitenden allgemeinen Gesetzesprinzipien behandelt werden sollen.«

Für Thomas hatte der Ernst des Studiums begonnen.

Auch Falconer war sehr beschäftigt. Das jüdische Mädchen hatte behauptet, Margaret Gebetz gekannt zu haben, und vielleicht war seinem Gedächtnis einiges zu entlocken. Er hatte Samson eine Botschaft zukommen lassen, worin er jenen bat, seine Tochter mit einem Schafgarben-Medikament gegen Zahnschmerzen zu ihm zu schicken. Falconer schmerzte tatsächlich ein Zahn, doch das war nicht der eigentliche Grund, warum er um die Arznei bat. Er wollte mit Hannah ohne die möglicherweise störende Anwesenheit ihres Vaters sprechen. Er hatte das Gefühl, daß sie dann offener reden würde. Während er auf sie wartete, zerbrach er sich wieder einmal den Kopf über das Sammelsurium von Knochen, das vor ihm auf dem Tisch lag. Die längeren waren eindeutig menschlicher Herkunft. Sie überwogen auch zahlenmäßig die anderen, die ein Junge vom Lande, wie Thomas, ohne Schwierigkeiten als große Vogelknochen erkannt hätte. Die Knochen beider Gruppen waren sorgfältig durchgeschnitten, und Falconer untersuchte ihr Inneres.

Es war schon mehrere Jahre her, daß er gegenüber Bruder Bacon seine feste Überzeugung geäußert hatte, daß es der Mensch den Vögeln gleichtun könne. Er schaute hoch zu der Eule Balthazar, die still auf ihrer Stange in der Ecke saß. Viele Stunden lang hatte er sie außerhalb der Stadtmauern dabei beobachtet, wie sie gleitend über die Felder und die Themse schwebte. Ihr müheloser Flug mit wenigen Flügelschlägen erfüllte ihn mit Neid. Er wußte jetzt, warum es für den Menschen unmöglich war, genau sie die Vögel mit den Flügeln zu schlagen und zu fliegen. Seine selbstgestellte Aufgabe hatte ein etwas anderes Ziel bekommen – er wollte eine Flugmaschine konstruieren. So als wolle sie ihn verspotten, breitete die Eule faul ihre Flügel zu voller Spannweite aus und richtete ihren starren Blick auf den Regent Master. Durch ein sachtes Klopfen an der Tür wurde Falconer aus seinen Gedanken gerissen.

Er öffnete sofort, weil er Hannah erwartete. Sie war es auch, doch sie kam nicht allein. Über ihre Schulter blickend, erschien Joshuas alt-junges Gesicht mit den kalten Augen. Durch Falconers fragenden Blick fühlte sich Hannah zu einer Erklärung aufgefordert.

»Mein Vater meinte, es sei noch gefährlich für mich, allein durch die Stadt zu gehen.«

»Möglich. Doch jetzt seid Ihr in Sicherheit.«

Die Tür weit aufhaltend, ließ Falconer das Mädchen unter seinem Arm hindurch eintreten, um sie dann geschwind vor ihrem Schatten Joshua zuzuschlagen, bevor dieser noch protestieren konnte. Dann wandte er sich der verdutzten Hannah zu.

»Verzeiht mir. Ich bin etwas gereizt wegen der Zahnschmerzen.«

Hannah reichte ihm eine kleines Gefäß.

»Unter den gegebenen Umständen kann die Arznei doppelt nützlich sein.«

Er schaute sie fragend an, und sie lächelte.

»Schafgarbe soll auch bei Bissen tollwütiger Hunde heilsam sein. Wenn Ihr die Tür öffnet, werdet Ihr sie gebrauchen können.«

Als Thomas zu seiner Unterkunft zurückkehrte, gingen ihm weit mehr Dinge durch den Kopf als bloß die Vorlesung Master Bonhams. Nur mit Mühe hatte er dem pedantischen Dozenten auf dessen schwierigem Marsch durch die juristische Rhetorik folgen können. Die monotone Stimme seines Lehrers hatte ihn weit mehr zu einem Schläfchen verführt, als zur Konzentration angehalten. Er war aufgeschreckt, als sich die anderen Studenten zu Ende der Vorlesung geräuschvoll von ihren Bänken erhoben. Sein Nachbar stieß ihn an, drängte ihn aufzustehen und Thomas entschuldigte sich und ließ ihn vorbei. Er selbst wollte noch im Saal bleiben und all seinen Mut zusammennehmen, um Master Bonham etwas zu fragen. Der Master saß an seinem erhöhten Pult und beobachtete mit kalten Augen, wie die Studenten aus dem Raum schlurften. Es hatte den Anschein, als wage es keiner, auf dem Weg nach draußen einen Laut von sich zu geben. Doch von jenseits des Türbogens hörte Thomas erleichtertes Stimmengewirr, und er konnte sich denken, daß dort jetzt die durch die Vorlesung unterbrochenen Erzählungen über die Ausschreitungen und Mordfälle wieder aufgenommen wurden.

Er hatte nicht gemerkt, wie Bonham sich ihm leise genähert hatte. Die scharfe Stimme in seinem Rücken ließ ihn zusammenfahren.

»Was ist mit dir, Freundchen? Die Vorlesung ist beendet. Ich muß den Raum abschließen.«

Thomas war entschlossen, sich nicht durch seinen unfreundlichen Ton abschrecken zu lassen. Er hatte sich fast zwei Tage damit abgemüht, die Schrift in dem kleinen Buch zu entziffern, das Hannah von dem toten Mädchen bekommen hatte. Er hoffte, in Falconers Achtung weiter zu steigen, wenn er dahinter kam, was es mit dem Buch auf sich hatte und warum es für manche Leute so wichtig war. Master Bonham war die einzige andere Wissensquelle, die er im Moment anzapfen konnte. Er folgte ihm und wartete geduldig, während dieser die Tür abschloß.

»Sir, ich komme mit einem Buch nicht zurecht.«

»Wessen Student bist du. Wende dich an den Master deiner *Hall*, wenn du zu dumm bist, um einen einfachen Text zu verstehen.

Thomas schluckte, ließ aber nicht locker. Er zog das seltsame Buch aus den Falten seiner Tunika und streckte es Bonham hin. Dabei fiel es ihm aus der Hand und lag jetzt aufgeschlagen auf dem Boden. Der Lehrer wollte sich gerade zum Gehen wenden, als sein Blick auf die Seiten fiel. Sein normalerweise ausdrucksloses Gesicht verzog sich zu einer merkwürdigen Grimasse. Er hob den abgegriffenen Band vom Boden auf, blätterte ihn schnell durch und klappte ihn dann wieder zu.

»Wo hast du das her?«

Thomas hatte das vage Gefühl, er sollte die Herkunft des Buches lieber nicht preisgeben, und murmelte etwas undeutlich, er habe das Buch nach den Ausschreitungen auf der Straße gefunden.

»Dann ist es nicht an dir, das Buch aufzubewahren. Ich werde es an mich nehmen, bis der rechtmäßige Besitzer gefunden ist.«

Thomas stand mit offenem Mund da, während sich der einzige greifbare Hinweis auf den Mörder von Margaret Gebetz mit dem kleinen unscheinbaren Master entfernte, dessen kahler Kopf hin und her schaukelte, während er schnellen Schrittes die Straße hinunterlief.

Auf dem Heimweg fragte sich Thomas, ob Bonham das Buch wohl aus einem besonderen Grund an sich genommen hatte. Immerhin hatte er sich zunächst desinteressiert gezeigt, bis sein Blick dann auf das Buch selbst gefallen war. Was war an diesem Buch nur so wichtig? Thomas bereute es jetzt, daß er mit diesem Rätsel nicht direkt zu Falconer gegangen war.

Währenddessen fiel es Falconer nicht schwer, die Unterhaltung nach und nach auf das ermordete Dienstmädchen zu lenken. Hannah ihrerseits wußte um seinen Ruf als kluger Mann mit einem großen Interesse an rätselhaften Todesfällen und fragte ihn, ob er schon irgendwelche Erkenntnisse in der Sache gewonnen habe. Falconer äußerte die Vermutung, daß das Mädchen seinen Mörder gekannt hatte, erging sich jedoch nicht in grausigen Details wie der entsetzlichen Wunde am Hals des Mädchens. Natürlich war Falconer mehr daran interessiert, von Hannah zu erfahren, was sie über das Opfer wußte. Nachdenklich starrte Hannah in das fast heruntergebrannte Feuer im Kamin, und Falconer bemühte sich, sie nicht zu drängen. Auf ihrer elfenbeinfarbenen Haut spiegelte sich der rötliche Schimmer der Glut wider. Dann hob sie an zu erzählen, wobei Falconer nur hin und wieder eine Zwischenfrage stellte.

Margaret Gebetz war ein Bauernmädchen aus den Pyrenäen. Aus irgendeinem Grund, den Hannah nicht kannte, hatte sie ihr Heimatdorf verlassen und in Paris eine Stelle als Dienstmädchen angetreten. In Paris an der Universität war es dann auch, wo sie zum erstenmal in die Dienste Master John Fysshs trat. Als dieser dann vor einem halben Jahr nach Oxford zurückgekehrt war, hatte er ihr auch hier eine Anstellung angeboten. Viel mehr wußte Hannah über Margaret nicht zu sagen, weil diese sehr still und zurückhaltend war und außerdem nur gebrochen Englisch sprach. Auf alle Fälle aber schien sie sich vor ihrem Master zu fürchten.

»Aber was hat das jetzt noch für einen Sinn? Sie ist tot.« Die Augen des Mädchens richteten sich auf den Mann, der im Schatten der Kaminbrüstung saß, sein Gesicht halb verdunkelt.

»Ganz im Gegenteil. Jedes Detail, richtig gedeutet, kann auf seine Weise dazu beitragen, dem Mörder die Maske vom Gesicht zu reißen. Erzähl nur weiter.«

Hannah fröstelte, als der Wind heulend durch den Kamin fegte und eine Rauchwolke ins Zimmer blies. Sie schlang ihren Umhang fester um ihren Körper und fuhr fort, Falconer, ähnlich wie Thomas einige Tage zuvor, von Margaret Gebetz zu erzählen: daß sie Margaret kennengelernt hatte, weil Fyssh unter einer Reihe von Beschwerden litt, die zu heilen die ärztliche Kunst von Hannahs Vater regelmäßig aufgerufen wurde. Viele dieser Beschwerden waren reine Einbildung. Fyssh klagte häufig über Schlaflosigkeit und verlangte nach einer Mixtur aus Mohnblumen. Außerdem hatte Margaret auch im Zusammenhang mit dem wissenschaftlichen Austausch zwischen Fyssh und seinen Kollegen zahlreiche Botengänge zu erledigen.

Nicht lange vor ihrem Tod war Margaret bei Hannah hereingestürmt, als sei der Teufel hinter ihr her. Sie sagte, daß sie Mirepoix verlassen habe, um »ihrer Art« zu entkommen, doch gedrängt, sich näher zu erklären, schwieg sie. Atemlos murmelte sie immer wieder die gleichen Worte. Und nur ein, zwei Tage später hatte sie dann Hannah das Buch übergeben. Falconers Gesicht trat scharf aus dem Schatten hervor. Mit zusammengekniffenen Augen schielte er das Mädchen an. In der Erregung, die ihn ergreifen konnte, wenn er sich entscheidenden Informationen nahe sah, vergaß er häufig, sein Augenleiden zu verbergen.

»Ein Buch? Bisher hast du von keinem Buch gesprochen. Was ist das für ein Buch?«

Vor der Tür zu Falconers Zimmer stehend, hörte Thomas seine Worte und stöhnte. Er würde erklären müssen, wieso ihm das Buch abhanden gekommen war. Als er anklopfte, hörte er Falconer fortfahren.

»Und die Worte, die sie murmelte. Hast du die verstehen können?«

Hannah verzog das Gesicht. »Ich bin nicht ganz sicher. Aber ich glaube, sie sprach von einem guten Mann. Ich erinnere mich daran, weil es mir sehr seltsam erschien, daß sie von einem guten Mann sprach, wo sie doch in so großer Furcht lebte.«

»Ein guter Mann? Bist du sicher, daß das exakt ihre Worte waren?«

Hannah erwiderte Falconers forschenden Blick.

»Ja, da bin ich ganz sicher. Natürlich sagte sie es in ihrer Muttersprache – *bon homme.*«

Thomas' geballte Faust verharrte für einen kurzen Moment an der Tür. Als er Hannahs letzte Worte vernahm, wußte er plötzlich mit absoluter Sicherheit, daß das kein guter Mann war, von dem Margaret gesprochen hatte. Aber jemand, den er kannte. Das Interesse des Regent Masters Bonham an dem Buch von Margaret Gebetz wurde auf der Stelle klar. Thomas drehte sich um und schlich sich leise aus dem Haus. Er war in Gedanken so sehr mit seinem Vorhaben beschäftigt, den Mordfall vor Falconer zu lösen, daß er nicht bemerkte, wie Joshuas schlanke schattenhafte Gestalt ihm folgte.

Falconer hatte das Gefühl, daß er auf dem richtigen Weg zur Aufklärung des Mordes an dem Dienstmädchen war. Nun galt es zu prüfen, ob es möglicherweise eine Verbindung zu dem erwürgten Studenten gab. Eine Frage, die Moulcoms Ermordung betraf, beschäftigte ihn besonders. Er war nun auf dem Weg zu Peter Bullock. Zuvor aber hatte er das jüdische Mädchen nach Hause begleitet. Beide, Hannah und Falconer, fanden es seltsam, daß Joshua nicht auf sie gewartet hatte, da er sich doch, wie Hannah sagte, in seiner Rolle als selbsternannter Bewacher so gut gefiel und ihr auf Schritt und Tritt folgte. Das wunderte Falconer nicht, denn er war sich ihrer Schönheit wohl bewußt. Aber wie auch immer, ihre Auskünfte zu dem ermordeten Mädchen schienen sehr wertvoll zu sein, und Falconer war sich sicher, wenn er erst das Buch zu sehen bekäme, würde der logische Zusammenhang der Fakten noch klarer werden. Er brauchte bloß zu warten, bis Thomas von seiner Vorlesung zurück war, denn, wie er von Hannah wußte, hatte sein neuer Student nun das Buch in Besitz. Wie ärgerlich, daß ein wahrscheinlich so bedeutendes Beweisstück die ganze Zeit über unter seinem Dach gewesen war, ohne daß er davon gewußt hatte. In der Zwischenzeit wollte er etwas bezüglich der Ermordung des »Northeners« nachprüfen. Stand sein Tod tatsächlich mit dem des Dienstmädchens in Verbindung? Falconer war sich sicher, daß er nicht infolge der Ausschreitungen gestorben war. Und er hatte mit eigenen Augen gesehen, wie Moulcom *Beke's Inn* vor Ausbruch der Unruhen verlassen hatte.

Bullock lebte am Ende von Great Bailey, einer Straße nahe der Stadtmauer im Westen der Stadt. Sein Haus lag im ständigen Schatten eines hohen Wachturms und war auch von innen nur schwach beleuchtet, so als wolle der Constable sein körperliches Gebrechen vor neugierigen Blicken verbergen. Auf Falconers beharrliches Klopfen hin öffnete er die Tür. Der Regent Master erwartete gar nicht, hereingebeten zu werden, denn er wußte, wie streng der Constable auf seine Privatsphäre hielt. Aber vielleicht mißtraute er auch nur jedem Universitätsmitglied. Sogar Falconer. Der Regent Master kam gleich zur Sache.

»Die Kleider von Moulcom. Erinnerst du dich, ob sie naß oder trocken waren?«

Bullock seufzte, obwohl er an die merkwürdigen Einfälle Falconers gewöhnt war. Er verstand zwar häufig nicht, auf was sie hinausliefen, doch letzten Endes stellte sich meist heraus, daß sie zu wichtigen Schlüssen führten.

»Die Kleider der Studenten waren alle naß – sie hatten im Regen gelegen.«

»Sicher, aber die von Moulcom, waren die wirklich überall naß?« ließ Falkoner nicht locker.

Bullock dachte nach, während er die Tür fast schützend vor seinen Körper hielt.

»Vorne waren seine Kleider naß. Das sah ich, als ich ihn von der Straße aufhob.«

»Und hinten?«

»Trocken, soweit ich mich erinnere. Aber...«

»Danke. So habe ich es auch in Erinnerung. Ich wollte nur ganz sichergehen.«

Falconer wandte sich zum Gehen, doch Bullock, dessen Neugier geweckt war, legte ihm eine Hand auf die Schulter. »Aber warum sollten seine Kleider vorne auch nicht naß sein, wenn er mit dem Gesicht auf der Straße lag.«

»Natürlich, aber was ist mit den Kleidern der anderen Studenten?«

Bullock dachte einen Augenblick nach. »Du hast recht, sie waren überall naß. Das bedeutet, Moulcom wurde ermordet, nachdem es aufgehört hatte zu regnen.«

Falconer starrte in Bullocks Gesicht, in dem sich die Erregung widerspiegelte, in die ihn sein durch logische Ableitung erreichter Schluß versetzt hatte.

»Es regnete jedoch die ganz Nacht über. Der Regen war es ja auch, der die Gemüter der Randalierer abkühlte. Und als es am Morgen schließlich aufhörte, war keiner von ihnen mehr unterwegs.«

»Moulcom wurde also morgens umgebracht?«

»Möglich. Doch bin ich eher geneigt zu glauben, er wurde in

der Sicherheit und Abgeschiedenheit eines Hauses umgebracht. Danach legte man seine Leiche auf die Straße, um die Schuld auf andere abzuwälzen.«

Thomas brachte in Erfahrung, daß Master Bonham irgendwo in der Nähe der Kirche St. Michael beim Nordtor wohnte. Er hatte den Entschluß gefaßt, ihn jetzt nach der Vorlesung dort aufzusuchen, und wollte durch die Schools Street zur nördlichen Stadtmauer laufen. Er war sicher, dort angekommen würde ihm auch in solch einer dichtbevölkerten Stadt wie Oxford jemand genau sagen können, wo Master Bonham zu finden war. An der Ecke zur Schools Street stand die Kirche St. Mary, die gerade in größerem Maßstab neuaufgebaut wurde, um ihre zentrale Bedeutung für die Universität noch deutlicher herauszustellen. Im Moment war jedoch bloß eine große Baustelle zu sehen, die Kirche umhüllt von Tauen, Brettern und Stangen, um sie herum scheinbar planlos aufgehäufte Steinberge. Als Thomas an der Kirche um die Ecke bot, war ihm, als sehe er jemanden unter dem Holzgerüst stehen, mit dem die Nordseite der Kirche verkleidet war. Die Gestalt schien zu winken, obwohl niemand auf dem Gerüst arbeitete. Thomas schaute sich um. Vielleicht meinte der Arbeiter jemand anderen. Doch weit und breit war kein Mensch zu sehen. Im Schatten des Turmes stehend, winkte die Gestalt erneut und zeigte dabei direkt auf Thomas.

Der Junge stieg über die Steinhaufen, die verstreut vor der Baustelle lagen, und rief:

»Was wollte Ihr?«

Die Person hatte ihn wahrscheinlich nicht gehört, denn sie verschwand aus seinem Blickfeld unter dem erst halb fertiggestellten Nordturm der Kirche. Als Thomas den Torbogen erreichte, durch den die Gestalt verschwunden war, schaute er sich nach allen Seiten um. Es war niemand zu sehen. Tiefe Schatten verdunkelten die Umrisse des Turmes, der nach oben offen schutzlos den Elementen preisgegeben war. Thomas blickte zum düsteren grauen Himmel auf, und ihm war, als könne er jemanden hinter der steinernen Brüstung über sich erkennen. Ein dünner Staubregen, der ihm ins emporgerichtete Gesicht rieselte, bestätigte seinen Eindruck. Thomas fühlte sich an die Person erinnert, die er durch eine Hauswand hatte dringen sehen, kurz bevor er auf die Leiche von Margaret Gebetz gestoßen war. Die Gestalt hier hatte etwas ebenso Flüchtiges. Thomas wurde ganz mulmig bei dem Gedanken.

Er rief die Person an, in der Hoffnung, sie möge antworten und seine Befürchtungen würden sich als grundlos herausstellen. Doch nur seine eigene Stimme hallte von der Turmmauer wider, und Thomas war noch unwohler in seiner Haut als zuvor. Er gedachte umzukehren und sich wieder auf die Suche nach Master Bonham zu machen. Doch dann war ihm, als höre er seine eigene Stimme, die ihm von oben etwas zuflüsterte.

»Hallo, wer ist da?«

Wieder trug der Wind ihm die Stimme zu, und diesmal meinte er gar seinen Namen zu hören. Nervös zog er sein Wams fester über der Brust zusammen und begann, die Steintreppe hochzusteigen, die in die massive Mauer zu seiner Linken eingelassen war. Vorsichtig bahnte er sich seinen Weg über den Schutt, den die Bauarbeiter liegengelassen hatten, die an der Fassade arbeiteten. Oben angekommen, blies ihm der Wind heftig ins Gesicht. Die Treppe endete abrupt, und die Turmspitze hatte keine schützende Brüstung. Es war nur eine kleine Fläche, die an den Rändern jäh abfiel. Das Holzgerüst sah von hier oben sehr wacklig aus. Thomas stand reglos auf der letzten Treppenstufe und schaute sich um. Rechts von ihm waren Steinblöcke aufgeschichtet, die schon zum nächsten

Stockwerk gehörten. Kein Mensch war zu sehen. Die geisterhafte Gestalt hielt sich wohl hinter diesen Blöcken versteckt. Thomas mußte sich, wollte er es genauer wissen, auf die ungesicherte Fläche hinauswagen.

Auf Knien erreichte er die Plattform, als jemand ihn von hinten packte und mit aller Macht zum Rand hinzog. Er schaute über seine Schulter nach unten und mußte nach Luft schnappen. Der Erdboden schien ihm meilenweit entfernt. Auch beim Klettern in den Bäumen auf dem Hof seines Vaters hatte er nie eine solche Höhe erreicht, und ein Aufprall auf der Baustelle unter ihm würde sehr viel unsanfter sein als auf irgendeiner weichen Wiese. Wieder drehte er den Kopf, um seinem Widersacher einen flehenden Blick zuzuwerfen. Er starrte in ein Gesicht mit undurchdringlichen Zügen. Es war Joshua.

8. KAPITEL

Thomas fühlte, wie sich der Kragen seines Wamses immer fester um seinen Hals schloß. Auch wenn er einen Sturz vom Turm vermeiden konnte, würde ihm mit Sicherheit bald die Luft ausgehen. Verzweifelt wand er sich unter dem Gewicht des Angreifers. Doch Joshua war zu stark. Thomas spürte jetzt die Turmkante in seinem Rücken, die ihm schmerzhaft in die Wirbelsäule schnitt. Wenn er sich stärker bewegte, würden sie beide zu Tode stürzen. Mit aller Kraft krallte er sich an das Mauerwerk zu seinen Hüften und riß sich dabei die Fingernägel auf. Der Jude drückte sein Gesicht auf das von Thomas und zischte ihm ins Ohr:

»Hannah ist viel zu schade für dich. Du wirst sie in Ruhe lassen, so oder so.«

Thomas merkte, daß der Druck von Joshuas Gewicht beim Sprechen nachließ. Jetzt oder nie, dachte er und stieß seine Hüften mit aller Macht nach oben. Überrascht von der Bewegung, lockerte Joshua seinen Griff und begann über Thomas' Schultern zu rutschen. Mit den Füßen half Thomas nach, während er gleichzeitig verzweifelt vom Rand wegrutschte. Mit einem Schrei kugelte Joshua über ihn hinweg und stürzte über den Rand in die Tiefe. Man hörte ein Krachen, dann Stille.

Thomas drehte sich auf den Bauch und zog sich keuchend wieder bis zur Kante vor. Das Schlimmste für Joshua befürchtend, blickte er hinunter. Direkt unter ihm sah er ein Gewirr von Stangen und Brettern, von denen einige gebrochen waren und frei hin und her schwangen. Es war die Stelle, wo Joshua hinuntergestürzt war. Auf der Erde war jedoch kein Körper auszumachen. Dann sah er ihn.

Joshua hing noch im Gerüst, wo er sich mit einer Hand an einer Bohle festhielt. Einen Moment lang war sein Gesicht, weiß und verzerrt, zu Thomas emporgerichtet. Dann stürzte er auch noch das letzte Stück hinunter und schlug unten auf. Thomas kniff die Augen fest zusammen und wandte sein Gesicht ab. Hatte er Joshua getötet? Tränen traten ihm in die Augen. Er hätte es nicht ertragen, noch einmal über die Kante zu schauen, und so kroch er langsam zurück zur Treppe. Auf wackligen Beinen stieg er, mit den Händen an der Mauer Halt suchend, hinunter. Er fror, und sein Atem ging stockend. Als er wieder festen Boden unter den Füßen hatte, blieb er eine Ewigkeit unter dem Torbogen stehen. Schließlich zwang er sich weiterzugehen. Vorsichtig kletterte er über den Bauschutt und gelangte zu der Turmseite, wo Joshua aufgeschlagen sein mußte. Es war nichts von ihm zu sehen.

Unsicher, ob er an der richtigen Stelle war, schaute Thomas auf und sah das beschädigte Gerüst, das Joshuas Körper durchschlagen hatte. Taue und Latten schwangen immer noch über seinem Kopf hin und her. Der Jude mußte übermenschliche Eigenschaften haben, daß er diesen Sturz überlebt hatte. Plötzlich hörte Thomas links von ihm, ein gutes Stück entfernt, etwas rascheln. Angestrengt starrte er in die aufkommende Dämmerung, und ihm war, als bewege sich etwas direkt vor ihm auf dem Boden. Eine schwarze Katze huschte davon. Es mochte sich um ein streunendes, von all dem Lärm aufgeschrecktes Tier handeln. Oder aber auch um Joshua selbst, der Katzengestalt angenommen hatte, um dem Tod zu entkommen. Ängstlich schaute sich Thomas um, wobei er fast erwartete, einen Dämon aus der Dunkelheit auftauchen zu sehen. Doch er war allein.

Wäre Bullock auf den Turm des Great Keep gestiegen, in dessen Schatten er wohnte, und hätte nach Westen, Richtung Beacon Hill, in das schwache Licht dieses kalten Winternachmittags geschaut, so hätte er die ersten Anzeichen einer anrükkenden Armee erkennen können. Von jenseits des Flüßchens und der nahen Waldung vor der Stadtmauer kamen seltsame Geräusche. Ein geübtes Ohr hätte sie als das Klimpern von Metall, das Knirschen von Leder und das Getrampel zahlreicher Hufe auf dem Erdboden erkennen können. Sie verbanden sich zu einem dröhnenden Laut wie von einem furchterregenden Drachen, einem Untier, das sich schwerfällig auf die Stadt zubewegte. Bei trockenerem Wetter hätte solch eine Armee Staubwolken aufgewirbelt, die an den Feueratem eines Drachens erinnert hätten und meilenweit zu erkennen gewesen wären. Der Dauerregen der letzten Stunden hatte das verhindert und gleichzeitig den Vormarsch der Fußsoldaten und Reiter verlangsamt. Vom Turm aus hätte man eine schwarze Masse sehen können, die sich leicht schlingernd über das offene

Gelände vorwärtsbewegte, wie ein Heer von Ameisen, die diszipliniert hintereinander hertrotten. Auf die Entfernung wäre es jedoch nicht leichtgefallen, die Streitmacht einzuordnen. Hätte Bullock auf dem Wachturm gestanden, hätte er vielleicht durch die kleine Vorhut, die jetzt aus dem Wäldchen unweit des Turms hervorbrach, eine vage Vorstellung vom Anführer dieser Armee bekommen können. In müdem Trott ritt sie in östliche Richtung um die Stadtmauer herum, die hinter dem breiten Wassergraben lag, und bog dann ins North Gate ein.

Doch Peter Bullock stand nicht auf dem Turm. Er war zu Hause, starrte in die erlöschende Glut im Kamin und versuchte Falconers Überlegungen nachzuvollziehen. Es gelang ihm nicht. Doch wie dem auch sei – die politischen Ereignisse im Land berührten ihn nicht. Sollten sich doch die Parteigänger des Königs und die Barone gegenseitig niedermetzeln wie es ihnen beliebte, solange sie nicht die Stadt Oxford als Schlachtfeld wählten.

Von solchem Desinteresse konnte beim Kanzler hingegen keine Rede sein.

De Cantilupe war in einer mißlichen Lage. Im Grunde seines Herzens sympathisierte er mit den Zielen der Opposition um den Earl of Leicester. Schließlich wollte Earl Simon nicht selbst herrschen, sondern den König nur daran hindern, das Land wie ein Tyrann zu regieren. Die »Provisions of Oxford« von 1258, denen der König ja zugestimmt hatte, verpflichteten ihn zu nichts anderem, als vernünftig und gut zu herrschen. In der Stadt und an der Universität, vor allem unter den Studenten, hatte die Sache der Barone zahlreiche Anhänger. Auf der anderen Seite hatte der König die Universität bei vielen Gelegenheiten begünstigt. Und wie es jetzt aussah, hatte er vor, seine Kräfte in Oxford zu konzentrieren.

König Henrys Sohn Edward würde in Kürze, von den Walisischen Marken her kommend, in Oxford eintreffen. Beim Gedanken daran spürte der Kanzler sein Hemd aus Haartuch und begann sich geistesabwesend zwischen den Schulterblättern zu kratzen, wobei er sich wand und krümmte, um die richtige Stelle zu treffen. Halegod stand vor ihm, trat unruhig von einem Fuß auf den anderen und wartete auf Anweisungen. De Cantilupe würdigte ihn keines Blickes.

Wie sollte er sich dem wankelmütigen Edward gegenüber verhalten? Auf wessen Seite stand der Prinz nun? Man hätte annehmen sollen, daß er felsenfest zu seinem Vater stünde. Doch es war erst vier Jahre her, daß er Partei für Simon de Montfort ergriffen hatte, als dieser in Abwesenheit des Königs versucht hatte, das sogenannte »Candlemas Parliament« einzuberufen. Damals hatten sie alle nach kurzer Zeit klein beigegeben. Aber wer konnte schon mit Sicherheit sagen, daß Edward nicht noch einmal die Fronten wechseln würde.

»Bring Bonham her – der wird wissen, auf wessen Seite Edward jetzt steht. Wenn einer den neuesten Tratsch vom Hof kennt, dann ist er es.«

Halegod verbeugte sich unterwürfig und tippelte davon, um Master Bonham zu suchen. Und der Kanzler machte sich wieder auf die Jagd nach dem Juckreiz zwischen den Schulterblättern.

Als Falconer nach der kurzen Unterhaltung mit Bullock über die Lage von Moulcoms Leiche in seine Unterkunft zurückgekehrt war, machte er sich daran, noch einmal alles zu rekapitulieren, was er zu dem Fall in Erfahrung gebracht hatte. Dabei ging er in seiner Kammer auf und ab, von dem ungemachten Bett bis zur gegenüberliegenden Wand, umkurvte den Tisch in der Mitte des Raums, auf dem sich Berge von Büchern und Knochen stapelten. Mochte die Unordnung in seinem Zimmer auch beträchtlich sein, in seinem Kopf herrschte Ordnung. Durch die hohen Papierpreise und sein karges Einkommen gezwungen, hatte sich der Regent Master darin geschult, alles Wissenswerte sauber voneinander getrennt im Kopf aufzubewahren. Margaret Gebetz kannte ihren Mörder. In den Monaten vor ihrem Tod hatte sie sich vor etwas oder jemandem in Oxford sehr gefürchtet. Sie hatte Hannah gebeten, ein Buch für sie zu verwahren, ein Buch, das nun in Thomas' Besitz sein mußte. Falconer stülpte die Unterlippe vor, verärgert, daß Thomas noch nicht wieder aufgetaucht war und er somit der Sache nicht weiter nachgehen konnte. Möglicherweise lag in diesem Buch der Schlüssel zu dem ganzen Fall. Er schritt weiter auf und ab in seinem Zimmer, wobei er die Kälte in dem Raum gar nicht mehr wahrnahm.

Moulcom war bei jemandem zu Hause erwürgt worden und nicht von den aufgebrachten Bürgern auf der Straße. Er selbst hatte Moulcom noch gesehen, wie er am Tag nach dem Tod des Mädchens Fysshs Unterkunft verlassen hatte. Das Mädchen hatte für Fyssh gearbeitet. War Fyssh das Bindeglied zwischen den beiden Morden? Falconer seufzte. Nein, das war ein Gedankensprung und keine logische Schlußfolgerung, die auf der Abwägung aller ermittelten Tatsachen beruhte – seines Anspruchs als Aristoteliker also unwürdig. Er ließ sich auf die Bettkante fallen und rieb sich die schwachen Augen mit den Ballen seiner schaufelgroßen Hände. Wenn er doch bloß etwas klarer sehen würde. In jeder Beziehung.

Ein nervöses Hüsteln brachte ihn in die Gegenwart zurück. Hugh Pett stand in der Tür. Verlegen nestelte er an einem Ärmel seines kostbaren grünen Talars. Er hatte die Augen niedergeschlagen, und seine oval geschnittenen feinen rötlichen Haare fielen ihm ins Gesicht. Falconer reagierte unwirsch auf die Unterbrechung.

»Jetzt nicht, Hugh.«

Der Student seufzte und wandte sich zum Gehen, wobei er Falconer noch einmal kurz in die Augen blickte. Dabei fiel dem Regent Master die Blässe in dessen Gesicht auf, und auf der Stelle bereute er seinen abweisenden Ton. Er durchquerte den Raum und legte dem Jungen einen Arm um die Schulter.

»Bedrückt dich irgend etwas?« fragte er sanft.

Hugh sah zu Falconer auf, etwas Gehetztes lag im Blick seiner warmen braunen Augen. Der ältere Mann zögerte; er meinte, in diesem Blick jetzt wieder eine Schwäche in Hugh Petts Charakter ausmachen zu können, die ihm schon öfter aufgefallen war. Doch sofort tadelte er sich im stillen selbst für diesen Gedanken. Wessen Charakter war schließlich schon perfekt? Besonders in dem Alter, in dem Hugh jetzt war. Er führte den Jungen zu einem Stuhl vor dem Kamin und machte sich daran, die Glut darin neu zu entfachen, wobei er vorgab, dem Jungen nur noch wenig Aufmerksamkeit zu schenken. Als das Kleinholz Feuer fing, begann Hugh stammelnd:

»Ich habe mir überlegt... Wißt Ihr... Ich fühle mich immer noch schuldig, weil ich Thomas damals allein gelassen habe.«

Falconer blies auf die kleinen Flammen in der Feuerstelle und ließ den Jungen in seinem eigenen Tempo weitererzählen. Hugh fuhr fort, wobei er immer noch nervös an seinem Ärmel nestelte, dessen kostbar bestickte Borte schon auszufransen begann.

»Ich habe mir überlegt, ob ich Euch vielleicht irgendwie helfen kann.«

»Das tust du doch bereits, indem du auf Thomas aufpaßt.«

»Ja schon, aber ich hab' mir gedacht, daß ich Euch vielleicht helfen kann, den Mörder von dem Mädchen zu finden.«

Falconer konnte nicht anders, als laut loszulachen. Dann, bevor Hugh das Gefühl bekam, herzlos zurückgewiesen zu werden, erklärte er, daß er selbst unglücklicherweise in bezug auf den Mörder noch sehr im dunkeln tappe.

»Dann habt ihr also nicht Master Fyssh in Verdacht... oder irgendwen sonst?«

Falconer reckte den Kopf vor, um Hughs Gesicht besser sehen zu können. Die letzten Worte des Jungen hatten irgendwie erleichtert geklungen.

»Jedenfalls nicht mehr und nicht weniger als jeden anderen auch«, stellte er vorsichtig klar.

Hugh Pett sprang von seinem Stuhl auf und durchquerte den Raum, wobei er in seiner Hast gegen den Tisch stieß. Geschwind schnappte er nach dem großen Knochen, der über die Tischkante zu rutschen drohte.

»So kann ich Euch gar nicht helfen?«

»Doch, wie gesagt, indem du Thomas in den ersten Tagen hier zur Seite stehst.«

»Ja«, sagte Hugh mit offensichtlicher Erleichterung. »Das werde ich tun. Ich verspreche es Euch. Ich werde sofort nachsehen, ob er sicher und wohlbehalten von der Vorlesung zurück ist.«

Der Junge entschwand über die knarrende Treppe, die Fäden seiner mittlerweile vollkommen ausgefransten Borte flatterten hinter ihm her. Falconer war etwas verwirrt von dem seltsamen Betragen des Jungen, erklärte es sich dann aber mit dessen Schuldgefühlen. Die deduktive Logik forderte jetzt seine volle Konzentration. Entweder sie oder das Feuer, das schon wieder zu erlöschen drohte.

Thomas saß auf einem der großen Steinblöcke zu Füßen des unvollendeten Turmes und überlegte, was er jetzt machen sollte. Irgendwie war der Jude in der aufkommenden Dunkelheit verschwunden. Thomas konnte sich nicht vollkommen von der Vorstellung lösen, daß die Katze, die er hatte weglaufen sehen, sein Angreifer in anderer, unheiliger Gestalt war. Er erschauderte bei dem Gedanken, nicht zuletzt, weil ihm dadurch auch Hannah wieder in den Sinn kam. Wenn es sich so verhielt, daß jeder Jude nach Gutdünken seine Gestalt wechseln konnte, bedeutete das nicht auch, daß sie mit dem Teufel im Bunde stand? Er nahm sich vor, Falconer wegen dieser Sache zu fragen.

Im Moment war sein Problem, daß er nicht wußte, was er als nächstes tun sollte. Sollte er bei seinem Vorhaben bleiben, Bonham aufzusuchen? Vielleicht war es schon zu spät geworden. Die meisten Leute verrammelten um diese Zeit ihre Türen, um sich gegen nächtliche Herumtreiber zu schützen, und auch er selbst sollte sich jetzt allmählich in seiner sicheren Unterkunft einfinden. Die abendliche Kälte fuhr ihm in die Glieder, und er fröstelte. Andererseits würde er Falconer gegenübertreten und ihm vom Verlust des offensichtlich so wichtigen Buches berichten müssen. Die Furcht vor einem Tadel seines strengen Masters war größer als die vor der Dunkelheit. Er stand auf und ging weiter die Schools Street entlang, während sein Atem in kalten Wolken seinen Mund umspielte. Am Ende der Straße türmte sich die hohe Stadtmauer mächtig vor ihm auf und tauchte die Gasse links und rechts von ihm in noch düstereres Licht. Das Nordtor lag zu seiner Linken, und diesen Weg schlug er jetzt ein.

Das Glück stand ihm zur Seite. Er war halben Wegs die Gasse im Schatten der Stadtmauer entlanggegangen, als er eine Gestalt nur wenige Meter vor ihm aus einer Tür kommen sah. Seine steife Haltung und sein graues Gewand waren unverkennbar. Es war Bonham. Er wandte sich um und sprach mit jemandem, der hinter ihm aus der Tür trat, einem buckligen alten Mann mit einer Laterne. Wenn sie nun seine Richtung einschlugen, würden sie sicher auf ihn aufmerksam werden. Nur ein kurzes Stück entfernt sah er einen Strebepfeiler in der Außenmauer und rannte los. Schutzsuchend drückte er seinen Körper flach gegen den rauhen Stein seines dürftigen Verstecks. Sein Atem stockte, und er hatte das Gefühl, jeden Moment würde man ihn entdecken. Doch die Stimmen Bonhams und seines Begleiters wurden undeutlicher. Sie gingen in die andere Richtung davon.

Thomas mußte all seinen Mut zusammennehmen, um hinter dem Pfeiler hervorzuschauen. Das Licht der Laterne, die der alte Mann hochhielt, beschien Bonhams kahlen Hinterkopf. Im Dunst verschwanden sie in Richtung Nordtor. Doch gab es noch eine weitere Lichtquelle in der Gasse. Das schwache Licht flackernder Kerzen fiel durch einen Spalt im Eingang von Bonhams Haus. Beim Weggehen hatte er es in der Eile versäumt, die Haustür richtig zu schließen. Die Gelegenheit, um an das Buch heranzukommen, würde für Thomas nie mehr so günstig sein. Quer über die Gasse ging er zum Eingang und stieß langsam die schwere Eichentür auf. Möglicherweise beherbergte Bonham wie Master Falconer Studenten in seinem Haus. Doch kein Laut war zu hören. Er schlüpfte durch die Tür und schloß sie leise hinter sich. Die Vorhalle war schmal und wurde halb versperrt von einer Truhe neben der Tür. Darauf standen die Kerzen, deren Schein Thomas angelockt hatten. Während er sich umschaute, flackerten die Kerzen und erloschen, und sein Herz pochte heftig, als ihn die Dunkelheit verschlang.

Bonham wurde von Halegod, der die Laterne gelöscht und am Eingang stehengelassen hatte, zum Kanzler geleitete. De Cantilupe saß zu Tisch und lud Bonham ein, ihm dabei Gesellschaft zu leisten. Der kleine graue Master lehnte ab und wartete geduldig, daß der Kanzler ihm sein Anliegen vortrug, wobei er etwa die gleiche stehende Haltung einnahm, in der er zu Beginn seiner Vorlesungen auf die volle Aufmerksamkeit seiner Studenten wartete. De Cantilupe zögerte und stopfte sich ein weiteres Stück Fleisch in den Mund. Während er kaute und schluckte, wischte er sich die Hände an einer blütenweißen Serviette sauber. Dann begann er.

»Master Bonham, Ihr kennt Euch wie kaum ein anderer in den Angelegenheiten des königlichen Hofes aus.«

Der kleingewachsene Mann wackelte wie zur Bestätigung kaum merklich mit dem Kopf, blieb aber stumm.

»Prinz Edward wird in Kürze hier eintreffen. Ich möchte von Euch wissen, mit welchen Wölfen er im Moment heult.«

Bonham ließ einen Augenblick verstreichen, bevor er antwortete. Niemand, auch der Kanzler nicht, würde es wagen, dieses Warten als Zögern zu deuten. Es handelte sich um eine wohlüberlegte Pause.

»Wüßte ich wirklich zuverlässig, was zur Zeit in dieser gefährlichen Welt vor sich geht...«

Der Kanzler hob beide Arme, um Bonham zu verstehen zu geben, daß er dessen Einschätzung der Lage wohl einzuordnen wisse. Bonham fuhr fort.

»Also, mit der gebotenen Vorsicht... Sollte eine kriegerische Auseinandersetzung unausweichlich sein, was sie meiner Meinung nach ist, wird sich der Prinz auf die siegreiche Seite schlagen.«

De Cantilupe seufzte. Was war doch dieser langweilige Mensch für ein Pedant.

»Das hilft mir nicht weiter bei der Frage, wie ich mich ihm gegenüber verhalten soll, wenn er hier eintrifft. Die Zukunft der Universität könnte davon abhängen.«

»Edward ist der Kronprinz, und er gedenkt, seinem Vater auf dem Thron zu folgen.«

»Und wird er das?«

Bonham mochte offensichtlich keine direkten Fragen.

»Wenn Ihr ihn so behandelt, wie es seinem Rang gebührt, kann Euch später keiner Vorwürfe machen. Ganz gleich, wer die Oberhand behält.«

»Ein Bankett wäre wohl nicht unangemessen?«

Bonham reagierte auf die Frage, als wäre sie rein rhetorisch gemeint, und wandte sich zum Gehen. De Cantilupe starrte auf die natürliche Tonsur des Masters, als dieser den Vorhang zur Seite schob und dahinter verschwand. Dann machte er sich wieder daran, geistesabwesend Fleischstückchen von dem kalt gewordenen Knochen abzuzupfen.

Während Falconer mit einem Holz in der Glut seines Kamins stocherte und dabei überlegte, was als nächstens zu tun wäre, war Hugh Pett auf dem Weg zu *Beke's Inn*. Es gefiel ihm nicht, was er zu tun vorhatte, weil es seine Loyalität zu seinem Master berührte. Doch andere Verpflichtungen zwangen ihn, Master John Fyssh aufzusuchen. Als er noch hin- und hergerissen vor *Beke's Inn* stand, ging die Tür vor ihm auf, und John Fyssh mit vor Ärger schwabbelnden Wangen erschien auf der Schwelle.

»Komm herein, bevor dich jemand sieht.«

Er packte den Jungen am Arm, zog ihn ins Haus und knallte die Türe wieder zu.

»Ich hab' dich kommen sehen. Du hast mich eine Ewigkeit warten lassen. Was hast du nur die ganze Zeit gemacht?«

Fyssh sprach hastig und abgehackt. Offensichtlich war er besorgt.

»Es war gar nicht so einfach – mein Master ist nicht auf den Kopf gefallen. Und außerdem habt Ihr selbst gesagt, ich solle die Dunkelheit abwarten.«

Fyssh lockerte seinen Griff, ließ Hughs Arm aber nicht ganz los.

»So sag mir jetzt, was du herausgefunden hast. Hat er mich in Verdacht?«

»Nicht mehr und nicht weniger als jeden anderen auch, sagte er.«

»Was ist das für eine Antwort? Damit kann ich nichts anfangen.«

Eine andere Sache kam Fyssh in den Sinn, und seine Augen rückten noch näher an den Jungen heran:

»Hat er dich etwa wegen einem Buch gefragt, das das Mädchen gehabt haben soll?«

Hugh zuckte zurück, als Fyssh seinen Arm fester drückte.

»Ein Buch? Nein«, antwortete er verblüfft. Er wagte kaum, die Frage zu stellen, die ihm dann doch über die Lippen kam.

»Ihr habt sie doch wirklich nicht getötet, oder?«

Fyssh kicherte. Er ließ Hugh los und begann, sanft über dessen weiches Haar zu fahren und es ihm aus dem Gesicht zurückzustreichen.

»Und wenn ich es tatsächlich getan habe? Haben wir beide nicht schon ein kleines Geheimnis vor der Welt zu hüten? Du willst doch nicht, daß noch eins hinzukommt, oder?«

Hugh war überzeugt, daß Fyssh sich aufspielte. Einen Mörder konnte er in ihm nicht sehen. Grausam, ja, das war er, aber zu einem Mord langte es bei ihm nicht. Dennoch bebte er unter den Berührungen des anderen Mannes, obgleich er sich ihnen nicht vollkommen hingab. An Fysshs Schulter gelehnt, wünschte er sich, das alles hätte gar nicht erst begonnen. Daß er seinen Gefühlen nachgegeben hatte, hatte nun dazu geführt, daß er den einzigen Menschen verriet, den er wirklich achtete. Zunächst hatte er sich erleichtert gefühlt, jetzt kam er sich nur noch vor wie in einer Falle.

9. KAPITEL

In Bonhams Haus blieb es weiterhin still, und so tastete sich Thomas vorsichtig weiter bis zu der Tür am Ende des Ganges. Sie führte geradewegs in einen kleinen Raum, der von der erlöschenden Glut eines Feuers in rotes Licht getaucht wurde. Ein kleiner Hocker und ein wackliger Tisch warfen schwarze Schatten an die Wand. Der Master fristete anscheinend ein bescheidenes Dasein. Ein schwerer Schrank nahm fast eine ganze Wand der winzigen Zelle ein. Auf jedem Bord stapelten sich Unmengen von Papieren und Büchern. Thomas stöhnte bei dem Gedanken, daß er in dieser Menge Margarets Buch finden sollte. Aber es war zweifellos der richtige Ort, um mit der Suche zu beginnen. Da Bonham das gesuchte Buch erst seit kurzem in seinem Besitz hatte, würde es, wie Thomas glaubte, wahrscheinlich nicht tief unten in einem Stapel liegen. Daher ließ er seine Augen nur über die wenigen ganz oben liegenden Buchrücken wandern. Es handelte sich um Schriften, die teilweise sogar Thomas schon bekannt waren – *Ars minor* von Donatus, dann Werke von Plinius und Solinus. Andere hatten spezielleren Charakter und stammten von fremden Autoren wie Mondino oder Berbuccio. Neugierig geworden, griff Thomas zu einem Band, der zuoberst auf einem Stoß lag. Wie von selbst öffnete sich das Buch bei einer Seite mit der Zeichnung eines nackten Mannes. Sie war rundherum beschriftet. Striche führten vom Text zur Zeichnung, hauptsächlich zum Gesicht des Mannes. Dieses war viel genauer dargestellt als der übrige Körper. Nur hatte der Mann statt der Haare einen Heiligenschein. Entsetzlicherweise war das Gesicht gehäutet wie nach einem schlimmen Kampf. Die Augäpfel fehlten ganz, und der Mund war nichts als ein fleischloses Loch mit gebleckten Zähnen, die den Mann grinsen ließen. Thomas schauderte es bei diesem schrecklichen Anblick. Mehr denn je war er nun von den mörderischen Absichten des kleinen unscheinbaren Masters überzeugt. Er legte das Buch zurück und fuhr mit seiner Suche fort. Leider steckte das gesuchte Buch nicht in den Stapeln mit den vielen abgegriffenen Bänden. Er ging zu dem Tisch beim Feuer. Vielleicht hatte der Master gerade in dem Buch gelesen, als der Mann mit der Laterne bei ihm aufgetaucht war. Thomas warf einen Blick auf das Buch, das aufgeschlagen auf dem Tisch lag. Es war um einiges größer als das gesuchte. Enttäuscht seufzte er auf. Es schien sich um ein Rezeptbuch oder etwas ähnliches zu handeln. Thomas blätterte auf die erste Seite zurück und las sich den zungenbrecherischen Titel laut vor: *Meddygon Myddfai.*

Auch das sagte ihm überhaupt nichts – es war noch nicht einmal Latein. Ein erneuter Blick durch den Raum stimmte ihn wenig hoffnungsvoll, das Versteck zu finden. Dann sah er die kleine Schublade unter dem Tisch. Er ergriff den Knopf und zog sie auf. Es lag etwas darin, das in ein Tuch eingewickelt war. Er nahm den Gegenstand zur Hand – er war rechteckig wie das gesuchte Buch. Vorsichtig wickelte er ihn aus dem Tuch und brachte ein recht schweres Lederetui zum Vorschein. Seine einzige Hoffnung war jetzt nur noch, daß sich das Buch vielleicht im Futteral befand. Er atmete tief durch und zog die Schnur auf, die das Etui zusammenhielt. Es klappte auf, und Thomas' Blick fiel auf eine ganze Kollektion seltsam geformter Messer. Einige waren voller Blut.

Mit zitternden Händen band er die Schnur wieder um das Etui, wickelte das schmutzige Tuch darum und legte das Bündel in die Schublade zurück. Schließlich konnte Bonham jeden Moment zurückkehren und ihn entdecken. Nachdem er die Schublade geschlossen hatte, sah der Raum wieder wie vorher aus. Thomas wollte sich zum Gehen wenden, als sein Blick auf das geschlossene Buch auf dem Tisch fiel. Bonham hatte es offen liegenlassen, und würde sofort wissen, daß jemand in seinem Zimmer war, wenn er es nicht wieder genauso vorfand. Doch welche Seite war aufgeschlagen gewesen. Thomas glaubte sich daran zu erinnern, daß es um ein Rezept gegen Kopfschmerzen gegangen war. Doch wie sollte er das bloß wiederfinden? Fieberhaft blätterte er in dem Buch, wobei ihm immer wieder mehrfarbige Zeichnungen ins Auge sprangen: von Tieren, die er kannte, wie Hunden und Schafen, aber auch von seltsameren Wesen, die er nie zuvor gesehen hatte – roten Drachen und gigantischen Würmern. Nichts jedoch hatte irgend etwas mit Kopfschmerzen zu tun. In seiner Furcht, entdeckt zu werden, ließ er das Buch bei einer beliebigen Seite offen liegen und trat den Rückzug an. Immerhin hatte er Falconer jetzt einiges anzubieten als Ausgleich für das verlorengegangene Buch. An der Haustür zögerte er einen Moment, zog sie dann auf und spähte in die Finsternis hinaus. Niemand war zu sehen. Daher schloß er die Türe hinter sich und ging den Weg zurück, den er gekommen war. Bonham würde sicher aus der anderen Richtung, vom Nordtor her, zurückkehren.

Der nächste Morgen begann hell und klar. Ein kräftiger Wind hatte die dunkle Wolkenschicht der letzten Tage aufgerissen. Die blasse Sonne stand direkt über der Stadtmauer und schien durch die St. John's Street in Falconers Kammer. Er erwachte zeitig und entschied, daß er seine Ungeduld in der Angelegenheit mit Thomas nun lange genug gezügelt hatte. Der Junge war spät abends heimgekehrt und hatte ganz dringend den Master zu sprechen verlangt. Um ihm eine Lektion in Sachen Geduld zu erteilen, hatte Falconer sich geweigert, mit ihm zu reden, und darauf bestanden, daß er als Buße für seine gefährlich späte Heimkehr auf der Stelle ins Bett gehen sollte. Der Haken an der Sache war jedoch, daß es Falconer selbst kaum erwarten konnte, das Buch in Händen zu halten. So hatte er die gleiche Lektion zu lernen wie sein Schüler.

Der Wind fegte durch den Kamin, verteilte feine Asche in Falconers Zimmer. Unwirsch wischte er den grauen Staub von den Büchern auf dem Tisch und verließ den Raum, um Thomas zu wecken. Das war nicht mehr nötig. Thomas war schon auf. Fertig angezogen saß er erwartungsvoll auf dem einzigen Stuhl der Kammer, die er mit Hugh Pett teilte. Hugh lag noch im Bett, gut zugedeckt gegen die kalte Zugluft, die durch die Tür pfiff.

Noch bevor Thomas ein Wort sagen konnte, streckte Falconer die Hand aus und verlangte das Buch, das Hannah dem Jungen anvertraut hatte. Thomas ließ den Kopf sinken und begann zu erklären, daß er es leider nicht mehr habe, dafür aber mit wichtigen Informationen dienen könne. Falconer würdigte ihn keiner Antwort, wandte sich von ihm fort und ging voller Verzweiflung im Zimmer auf und ab. Der so sonnig erwachte Tag begann sich einzutrüben.

»Unglaublich, du hast das Buch verloren, die höchstwahrscheinlich entscheidende Spur in diesem Fall.«

»Master Bonham hat es an sich genommen. Was sollte ich dagegen tun?«

Falconer packte Thomas am Arm und führte ihn zielstrebig aus der Kammer, wobei er im Hinausgehen einige Worte fallenließ, die offensichtlich an den dösenden Pett gerichtet waren. »Überlassen wir also den edlen Lord Pett seinen süßen Träumen, und machen wir, daß wir hier rauskommen.«

Absichtlich ließ er die Tür zur Studentenkammer offen und freute sich, als er von dort drinnen ein mißmutiges Stöhnen vernahm, während er durch die Vorhalle zur Haustür ging.

Thomas hastete hinter ihm her. Auf der Straße schlang er seinen billigen Umhang enger um seinen Körper. Die Sonne versprach angenehmere Temperaturen, als der böige Wind zuließ. Falconer schien die Kälte nichts auszumachen. Die Säume seines Talars umflatterten seine Beine, während er zügig vorwärtsschritt. Thomas hielt es für besser, seine Entdeckungen vom Vorabend nicht jetzt schon auszuplaudern. Er hatte schon festgestellt, daß Master Falconer einer Sache gerne selbst auf den Grund ging, oder zumindest gab er sich diesen Anschein. Eine einfache Frage glaubte Thomas jedoch stellen zu können.

»Wohin gehen wir, Master?«

»Wieso? Zu Master Bonham natürlich.«

Thomas hatte das Gefühl, er müsse Falconer jetzt doch, ungeachtet der Konsequenzen, die Wahrheit über seine Erlebnisse vom Vorabend erzählen.

Und so kam es, daß Falconer allein vor Bonhams Tür stand, während von Thomas nichts zu sehen war. Hereingebeten, entschuldigte sich Falconer für die frühe Störung und erklärte, ihm sei zugetragen worden, daß er, Bonham, einem seiner Studenten ein Buch abgenommen habe.

»Meine Neugier wurde geweckt durch die unbestimmte Herkunft des Buches. Wie Ihr wißt, habe ich eine Schwäche für rätselhafte Dinge. Ich dachte mir, wenn ich einem Blick darauf werfen könnte, würde mir das vielleicht weiterhelfen.«

Bonham wollte gerade zu einer Antwort ansetzen, als es stürmisch an der Tür klopfte. Der unscheinbare kleine Mann stülpte die Unterlippe vor und ging, eine Entschuldigung murmelnd, zur Tür. Es stand niemand davor. Verärgert schaute er nach links, blinzelte dann nach rechts gegen die Sonne. Da er nicht deutlich sehen konnte, machte er einen Schritt auf die Straße, wobei er eine Hand schützend über die Augen hielt. Der Wind wirbelte durch die leere Gasse – es war immer noch früh am Morgen, und weit und breit war kein Mensch zu sehen. Er ging zurück ins Haus und widmete sich wieder seinem Besucher.

»Irgendein närrischer Student, der es lustig findet, mich zu dieser frühen Stunde zu stören«, sagte Bonham, noch sichtlich ungehalten, als er Falconers fragenden Blick bemerkte.

»Und was das Buch angeht, da seid Ihr zu spät gekommen. Es handelte sich um eine sinnlose Ansammlung bäuerlicher Kalenderweisheiten. Gerade gut genug, um meinen Kamin heute morgen anzuheizen.«

Er war keineswegs gewillt, mehr darüber zu sagen, wußte aber auch, daß Falconer sich nicht mit jeder Antwort abspeisen ließ. Daher war er erleichtert, als sich der normalerweise hartnäckige Master auf der Stelle bedankte und ihn eilig verließ. Als sich die Tür hinter Falconer schloß, schüttelte er den Kopf und gab sich für einen Moment traurigen Betrachtungen über Falconers flatterhaften Charakter hin.

Als Falconer durch die Gasse zurückschlenderte, hatte es den Anschein, als halte er Selbstgespräche.

»Du kannst jetzt rauskommen.«

Thomas tauchte hinter dem Strebepfeiler auf, der ihm am Vorabend Deckung geboten und von wo aus er sich jetzt seinen Streich mit Bonhams Türklopfer erlaubt hatte. Er grinste.

»Habt Ihr es gefunden?«

»Ich fürchte, an das Buch kommen wir im Moment nicht heran.«

Thomas machte ein enttäuschtes Gesicht.

»Dennoch habe ich die Ablenkung zu etwas anderem nutzen können.«

Er griff in seine Tasche und brachte ein kleines, jedoch ungeheuer scharfes Messer zum Vorschein, an dem noch Blut klebte.

»Dazu hattet Ihr Zeit?« fragte Thomas verwundert.

»Kaum. Ich war noch dabei, die Schublade zu schließen, als er zurückkam.«

»Könnt Ihr damit seine Schuld beweisen?«

»Welche Schuld? Der Master ist für uns im Moment noch völlig unschuldig. Das Messer hier ist nur ein Element, das vielleicht dazu beitragen kann, die ganze Wahrheit zu erkennen. Wäre ein blutbeflecktes Messer schon ein Schuldbeweis, müßte jedermann, der Tiere zum Verzehr schlachtet, als Mörder gelten. Im Moment werden wir daher die Sache mit dem Buch aus einer anderen Richtung angehen.«

Während sie auf dem Heimweg zu ihrer *Hall* waren, erwachte die Stadt zu neuem Leben. Die Händler, die jetzt ihre Stände aufbauten, waren immer noch ein wenig verdrießlich gestimmt. Doch die Lage normalisierte sich zusehends. Schließlich galt es nun, endlich wieder Geld zu verdienen. Als sie bei einem Metzger vorbeikamen, der vor einem abgenutzten, vielfach eingekerbten Hauklotz stand, blieb Falconer stehen. Der Mann war gerade dabei, einem Hasen den Bauch aufzuschlitzen. Mit wenigen Schnitten zog er ihm geschickt das Fell über die Ohren, so daß im Nu der nackte rote Kadaver vor ihm lag. Falconer nickte zufrieden, offensichtlich wegen der Kunstfertigkeit des Mannes, und ging seines Weges.

Über Fleisch und dessen Zubereitung machte sich auch Thomas de Cantilupe Gedanken. Er hatte ein Bankett für Prinz Edward zu veranstalten und erfuhr gerade, was es ihn kosten würde. Halegod stand vor ihm, in der Hand die Liste all dessen, was die Köche benötigten. Der Chefkoch selbst stand etwas abseits im hinteren Teil des Raumes. Durch seinen Beruf genoß er zwar eine angesehene Stellung in der feinen Gesellschaft, was jedoch seine direkte Anwesenheit nicht unbedingt angenehmer machte. Für die feine Nase de Cantilupes war der Geruch von Tierfett furchtbar abstoßend. Und in der Tat schien der Koch aus allen Poren Fett abzusondern wie ein Spießbraten über dem Feuer. Halegod leierte weiter die Liste herunter, wobei er das Blatt dicht vor seine wäßrigen Augen hielt.

»Die beste Gans – sechs Pence; der beste Hase, abgezogen – vier Pence; die beste Stockente – zwei Pence; der beste Brachvogel – sechs Pence.«

»Gibt's nichts, was weniger teuer ist?«

Halegod überflog seine Liste.

»Zwölf Finken – ein Penny.«

»Ich kann doch dem Prinzen und der ›Schwarzen Kongregation‹ keine zwölf Finken servieren.«

Halegod schaute den Kanzler verdrossen an. Er war enttäuscht, daß bei solch einer Gelegenheit zu pompöser Selbstdarstellung nur die Teilnahme der Magister der Freien Künste, der »Schwarzen Kongregation« also, erwünscht war. De Cantilupe hatte es offensichtlich für politisch opportun gehalten, einen Mittelweg zu gehen und nur einen bescheidenen Betrag auszugeben. Nun zeigte sich jedoch, daß er sich verkalkuliert hatte. De Cantilupe seufzte und beugte sich dem Unvermeidbaren.

»Nun denn, besorge, was du für notwendig hältst. Und treibe ein paar Studenten auf, die beim Bedienen helfen können. Für ein gutes Essen werden sie dazu bereit sein. Das wird meinen Etat etwas entlasten.«

Mit einem Wink entließ er seinen Diener, der seinerseits den Koch vor sich her aus dem Raum hinauskomplimentierte, wobei er darauf achtete, seine Hände nicht an dessen fettiger Kluft zu beschmutzen. De Cantilupe hoffte nur, daß sich die beträchtlichen Ausgaben auf lange Sicht auszuzahlen würden. Seine Sympathien lagen eindeutig bei de Montfort. Das Problem war, daß er nicht wußte, wo die von Prinz Edward lagen.

Die Kälte des Fußbodens des Hauptschiffs fraß sich durch Hughs dünne Stiefelsohlen, und frierend trat er von einem Fuß auf den anderen. Ihm war, als wollten die mächtigen Pfeiler von St. Frideswide auf ihn niederstürzen. Als er schon kurz davor war aufzugeben, vernahm er plötzlich den pfeifenden Atem von Master John Fyssh. Der schwere Mann hatte die Kirche durch das südliche Querschiff betreten und hielt jetzt auf den Chor zu. Vor dem Altar fiel er auf die Knie und verbeugte sich tief, wobei er Hugh den Rücken zuwandte. Er schien vollkommen ins Gebet versunken. Hugh näherte sich ihm. Er war nervös und wußte nicht, ob er es wagen sollte, den Master zu unterbrechen. Ganz brüsk schlug Fysshs Gemurmel in ein unangenehmes Zischen um.

»Los, sag mir, was du sonst noch weißt, bevor man uns hier entdeckt.«

Befangen kniete sich Hugh neben ihn.

»Als wir uns das letzte Mal sahen, habt Ihr doch nach einem Buch gefragt.«

»Ja, und?«

»Auch mein Master scheint sich für ein Buch zu interessieren. Ein Buch, das dem toten Mädchen gehörte.«

Hugh fiel ein, daß dies die Kirche war, wo das Mädchen nach dem Mord aufgebahrt war, und es schauderte ihn. Er fuhr fort.

»Ein anderer Student hatte es vorübergehend, bevor Master Bonham es ihm abnahm.«

Fyssh sprang auf und fuhr den Jungen an: »Ist das alles? Und für solch eine kümmerliche Auskunft unterbreche ich ein ausgezeichnetes Mittagessen.«

Er wandte sich von dem Jungen ab, der seinen Kopf ängstlich gesenkt hielt. In dieser Haltung entging ihm das zufriedene Lächeln im Gesicht des Masters, der sich jetzt polternd durch das südliche Querschiff in Richtung Kreuzgang entfernte.

Thomas war überrascht, daß Falconer, nachdem sie die High Street überquert hatten, nicht auf ihre *Hall*, sondern aufs Judenviertel zuhielt. Verwirrt blieb der Junge stehen. Falconer hatte schon die Einmündung der Hauptgasse erreicht, die in den jüdischen Bezirk führte, als er endlich bemerkte, daß Thomas nicht mehr neben ihm ging. Er drehte sich um und blinzelte in Richtung des Jungen.

»Komm. Es ist zu kalt, um hier untätig rumzustehen. Und falls du dich wunderst – wir gehen deine Freundin Hannah besuchen. Vielleicht kann sie uns noch mehr zu dem Buch des toten Mädchens sagen. Außerdem«, fügte er nach einer kurzen Pause hinzu, »habe ich dort auch etwas abzuholen.«

Thomas schaute immer noch verdutzt drein. Doch Falconer bemerkte auch, wie sich seine Miene bei der Vorstellung, die junge Jüdin wiederzusehen, aufhellte. Der Junge wischte sich seine Nase am Ärmel seines Umhangs ab und hastete los, um mit den weit ausgreifenden Schritten seines Masters mitzuhalten, der ihn geschwind durch die verwinkelten Straßen des Judenviertels führte. In diesem Labyrinth war der kalte Wind weniger spürbar. Doch als Falconer hochschaute, konnte er sehen, wie der Sturm bedrohlich dunkle Wolken über den Himmel jagte. Um diese Tageszeit waren auch andere Leute geschäftig in den Gassen unterwegs. Ihre Gewänder waren mit zwei Streifen gekennzeichnet, die sie als Eigentum des Königs auswiesen. Thomas wurde mit neugierigen Blicken bedacht. Falconer hingegen war in der jüdischen Gemeinde wohlbekannt, und er erwiderte das freundliche Grüßen der Leute auf hebräisch, so gut er konnte. Thomas war noch nicht einmal überrascht, daß Master Falconer auch diese geheimnisvolle Sprache beherrschte.

Auf Falconers Klopfen hin wurde die Tür geöffnet. Ein schüchternes Lächeln umspielte Hannahs Lippen, als sie die beiden hereinbat. Während sie sie in den hinteren Teil des Hauses geleitete, entschuldigte sie sich für die Abwesenheit ihres Vaters, der zu einem Krankenbesuch unterwegs war. Sie nahmen in dem gemütlichen Zimmer vor der Küche Platz, wo Thomas zum ersten Mal mit ihr gesprochen hatte – abgesehen von seinem peinlichen Auftritt im Korridor des Hauses.

»Vater sagte, daß Ihr kommen würdet. Ich soll Euch dies hier geben.«

Hannah reichte Falconer ein fest verschnürtes Päckchen. Der nahm es so behutsam in die Hände, als handele es sich um kostbarste Juwelen. Thomas' neugieriger Blick entging ihm nicht, doch hatte er keinesfalls vor, das Päckchen vor fremden Augen zu öffnen. Dafür war ihm der Inhalt zu heikel. Außerdem schwirrten ihm unzählige Fragen im Kopf herum, wie Bienen in des Kanzlers Garten im Sommer. Und er konnte es kaum abwarten, sie loszuwerden.

»Hannah, würdest du sagen, daß Margaret Gebetz ein wenig dumm war?«

Hannah runzelte die Stirn, leicht aus der Fassung gebracht durch die Unverblümtheit dieser Frage. Als Falconer bemerkte, wie sie zögerte, stellte er die Frage anders.

»Vielleicht hätte ich sagen sollen – war sie ein einfaches Mädchen? Ein typisches Bauernmädchen eben? Schließlich ist es recht ungewöhnlich, daß jemand von ihrer Herkunft lesen kann.«

Hannah dachte angestrengt nach, bevor sie antwortete.

»Ihr müßt bedenken, daß wir uns jedesmal nur kurz gesehen haben, während mein Vater die Medikamente für ihren Master zubereitete.«

»Trotzdem.« Falconers Blick schien das Mädchen, das nichts von seiner schwachen Sehkraft wußte, durchbohren zu wollen. Nervös fuhr sie sich mit der Zunge über die Lippen, und Falconer bereute seine Hartnäckigkeit. Er lächelte, und indem er zu Thomas schaute, der anscheinend den Druck auf Hannah mitfühlte, sagte er: »Ich habe den jungen Mann hier heute morgen schon hart arbeiten lassen. Ich bin sicher, er könnte einen kleinen Happen brauchen, um wieder zu Kräften zu kommen.«

Hannah war offensichtlich erleichtert, etwas zu tun zu bekommen, und lief geschwind in die Küche, um Wein und Brot zu holen.

Thomas wollte etwas sagen, doch Falconer hob die Hand.

»Keine Sorge. Ich werde nicht grob sein – zu deiner Liebsten.«

Thomas lief dunkelrot an und begann stotternd zu protestieren. Falconer brachte ihn zum Schweigen, indem er den Zeigefinger an die Lippen legte. Er durchquerte den Raum zu der Tür, die auf den Hauptkorridor des Hauses führte. Man hörte Stimmen. Eine davon erkannte Falconer als die von Samson. Mit dem Ohr am Türspalt lauschte er, wie der Apotheker jemandem die Dosierung einer Arznei erläuterte, wobei Falconer bei der Erwähnung von Adlerfarn besonders aufhorchte. Die andere Person sagte, sie kenne sich mit der Pflanze aus. Es war jemand, dessen unangenehme Stimme Falconer vorhin schon, während er sich noch mit Thomas unterhielt, vertraut vorgekommen war. Er machte die Tür etwas weiter auf und zischte Thomas zu, er solle herkommen.

»Wer ist das da, neben Samson?«

Neugierig schaute Thomas durch den Spalt.

»Es ist ein Master – schon älter, kurzes Haar, scharfe Nase. Wenn Ihr selbst sehen wollt…«

Falconer unterbrach ihn. »Was macht er?«

»Er nimmt ein Päckchen entgegen, wahrscheinlich mit irgendeiner Arznei«, sagte Thomas, um dann die Vermutung hinzuzufügen. »Genau wie Ihr vorhin.«

»Nicht ganz«, sagte Falconer geheimnisvoll. In jenem Moment kam Hannah mit Obst und etwas Brot zurück. Während sie sich wieder setzten, fragte Thomas sich, was Falconer an jener doch offensichtlich sehr gewöhnlichen Szene im Korridor so Besonderes fand. Falconer bedeutete Thomas zuzugreifen und wandte sich wieder Hannah zu.

»Als Margaret dir das Buch gab, machte sie da irgendeine Bemerkung? Vielleicht dazu, was darin stand?«

»Nein. Sie sagte nur, ich solle es sicher aufbewahren, weil ihr Leben davon abhängen könne.«

»Weißt du etwas über den Inhalt?«

»Nein, eigentlich nicht. Als sie es mir gab, habe ich gar nicht hineingeschaut, und dann später mit Thomas habe ich nur einen kurzen Blick darauf geworfen.«

Thomas nickte. »Es handelt sich bloß um Stellen aus der Bibel und einen Kalender.«

Falconer war ein wenig enttäuscht. Obwohl es schon seltsam war, daß Bonham die Bibelstellen nicht erwähnt hatte. Nur den Kalender.

»Ich habe darüber nachgedacht, was Ihr mich vorhin gefragt habt«, schaltete sich Hannah wieder ein. »Margaret konnte nicht lesen. Sie hat mir erzählt, daß ihr Master Fyssh eben deswegen Botschaften anvertraute. Einmal mußte sie mich sogar fragen, wessen Name auf einer Botschaft stand.«

»Merkwürdig, daß sie dann ein Buch besaß.«

»Oh, habe ich das noch nicht gesagt? Es war nicht ihres. Sie hatte es der Person entwendet, vor der sie sich so fürchtete. Sie sagte, solange es in ihrem Besitz sei, würde es sie beschützen.«

Hannah schaute Falconer traurig an. »Aber es hat ihr nichts genützt.«

10. KAPITEL

Falconer bereitete sich, so gut es ging, auf das Bankett vor. Er nahm seinen besten Talar aus der Truhe am Fußende seines Bettes – es war der einzige, den er sonst noch besaß – und breitete ihn aus. Der Stoff war mehr grün als schwarz und fühlte sich stumpf und feucht an. Falconer seufzte; auch der Pelzkragen war von Motten zerfressen. Er legte seinen Talar über seinen einzigen Stuhl und stellte ihn vors Feuer. Dann wurden seine Gedanken wieder von dem Mordfall eingenommen, und er machte sich daran, einige vernünftige Schlußfolgerungen aus den Kenntnissen zu ziehen, die er in den letzten Tagen gewonnen hatte. Dabei betete er, Aristoteles möge ihm den Weg weisen. Margaret Gebetz war Fysshs Dienerin gewesen und hatte wenig oder gar keine Gelegenheit gehabt, ein Buch von jemandem anderen zu stehlen. War daraus zu schließen, daß das besagte Buch Fyssh gehörte? Enthielt es ein Geheimnis über ihn? Und war er deswegen gezwungen, sie zu töten, um sie zum Schweigen zu bringen? Falconer war sicher, daß Margaret ihren Mörder gekannt hatte. Auch das paßte. Doch wenn es stimmte, daß ihr Tod mit der Ermordung Moulcoms in Zusammenhang stand, welchen Grund sollte Fyssh gehabt haben, auch diese Tat zu begehen? Hatte Moulcom vielleicht irgendwie von dem Hintergrund des ersten Mordes erfahren und Fyssh damit unter Druck gesetzt? Das erklärte auch, warum Moulcom an jenem Tag in *Beke's Inn* war. Beide Opfer waren vielleicht getötet worden, weil sie etwas wußten, das mit dem verlorengegangenen Büchlein zusammenhing. Und jetzt hatten auch andere Personen das Buch in Händen gehabt – würden sie die nächsten sein? Und war Fyssh tatsächlich der Mörder? Falconer zögerte.

»Verzeih mir, Aristoteles. Ich habe mich wieder zu Gedankensprüngen hinreißen lassen.«

Aber was konnte sonst noch von Bedeutung sein? Verdächtig war natürlich auch Bonhams Verhalten und die Sache mit dem blutigen Messer. Und er hatte nicht die Wahrheit gesagt über den Inhalt des Büchleins. Doch das reichte nicht aus, um in ihm den Hauptverdächtigen zu sehen. Ja, und dann war da noch de Stepyng. Falconer seufzte. Es war bloß ein vages Gefühl. Bei ihm hatte er nichts in der Hand. Genausogut konnte er den Kanzler verdächtigen.

Es verstand sich von selbst, daß er heute ein Auge auf sie alle haben mußte. Wenigstens waren sie bei dem Bankett alle unter einem Dach versammelt. Und Falconer hoffte auch, es würde sich bezahlt machen, daß er Thomas in der Küche untergebracht hatte. Vier Augen waren besser als zwei, besonders da ein Augenpaar nicht weiter als die eigene Nasenspitze sehen konnte. Dabei fiel ihm ein, sich noch einmal zu vergewissern, daß das Päckchen, das er am Vortag bei Samson abgeholt hatte, immer noch in seiner Tasche steckte. Dann besah er sich sein dampfendes Gewand über dem Stuhl und stellte seufzend fest, daß er wohl oder übel seine Alltagskluft würde anbehalten müssen.

John Fyssh kannte diese Probleme mit seiner Kleidung nicht. Er hatte einen starken Hang zu aufwendiger Selbstdarstellung und konnte eine Kleidertruhe sein eigen nennen, die überquoll mit Talaren verschiedenster Schnitte und Farben. Nur mit Unterwäsche bekleidet, betastete er einige in Frage kommende Kleidungsstücke, die er auf seinem Bett ausgebreitet hatte. In einer Ecke des Raumes saß mit finsterer Miene, die angezogenen Knie mit beiden Armen umfaßt, Hugh Pett. Fyssh funkelte ihn verächtlich an.

»Es macht wirklich keinen Spaß mehr mit dir, mein Junge. Ständig dieses Gesicht, wo es doch soviel gibt, worauf du dich freuen könntest.«

Hugh konnte sich absolut nicht vorstellen, welche Freuden es für ihn noch geben sollte, und ließ seinen Kopf auf die Knie sinken. Er hörte, wie Fyssh sich ihm näherte, und spürte seine heiße verschwitzte Hand auf seinem Kopf. In diesem Moment faßte er endgültig den Entschluß, sich aus den Fängen des dicken Masters zu befreien – auch wenn er Falconer dazu seine schweren Sünden beichten mußte. Oder sollte er Fyssh lieber eigenhändig umbringen? Fyssh sprach ihn jetzt in dem falschen, schmeichelnden Ton an, den Hugh mittlerweile so haßte.

»Rate mir doch, welches ich anlegen soll. Das rote oder das blaue. Welches paßt besser zu meinem Teint?«

Beim Anblick des erhitzten Gesichts der furchtbar grotesken Gestalt vor ihm lag es Hugh auf der Zunge zu sagen, das rote würde ihm perfekt zu Gesicht stehen. Doch verkniff er es sich. Bei Fyssh war jederzeit mit schrecklichen Wutanfällen und unkontrollierten Handlungen zu rechnen.

»Immer noch so still, mein Schöner. Nun denn, ich werde mich später mit dir befassen. Im Moment habe ich weit Wichtigeres zu tun.«

Er ging wieder zum Bett und nahm eine der Untertuniken zur Hand.

»Die blaue scheint mir angemessen. Und dazu der violette Überwurf mit der weißen Bordüre.«

Mit seiner massigen Gestalt schlüpfte er in die Kleidungsstücke und strich dann die Falten glatt, als wolle er seinen Körper liebkosen. Um die beginnende Glatze verschwinden zu lassen, drapierte er behutsam eine wie ein Zuckerhut geformte Kopfbedeckung auf seinem Kopf und band dann noch eine Gürteltasche um seine stattliche Taille.

»Na, was sagst du, wie sehe ich aus?«

Da Hugh nicht antwortet, umfaßte er das Kinn des Jungen mit seinen wurstigen Fingern und drückte dessen Lippen zu einem Schmollmund zusammen.

»Vielleicht werde ich dich doch behalten. Immerhin bist du schön, schöner jedenfalls als dieser schreckliche Nordengländer Moulcom.«

Fyssh schüttelte sich bei dem Gedanken an ihn.

»Ach, wie hab' ich mich gefreut über seinen Tod. Er kam doch hier reingepoltert und hat alles auf den Kopf gestellt, weil er das Buch suchte, an dem jetzt jeder interessiert scheint. Tja, und ich weiß jetzt auch warum, und wer sich am meisten Sorgen wegen des Büchleins machen muß.«

»Das Buch ist aber doch verbrannt. Thomas hat gesagt, daß Bonham es verbrannt hat.«

»Aha, du hast also doch noch deine Zunge. Ich weiß nicht, was man deinem jungen Freund erzählt hat. Doch war es mit Sicherheit eine Lüge. Ich weiß es besser.«

Er tätschelte die Gürteltasche, die um seine Taille hing.

»Und das, was ich weiß, wird von enormem Wert für mich sein.«

Während Thomas den Spieß drehte und die Hitze des Feuers ihn fast genauso röstete wie den Braten, dachte er darüber nach, daß er sich im Grunde vom Hof seiner Eltern noch nicht sehr weit entfernt hatte. Das Universum des akademischen Oxfords beschränkte sich für ihn jetzt auf die Küche des Universitätskanzlers. In den Steinbogen, unter dem er saß, waren eine ganze Reihe meist fliegender Dämonen in Tiergestalt eingemeißelt. Unheimliche Fratzen mit ledernen Flügeln und langen Schlangenzungen verhöhnten und bedrohten den unglücklichen Küchenjungen. Die Nähe der Dämonen zu dem

Feuer darunter war offensichtlich als ständige Warnung gedacht, nicht vom rechten Weg abzuweichen. Die Decke war sehr hoch, um der Hitze und dem Rauch Platz zu lassen, so daß die Decke mit den schweren Eichenbalken in den Rauchschwaden kaum zu sehen war. Der Fußboden bestand aus roten, stark abgenutzten Backsteinen mit vielen Flecken, die von zahlreichen Mißgeschicken des Küchenpersonals zeugten. Große Kupfertöpfe hingen an den Wänden, daneben eine eindrucksvolle Kollektion von Sieben, Raspeln und anderen Küchengeräten, deren Verwendung für Thomas ein Rätsel war. Auf dem großen Eichentisch, der das Zentrum des Raumes bildete, lag eine Unzahl von Messern neben einem vielfach eingekerbten Hauklotz, auf dem der Koch gerade einen großen Batzen Fleisch in kleine Stücke teilte. Mit seinen kräftigen Händen zog er das Messer durch das blutrote Fleisch, und Thomas konnte sich nicht dagegen wehren, daß Bilder vom aufgeschlitzten Hals der jungen Margaret in ihm hochkamen. Zahlreiche andere Küchenhelfer eilten hin und her zwischen Speisekammer und Spülküche, Herd und Küchentisch. Der Koch befehligte seine Helfer – viele von ihnen Studenten wie Thomas – wie ein König auf dem Schlachtfeld. Und das war er auch in gewisser Weise, denn in seiner Stellung als Küchenchef wurde ihm von allen Seiten Ehre und Anerkennung zuteil. Außerdem war für die Zubereitung eines gelungenen Mahls eine klug durchdachte Strategie unerläßlich. Nur durch einen sinnvollen Einsatz aller Kräfte war ein Sieg zu erringen.

Es war Falconers Idee gewesen, daß Thomas bei dem Bankett helfen sollte. Trotzdem war auch der Junge froh über die Mahlzeit, die er sich damit verdienen konnte. Ehrfürchtig sah er dem Koch zu, wie dieser jetzt mit vollen Händen Fleischstücke in den großen Kessel warf, der über dem Feuer hing. Dem ließ er eine solche Menge verschiedenster Gewürze und Kräuter folgen, wie Thomas sie noch nie zusammen gesehen hatte. Bei jedem einzelnen Kraut, das er in den Topf warf, sagte er den entsprechenden Namen in einem Ton, als gelte es eine geheime Zauberformel zu sprechen.

»Ingwer, Nelken, Zibeben, Muskat, Zimt, Salbei, Petersilie.«

Mit bloßer Hand griff er in das fast schon kochende Wasser und verrührte mit offensichtlichem Vergnügen alle Zutaten. Jetzt blieb nur noch zu warten, bis das Fleisch zu einem geschmeidigen Brei zusammengekocht war, um dann mit Safran, Salz und etwas Essig abzuschmecken. Der anspruchsvolle Küchenchef würde mit seinem Werk erst zufrieden sein, wenn es für den Esser unmöglich geworden war, das Fleisch aus der Fülle verschiedenster Geschmacksrichtungen herauszuschmecken.

Falconer hatte Thomas die Küchenarbeit beim Festbankett für Prinz Edward aus einem bestimmten Grund besorgt. Da sich kein Master seiner Fakultät der Einladung zum Bankett entziehen konnte, würde sich ihm die Gelegenheit bieten, alle Hauptverdächtigen in den zwei Mordfällen gleichzeitig zu beobachten. Thomas' Aufgabe war es, von der Küche aus und während des Auftragens der Speisen die Augen offen zu halten. Von Thomas gefragt, worauf er achten solle, war Falconers Antwort, wie gewöhnlich, äußerst rätselhaft gewesen.

»Ich weiß es nicht. Doch du wirst es wissen, wenn du es siehst.«

Es war eine andere Stimme, die Thomas aus seinen Gedanken riß – die barsche Stimme des Kochs.

»Wenn du noch nicht einmal genug Grips hast, um einen Spieß zu drehen, wirst du es an der Universität wohl nicht weit bringen.«

Thomas murmelte eine Entschuldigung und begann erneut,

das Schwein zu drehen, das er während seines Tagtraums arg vernachlässigt hatte. Es tat wohl besser daran, seinen Verpflichtungen nachzukommen. Als der Koch zurückkam, fragte er ihn, wofür der andere, kleinere Topf sei.

»Wofür? Für die Sauce natürlich. Zu schade, daß ich keinen Schwan bekommen konnte. Aus dessen Leber, Herz und Blut läßt sich eine exquisite Sauce zubereiten.«

Sein verschwitztes rotes Gesicht drückte ehrliches Bedauern aus. Die Traurigkeit in seiner Miene verlor sich, als jemand seinen Namen rief und er daraufhin zur Tür ging. Da die imposante Gestalt des Kochs ihm die Sicht verdeckte, konnte Thomas nicht erkennen, wer da vor der Küchentür stand. Erst als der Koch mit einer Schachtel in der Hand in den Raum zurückkam, sah Thomas Joshuas Profil, während sich der Jude zum Gehen wandte. Über seine linke Gesichtshälfte zog sich ein blau-violetter Bluterguß. Offensichtlich hatte er den Sturz vom Turm überlebt, jedoch nicht auf irgendeine übernatürliche Weise. Wie der Bluterguß zeigte, war der jüdische Junge so verwundbar wie jeder Christ auch.

»Ich brauche auch noch etwas Lorbeer«, rief der Koch.

Joshua drehte den Kopf und schaute in die Küche, während er nickte. Thomas senkte den Blick. Er war sich nicht sicher, ob Joshua ihn erkannt hatte.

»Endlich!« sagte der Koch, als er wieder vor dem Tisch stand: »Mir war der Safran ausgegangen.«

Wieder bei guter Laune begann er jetzt mit weit ausholenden Bewegungen einen Berg Mandeln in einem Mörser zu zerstoßen.

Es war schon nach der *Sext*, als Falconer geschwind durch die Straßen der Stadt zum großen Bankett in der King's Hall eilte – vor und hinter ihm andere Regent Master mit demselben Ziel.

Durch Falconers schlechte Augen bekamen seine Kollegen häufig den Eindruck, er wolle sich abkapseln. Daran lag ihm jedoch keineswegs. Es verhielt sich bloß so, daß er ein Gesicht erst erkannte, wenn er es dicht vor Augen hatte. Und er war zu stolz, um das zuzugeben. De Stepyng hatte jedoch keine Bedenken, Falconer von sich aus anzusprechen. Er sah die breite, leicht gebeugte Gestalt in der Alltagskluft vor sich und wußte sofort, daß es sich um Falconer handelte. Er beeilte sich, um zu ihm aufzuschließen. Als er neben ihm war, mußte er den Kollegen am Ärmel zupfen, bevor dieser ihn erkannte. Warum war Falconer bloß so zurückhaltend, besonders wenn es galt, eine wichtige Sache zu klären? Er versuchte mit dem anderen Schritt zu halten und stellte fest, daß er fast rennen mußte.

»Falconer, wißt Ihr, auf wessen Seite der wankelmütige Prinz zur Zeit steht?«

»In den Angelegenheiten des Hofes kenne ich mich nicht besser aus als ein einfacher Bauer. Warum fragt Ihr?«

De Stepyng keuchte laut, während er neben Falconer hereilte. Er hatte die Fünfzig schon um einiges überschritten.

»In einer Situation, da das Land gegen sich selbst Krieg führt, sollte jeder wissen, wo er steht«, dozierte er. »Ich persönlich unterstütze eindeutig die Barone und ihre Sache. Es ist der einzige Weg, um das Land von dieser Franzosenclique zu befreien, die Henrys Geist verwirrt hat und das Land in den Ruin führt.«

»Trotzdem. Der König heißt immer noch Henry.«

»Ach, ich weiß doch, wozu diese nutzlosen Höflinge fähig sind«, ereiferte sich de Stepyng – übertriebenermaßen, wie Falconer fand. »Sie verstehen sich auf die Kunst, den König zu manipulieren. Ich spiele mit dem Gedanken, ein gemeinsames Mahl mit dem Prinzen abzulehnen, falls er sich wieder zur Partei seines Vaters bekennen sollte.«

»Der Kanzler sympathisiert doch auch mit der Sache der Barone. Trotzdem sieht er kein Problem darin, mit dem Sohn des englischen Königs zu speisen. Und ich für meinen Teil freue mich ganz einfach auf ein gutes Essen.«

Falconers Unbekümmertheit schien de Stepyng den Wind aus den Segeln zu nehmen. Eine Weile gingen sie schweigend nebeneinander her. Der Boden war matschig und aufgewühlt von den vielen Menschen, die durch die Gassen ihrem Ziel zustrebten. Ganz vorn in der noch ständig anwachsenden Menge hüpfte Master Fyssh geziert durch den Matsch. De Stepyng beobachtete interessiert, wie der dicke Mann jetzt ein Buch aus seiner Tasche nahm und es wie zur Beruhigung betrachtete.

»Das Dienstmädchen«, sagte de Stepyng knapp.

Falconer drehte seinen Kopf zur Seite und schaute ihn fragend an.

»Fysshs Dienstmädchen – habt Ihr Eure Neugier bezüglich ihres Todes befriedigen können?«

Die Menschenmenge rückte enger zusammen, als man den schmalen Torbogen vom Smith Gate passierte. Kein König und auch kein zukünftiger Monarch setzte seinen Fuß in die Stadt, denn es ging die Sage, das würde schlimme Folgen für den Betreffenden haben. King's Hall, mit all seinem Pomp, lag jenseits der Stadtmauer. Die versammelten Regent Master erinnerten Falconer wieder an einen Krähenschwarm über einem Leichnam. Und das, obwohl viele von ihnen die dunklen Talare gegen farbenfrohere Gewänder getauscht hatten. Von ihrem Geschnatter her wäre allerdings der Vergleich mit Staren passender gewesen. Auf den Stufen, die in den Festsaal führten, mußten Falconer und de Stepyng eine Zeitlang warten, während andere vor ihnen schon um die besten Plätze zu rangeln begannen.

»Aristoteles hat mir noch nicht eindeutig den richtigen Weg

gewiesen. Doch die Indizien deuten immer mehr auf eine bestimmte Person hin.«

De Stepyng wartete nicht ab, bis Falconer ihm seinen Verdacht mitteilte. Er hatte sich schon eine eigene Meinung gebildet.

»Der Mann, den Ihr sucht, steht da vorne – Fyssh. Er war es. Er hat seine Dienstmagd getötet.«

»Warum sollte er das getan haben?«

»Weil sie etwas wußte.«

»Wußte? Was wußte sie?«

Die Regent Master stießen und knufften sich jetzt gegenseitig wie ungebärdige Studenten. Jeder wollte in vorderster Reihe Platz nehmen. Dabei wurde de Stepyng immer mehr von Falconers Seite abgedrängt. Doch seine letzten Worte waren in dem Tumult noch gut zu verstehen.

»Daß er hinter Jungen her ist. Vom Sodomisten zum Mörder ist es nur ein kleiner Schritt.«

Falconer stand jetzt unter dem Torbogen des Eingangs zum großen Saal, dachte über de Stepyngs Worte nach und versuchte, sie in eine Indizienkette einzuordnen. Es dauerte nur einen Moment, bis er unsanft daran erinnert wurde, wo er sich befand. Die Gäste hinter ihm begannen, ihm ins Kreuz zu stoßen und sich lautstark über die umfängliche Gestalt zu beschweren, die den Eingang versperrte. Falconer drehte sich um und bedachte den Mann direkt hinter ihm, einen kleinen blassen Master, mit einem zornigen Blick. Sofort erstarben die Stimmen um ihn her. Im Grunde waren sie ja alle Männer des Geistes und nicht der Tat. Falconer mit seiner bewegten Vergangenheit war stärker als die meisten seiner Kollegen – und das war bekannt. Er drehte sich wieder nach vorn und konnte gerade noch erkennen, wie de Stepyng auf dem Weg zu seinem Tisch von jemandem aufgehalten wurde. Es war Fyssh, wie Falconer sogar mit seinen schlechten Augen erkennen konnte, und zwar an dem violetten Überwurf, mit dem der dicke Master aus der Menge herausstach. Falconer wußte nicht, ob sie miteinander sprachen, und wenn ja, welche Worte sie wechselten. Er sah nur, wie de Stepyng nach wenigen Augenblicken ärgerlich von dannen zog. Dann verlor Falconer beide aus den Augen.

Der Saal war sehr hoch und hatte dunkle, schwere, hölzerne Strebepfeiler, die die Gewölbedecke stützten. An den Wänden hingen Fahnen, etwas verschlissen, jedoch immer noch als die des Königs zu erkennen. Dazwischen gab es teilweise Lücken, da man die Wappen gewisser Barone diskret entfernt hatte. Entlang der beiden Längswände waren robuste, auf Böcken stehende Tische aufgebaut, die von langen Bänken gesäumt wurden. Auf dem Boden zwischen den Tischen hatte man frische Binsen ausgelegt, und in der Mitte des Saals prasselte schon ein ordentliches Feuer, von dem Rauchschwaden zur Deckenöffnung aufstiegen. Diener sausten zwischen den Tischen hin und her, während es sich die Regent Master auf den von ihnen bevorzugten Plätzen bequem machten. Viele, die streng auf ihre gesellschaftliche Position hielten, saßen so dicht wie möglich beim Podium, um dem Prinzen nahe zu sein. Andere, die praktischer eingestellt waren, hatten in der Mitte des Saals direkt beim Feuer Platz genommen.

Durch die hohen verglasten Fenster fiel genügend Tageslicht in den Saal, so daß keine Stocklaternen notwendig waren. Dennoch brannten Kerzen auf den mit weißen Damasttüchern bezogenen Podiumtischen, an denen die Ehrengäste Platz nehmen würden. Für den Prinzen hatte man einen einzelnen goldenen Teller gedeckt, während sich die anderen an der erhöhten Tafel mit bescheidenerem Gedeck begnügen mußten. Vielleicht wollte der Kanzler damit eine gewisse Distanz der Universität zum Prinzen und seiner Haltung in dem Konflikt, wie auch immer sie aussehen mochte, zum Ausdruck bringen. Möglicherweise lag ihm aber auch nur daran, seinen Reichtum zu verbergen, damit niemand auf den Gedanken kam, höhere Abgaben an die Kasse des Prinzen von ihm zu verlangen. Dennoch gab es ein eindeutiges Zeichen der Anerkennung für die hohe Stellung des Gastes. Der Tisch war mit einem silbernen Schiff in voller Fahrt geschmückt, auf dessen hohem Bug Messer, Löffel, Salzfäßchen und Tücher für den Prinzen untergebracht waren. Falconer wußte, daß dieses Schmuckstück nur bei höchsten Anlässen hervorgeholt wurde. De Cantilupe würdigte damit die Bedeutung, die Prinz Edward für seine Karriere haben konnte. Schließlich lag das Amt eines Kanzlers des ganzen Königreichs nicht außer Reichweite für ihn.

Für Falconer kam es darauf an zu beobachten, wie seine Hauptverdächtigen sich verhielten. Um ihn herum verschmolzen die sitzenden Gäste zu einem Meer dunkler Talare mit rosafarbenen Flecken, ihren Gesichtern. Es war hoffnungslos – er konnte noch nicht einmal eine Person in wenigen Metern Entfernung erkennen, geschweige denn jemanden am anderen Ende des Saals. Er nestelte in seiner Gürteltasche und zog daraus die in ein Tuch gewickelte Schachtel hervor, die Hannah ihm gegeben hatte. Vorsichtig öffnete er sie und brachte ein Gerät zum Vorschein, das Samson eigens für ihn angefertigt hatte. Das Licht, das schräg durch die hohen Fenster über ihm einfiel, brach sich glitzernd an zwei runden, in Metall eingefaßten Glasscheiben. Die Scheiben waren an den Enden eines v-förmigen Gestells befestigt, das ebenfalls aus Metall war. Etwas befangen hielt Falconer sich die Spitze des V's gegen die Stirn, so daß er jetzt vor jedem Auge eine Glasscheibe hatte. Der Saal und die Gäste rückten mit einem Mal in eine bemerkenswerte Schärfe. Blickte er jedoch aus den Augenwinkeln, so krümmte sich, wie Falconer feststellte, die gerade Tischkante im gleichen Winkel wie die Linse. Dennoch, wenn er die Augäpfel ruhig hielt und nur den Kopf drehte, konnte er wieder so gut sehen wie in seiner Jugend.

Nur seine Nachbarn zur Rechten und Linken bedachten ihn mit verwunderten Blicken. Die anderen waren alle mit ihren angeregten Tischgesprächen beschäftigt. Der Lärm war schlimmer als der einer übermütigen Studentenschar vor einer Vorlesung. Falconer drehte sich auf der Bank und sah Bonham an dem Tisch an der gegenüberliegenden Seite des Raums vor sich. Er war in ein Gespräch mit einem Master zu seiner Rechten vertieft, der, seinem Gesichtsausdruck nach zu urteilen, eine von Bonhams langatmigen Belehrungen über sich ergehen lassen mußte. Falconer war froh, daß er nicht neben ihm, quasi in der Falle saß. Näher am Podium saß Master Fyssh, dessen eleganter Überwurf aus dem Meer schlichterer Gewänder herausstach. Er hatte Falconer den Rücken zugekehrt. Sein fettes Hinterteil quoll üppig über die schmale Sitzfläche hinaus.

Allein de Stepyng konnte Falconer zunächst nicht entdekken. Er beugte sich über den Tisch und drehte den Kopf nach rechts. Jetzt erkannte er, nur drei oder vier Plätze von sich entfernt, de Stepyngs Habichtsnase. Sauertöpfisch stierte der Master ins Leere. Die Hauptpersonen waren also alle anwesend. Würde ihr Verhalten irgend etwas Bedeutsames verraten? Vor Thomas hatte Falconer sich optimistisch gegeben. Doch vor sich selbst konnte er nicht verbergen, daß er absolut nicht wußte, was er sich eigentlich erwartete. Er brauchte einfach mehr Hinweise, Fakten, so banal sie auch erscheinen mochten. Sein Freund Roger Bacon hätte ihn jetzt an die allfällige Notwendigkeit exakten Beobachtens erinnert.

Immer deutlicher spürte Falconer jetzt die neugierigen Blicke des Masters zu seiner Rechten, und ihm wurde bewußt, daß er immer noch mit der Hand vor der Stirn und der komischen Vorrichtung vor den Augen dasaß. Er ließ die Linsen in seinen Schoß fallen und kehrte widerwillig in die Welt seiner verschwommenen Sichtweise zurück. Jedoch nur für einen kurzen Moment. Dann nahm er die Gläser wieder vor die Augen und bedachte den taktlosen Master mit einem seiner zermürbenden Blicke; dieser hustete nervös und begann ein Gespräch mit einem älteren Regent Master, der Falconer gegenübersaß.

Ein schmetternder Trompetenstoß auf der Empore über den Köpfen der Gäste kündigte die Ankunft des Ehrengastes an.

11. KAPITEL

Es war eine sehr stattliche Erscheinung, die da, gefolgt vom Universitätskanzler, das Podium betrat und leichtfüßig auf den Ehrentisch zuhielt. Die langen Beine des Kronprinzen steckten in blitzenden, sehr kleidsamen Beinröhren, während ein blauer, mit drei gelben Löwen verzierter Wappenrock seinen Oberkörper umhüllte. Neben dem geschmückten Sessel im Zentrum der Tafel blieb er stehen und ließ seinen Blick über die versammelte Schar der Regent Masters schweifen. Sein leicht herunterhängendes linkes Augenlid vermittelte den Eindruck freundlicher Komplizenschaft. Als er sich zur Seite wandte und seinen kräftigen Arm um die Schulter des Kanzlers legte, wurde deutlich, daß er einen Kopf größer war als de Cantilupe. Ein Reif zierte seine langen rabenschwarzen Locken. Kurz und gut, er war jeder Zoll ein Führer.

Die Anspannung im Saal löste sich, als Prinz Edward ein paar Worte mit dem Kanzler wechselte und ein leises Lachen über seine Lippen kam. Ein Lachen, mit dem er allen signalisierte, daß Eintracht herrschte zwischen ihm und der Universität. Mit einer eleganten Bewegung ließ er sich auf seinem Sessel nieder. Eine Welle durchlief den Saal, als die Regent Master erleichtert aufatmeten und nun ihrerseits Platz nahmen. Falconer führte geschwind wieder seine Sehvorrichtung vor die Augen und betrachtete die Versammlung. Alle waren auf ihren Plätzen, nun konnte er sich ein wenig entspannen. Ob er wollte oder nicht, dieser Edward beeindruckte ihn. Auf den ersten Blick vermittelte sich seine gewinnende Art, mit der er Menschen an sich zu binden verstand. Wie sehr unterschied er sich doch von seinem schwachen und leicht lenkbaren Vater, dem König. Auch rein äußerlich waren sie verschieden. Edward war größer und kräftiger, auch wenn beiden das hängende Augenlid gemeinsam war. Mit den Linsen vor seinen Augen beobachtete er den Prinzen, der sich vorgebeugt hatte und mit de Cantilupe sprach. Hier hatten sich zwei Machtmenschen gefunden, die zweifellos interessante Gemeinsamkeiten entdecken konnten.

Prinz Edward lehnte sich in seinem Sessel zurück, und der Kanzler gab mit der Hand ein Zeichen: Die Festzeremonie konnte beginnen. Ein Diener trat vor und kostete von dem Brot und Salz auf dem Ehrentisch. Danach kam ein Bursche mit einem großen Krug voll Wasser nach vorn. Wie Falconer wußte, war auch davon gekostet worden, um Vergiftungen auszuschließen. Edward wusch sich die Hände und trocknete sie an einem Tuch ab. Danach war der Kanzler mit der gleichen Zeremonie an der Reihe und nach ihm, wenn auch viel flüchtiger, alle Gäste im Saal, wobei ihnen Studenten zur Hand gingen. Ein Küchenjunge mit einem Wasserkrug stieß Falconer von hinten an. Der Master drehte sich um, um dem ungeschickten Individuum die Meinung zu sagen, und sah sich Thomas Symon gegenüber, auf dessen Gesicht ein spitzbübisches Lächeln lag.

»Du sollst die anderen im Auge behalten«, zischte Falconer. »Oder hast du etwa mich in Verdacht?«

Thomas errötete und lief eilig zurück in die Küche, um beim Bedienen zu helfen. Falconer mußte schmunzeln über diesen leicht einzuschüchternden jungen Mann.

In der Küche hatte der Koch alle Hände voll zu tun, die Studenten, die beim Mahl bedienen sollten, in einer Reihe Aufstellung nehmen zu lassen. Nervös vertraute er ihnen den ersten Gang an. Thomas erblickte Hechte mit glasigen Augen, als die Platten mit dem Fisch ausgeteilt wurden. Da er am Ende der Reihe stand, hatte er den zweiten Teil des ersten Ganges zu servieren. Der bestand aus nicht näher bestimmbarem dunkelhäutigem Geflügel, das dem Anschein zum Trotz so verführerisch duftete, daß Thomas das Wasser im Munde zusammenlief. Entlang der Reihe mit Speisen beladener Jungen tippelte ein alter Mann in einem starren blauen Gewand hin und her. Einen Stab schwingend, inspizierte er die Reihe wie ein Feldherr seine Truppen, stellte sich dann an der Spitze auf und nickte dem Koch zu. Ohne darum gebeten zu werden, war Halegod in die Rolle eines Haushofmeisters geschlüpft und genoß in vollen Zügen das Zeremoniell und die Bedeutung seiner Aufgabe. Der Koch schielte aus der Küchentür, und zum zweiten Mal erscholl die Fanfare. Das Festmahl konnte beginnen.

Thomas hatte sich überlegt, daß er sowohl Bonham als auch Fyssh im Auge behalten konnte, wenn er sich am Kopfende des Tisches aufstellte, der dem von Falconer gegenüberstand. Ein anderer Student war gerade auf dem Weg dorthin. Thomas heftete sich dicht an seine Fersen, wobei er dem anderen fast das Tablett aus der Hand schlug. Der Junge fuhr zusammen und begann, sich lautstark zu beschweren, doch der strenge Blick von Halegod, dem Thomas' Mißgeschick entgangen war, brachte ihn zum Schweigen. Thomas begann das dunkle

Fleisch aufzulegen, das man in der Küche bereits in Scheiben geschnitten hatte. Er servierte von der Mitte des Saales aus und mußte sich über den Tisch beugen, um auch auf die Bretter jener Gäste Fleisch aufzuhäufen, die gegenüber saßen. Nach und nach arbeitete er sich so zu Fyssh vor, der mit dem Rücken zu ihm saß. Er beugte sich über die Schulter des Masters und versuchte zu verstehen, was Fyssh zu seinem Nachbarn sagte. Die Enttäuschung war groß, als er merkte, daß Fyssh bloß das Weinangebot des Kanzlers bemängelte.

»Natürlich hält der die besten Weine für sich selbst zurück – gute französische Weine aus Poitou und Guinne – und läßt uns ein Gesöff servieren, das sein Diener zusammengepanscht hat. Und dann besitzt er noch die Dreistigkeit, sich als Asket zu bezeichnen. Ausgerechnet er mit seinem Haarhemd.«

Thomas servierte flugs weiter, bis er bei Bonham angelangt war, der mit dem Gesicht zu ihm saß. Er legte ihm die letzten Scheibchen Geflügel auf und stierte ihn dabei so durchdringend an, als könne er ihn auf diese Weise zu einem öffentlichen Mordgeständnis veranlassen. Thomas war immer noch von seiner Schuld überzeugt. Bonham starrte bloß verständnislos zurück. Offensichtlich erinnerte er sich nicht daran, daß Thomas der junge Student war, dem er das so überaus wichtige Buch abgenommen hatte.

Von der anderen Seite des Saals aus bemerkte Falconer nur, wie Thomas sich seinem Opfer näherte. Er nahm die Linsen vor die Augen und sah mit Erstaunen, daß der Junge Bonham schamlos anglotzte. Das war nicht das Vorgehen, das er ihm aufgetragen hatte. Er hatte ihm doch gesagt, er solle nur diskret beobachten? Zudem achtete der junge Mann auch nicht darauf, was er gerade mit seinem schweren Silbertablett anstellte. Hilflos mußte Falconer mitansehen, wie Thomas unfreiwillig in den Mittelpunkt des Interesses rückte, als er dem Master, der

Bonham gegenüber saß, die letzten Reste von seiner Platte direkt übers Gewand kippte. Es entstand ein Tumult, der vom Ehrentisch geflissentlich ignoriert wurde, und Halegod erschien, um Thomas vor sich her in die Küche zu treiben.

»Du bist der größte Tölpel, der mir je unter gekommen ist«, schimpfte der alte Mann. »Jetzt bleibst du in der Küche und hilfst dem Koch.«

Thomas wollte protestieren, doch Halegod brachte ihn mit erhobener Hand zum Schweigen.

»Stell dir nur mal vor, das wäre dir bei Prinz Edward passiert.«

Als Halegod ihn in der Küche abgeliefert hatte, wurde Thomas sich bewußt, daß er noch nicht einmal einen verstohlenen Blick auf den Prinzen geworfen hatte, so sehr war er von Falconers Auftrag eingenommen gewesen. Da hatte er nur wenige Meter von dem Mann entfernt gestanden, der einmal König von England sein würde, und hatte ihn doch nicht gesehen. Und außerdem hatte er sich die Gelegenheit verbaut, die Personen zu beobachten, denen sein Master den Mord zutraute. Er ließ sich vor dem Feuer niedersinken und starrte mit finsterer Miene in die Glut.

Auch Falconers Stimmung war gedrückt. Bis jetzt war nichts vorgefallen, was ihn in der Mordsache irgendwie weitergebracht hätte. Der erste Gang war beendet, und Falconers einzige Beobachtung war, daß de Stepyng in beiden Gerichten, sowohl beim Fisch als auch beim Geflügel, nur herumgestochert hatte. Zwischen dem ersten und zweiten Gang hatte der Koch Gelegenheit, sich für einen raffinierten Zwischengang applaudieren zu lassen – kleine Schwäne aus Zuckerwerk, die die Beifallsbekundung meist schon nicht mehr überlebten, weil sich vernaschte Regent Master über sie hergemacht hatten. Nur

Thomas wußte, daß sie für den Koch eigentlich bloß Ersatz waren, da er doch liebend gern einen echten Schwan zubereitet hätte. Jetzt wurde der zweite Gang aufgetragen – ein schmackhafter Eintopf, der heiß und dick auf neue Teller geschöpft wurde.

De Stepyng war im Verlauf des Mahls immer unruhiger geworden. Als ihn jetzt ein Küchenjunge bedienen kam, sprang der Master, bleich im Gesicht, plötzlich von seinem Stuhl auf, wobei er dem Studenten fast die Schöpfkelle aus der Hand schlug. Alles verstummte, und in die Stille hinein schnitt de Stepyngs scharfe Stimme.

»Ich kann kein Mahl teilen mit dem Sohn eines Tyrannen. Mit einem Mann, der diese Tyrannei unterstützt.«

Er hatte die Worte ostentativ zum Ehrentisch hinaufgesprochen. Nun drehte er sich um und verließ kaltschnäuzig den Saal. Ein Meer schockierter Gesichter sah ihm nach. Der Prinz selbst brach das angespannte Schweigen.

»Offensichtlich hat Baron Simon seine Anhänger unter Leuten mit schlechter Verdauung und schlechtem Urteilsvermögen.«

Den Worten folgte Gelächter. Doch kam es nicht überall von Herzen. Auf so manchem Gesicht gefror das Lachen, denn viele Universitätsmitglieder unterstützten stillschweigend die Sache der Barone. Die Zeit würde kommen, da man sich offen zu einer Seite bekennen mußte. Im Moment jedoch stellte die Aussicht auf weitere exquisite Speisen bald schon die gute Festtagsstimmung wieder her.

Währenddessen war Thomas damit beschäftigt, schmutzige Pfannen mit Wasser und Sand sauberzuscheuern. Die breiten Waschbecken lagen etwas abseits des Küchenbereichs, so daß er außer Sichtweite war, als Joshua zurückkehrte und dem Koch noch mehr Gewürze und Kräuter brachte. Er selbst konnte jedoch von seinem Platz aus das meiste von dem sehen und hören, was sich in der Küche zutrug. Der Koch fuhr den Jungen an, weil er so spät dran war. Er riß ihm ein Bund Blätter aus der Hand und warf es zu Boden.

»Zu spät«, brüllte er, »ich brauche den Ingwer.«

Der Koch hatte die Birnen bereits gekocht, durchgesiebt, mit Zucker, Honig und Zimt vermengt und dann das Ganze noch einmal aufgekocht. Dann hatte er es abkühlen lassen und zahlreiche Eigelb dazugegeben. Jetzt wurde das Dessert allmählich steif und sollte mit einer Prise Ingwerpulver abgeschmeckt werden. Im Saal war man mit dem Hauptgang fast fertig. Die jungen Studenten eilten hin und her mit Tabletts voller dreckiger Teller und Töpfe. Laut klappernd stapelten sie die Sachen vor Thomas im Spülbecken, so daß die Strafpredigt des Kochs fast vollkommen übertönt wurde. Der Jude schien sich aus den Worten des Kochs nicht viel zu machen, grinste nur und kaute rhythmisch auf irgend etwas herum, das er aus seiner Gürteltasche genommen hatte. Er drückte dem fetten Koch ein Gefäß in die Hand und beobachtete ihn, wie er die Küche durchquerte, um nach dem Dessert zu sehen. Dann verließ er die Küche. Als er unter dem Türbogen durchging, neben dem Thomas stand, nestelte er gerade wieder ein Blatt aus seiner Tasche, wobei er gleichzeitig einige andere achtlos zu Boden fallen ließ. Er stopfte sich das Blatt in den Mund und blickte Thomas dabei direkt in die Augen. Der Junge war vor Schreck wie versteinert, bis er merkte, daß der Jude ins Leere starrte. Er schien seinen Rivalen gar nicht wahrzunehmen, drehte sich jetzt um und ging kauend davon.

Thomas legte die Pfanne, die er gescheuert hatte, aus der Hand und ging ein paar Schritte vor auf die Küche zu.

»Heh Junge, hilf mir mal mit den Schüsseln.«

Der Koch war eben dabei, das Birnenkompott in flache Schalen zu füllen.

»Und gib um Himmels willen acht, daß du mir nicht alles umkippst. Ich bin nicht so nachsichtig wie der Regent Master vorhin.«

Während er die Küche betrat, hob Thomas unwillkürlich die Blätter vom Boden auf, die Joshua hatte fallen lassen, und steckte sie in seine Gürteltasche.

Als die Nachspeise verzehrt war, nahmen die von Natur aus streitlustigen Regent Master ihre Debatten mit den Tischnachbarn wieder auf, und das Stimmengewirr im Saal schwoll an. Falconers Nachbar verwickelte ihn in einen Disput über die Wirksamkeit des Aderlassens. Während er über die Vor- und Nachteile von Blutegeln debattierte, wurde ihm plötzlich bewußt, daß er sich nicht mehr auf sein eigentliches Anliegen konzentrierte. Er schaute sich um. Fyssh und Bonham waren noch auf ihren Plätzen, und Falconer entspannte sich wieder. Als Prinz Edward und de Cantilupe sich erhoben und in angeregter Unterhaltung den Saal verließen, verstummten für einen Moment die Gespräche an den Tischen. Dann hob das Stimmengewirr wieder an, und Falconer wurde gewahr, daß sein Nachbar mit ihm redete.

»Ich für meinen Teil halte das Schröpfen jedenfalls für wirksamer als die Verwendung von Blutegeln.«

»Und doch«, erwiderte Falconer, so als habe er jedes Wort seines Nachbarn gehört und gewichtet, »gerinnt das Blut nach der Abnahme der Blutegel viel schneller. Konntet Ihr das noch nicht feststellen?«

Diese scharfsinnige Beobachtung verschlug dem Mann glatt die Sprache, denn er war davon ausgegangen, er habe es mit einem desinteressierten Laien zu tun. Falconer nutzte die Gelegenheit, um die Linsen vor die Augen zu nehmen und sich etwas genauer im Saal umzuschauen. Gerade noch rechtzeitig, um zu sehen, wie Fyssh zu Bonham rüberging und sich zu ihm niederbeugte. Er flüsterte ihm etwas ins Ohr, und Bonham erbleichte. Er wandte Fyssh halb den Kopf zu und nickte kurz. Fysshs aufgedunsenes Gesicht verzog sich zu einem Lächeln. Mit seinem watschelnden Gang ging er um den Tisch herum und verschwand unter einem Bogen in der hintersten Ecke des Raumes. Dort war die Küche, und Falconer hoffte, Thomas würde auf der Lauer liegen. Er selbst wandte seinen durch die Gläser geschärften Blick wieder Bonham zu. Was hatte Fyssh zu ihm gesagt, daß er zu solch einem grimmigen Gesicht Anlaß hatte? Für einen Augenblick ließ Bonham seinen Kopf auf die Tischplatte niedersinken. Als er wieder hochsah, kreuzte sich sein Blick mit dem von Falconer. Dieser nahm die Linsen von den Augen und wandte sich wieder dem passionierten »Aderlasser« neben ihm zu.

»Sagt, glaubt Ihr auch, daß der letzte Montag im April ein gefährlicher Tag zum Aderlassen ist?«

Auch in der Küche ging es hoch her, wenn sich die Gespräche auch nicht mit den gelehrten Unterhaltungen der Regent Master messen konnten. Alle waren erleichtert, daß das Fest solch einen positiven Verlauf genommen hatte. Man schwatzte und vergaß darüber die Töpfe, Kessel und Pfannen, die sich in den breiten Spülbecken stapelten. Das Küchenpersonal und die armen Studenten saßen zusammen und lachten über so manches Mißgeschick, das ihnen vorhin unterlaufen war. Wie das von Thomas, der seine Platte direkt über den Festtalar von Regent Master Feakes gelehrt hatte. Seine Kommilitonen werteten es als freudiges Ereignis, und auch der Koch neigte jetzt eher dazu, den Vorfall von der heiteren Seite zu nehmen. Er hatte es sich vor dem Feuer bequem gemacht, und sein breites rotes Gesicht glühte nicht minder stark als die Flammen selbst. Seine innere Glut fachte er mit Rotwein an, den er mit großen Schlücken direkt aus der Flasche trank, die seine fleischigen Hände umfaßt hielten.

Thomas saß nervös am Rande der Gruppe heiter gestimmter Menschen und fragte sich, wie er seinen Fehler ausbügeln könnte. Er war seinem Master heute wahrlich keine große Hilfe gewesen. Auch war ihm nicht klar, was Falconer eigentlich zu finden hoffte. Natürlich den Mörder, der noch auf freiem Fuß war. Aber sonst? Es war alles so verwirrend, und die deduktive Logik seines Masters schien auch nicht sehr weit zu führen. Falconer hielt wohl Fyssh für den Mörder, während Thomas' Instinkt ihm sagte, daß Bonham der richtige Mann war. Oder Joshua, der Jude. Bei dem Gedanken an Joshua fielen ihm die Blätter wieder ein, die der junge Jude auf den Küchenboden hatte fallen lassen. Es handelte sich sicher um irgendwelche Küchenkräuter, doch Thomas wußte auch, daß Falconer noch den banalsten Details große Bedeutung beimessen konnte. Er nahm die zwei Blätter aus der Gürteltasche. Sie sahen ganz gewöhnlich aus und rochen nach nichts, was sicher nicht für ein Gewürz sprach. Das ergab alles keinen Sinn für Thomas. Immerhin schien Master Falconer genau zu wissen, was er wollte.

Falconer wußte nicht, was er als nächstes tun sollte. Abgelenkt durch den sinnlosen Wunsch, die Ignoranz seines Tischnachbarn offenzulegen, hatte er nicht bemerkt, wie Bonham gegangen war. Nun waren beide, Fyssh und Bonham, irgendwohin verschwunden. Und vor ihnen hatte de Stepyng das Fest schon lange verlassen. Wie sollte er die Lücken in seiner deduktiven Kette schließen, wenn er alle aus den Augen verloren hatte. Er hatte sich vorgenommen, allen dreien nach dem Fest, wenn sie am entspanntesten sein würden, etwas auf den Zahn zu fühlen. Das hatte sich zerschlagen. Deshalb wollte er sich jetzt nach Thomas umsehen, um zu hören, ob sein tolpatschiger Spion irgend etwas Interessantes in Erfahrung gebracht hatte.

Niemand beachtete ihn, als er auf der Suche nach seinem jungen Helfer unter dem Türbogen durch in die Küche schlüpfte. Er sah ihn am Rande einer Gruppe gutgelaunter junger Leute sitzen, die der offensichtlich betrunkene Koch mit Anekdoten von kulinarischen Mißgeschicken unterhielt.

»... und dann ißt der doch tatsächlich den Eintopf, mitsamt der Federn und dem ganzen Rest.«

Die Geschichte löste schallendes Gelächter aus. Falconer lächelte mit und ließ sich neben Thomas nieder.

»Hast du jemand hier vorbeikommen sehen?«

Thomas schüttelte den Kopf. Dann korrigierte er sich.

»Doch. Joshua. Er hat dies hier verloren.«

Falconer nahm eins der Blätter zur Hand und schnüffelte daran.

»Ich glaube aber nicht, daß es wichtig ist. Ich meine, sie sind ja nicht giftig. Sonst hätte er nicht davon gegessen.«

Neugierig geworden steckte Falconer sich das Blatt in den Mund und begann zu kauen. Es schmeckte nicht schlecht. Doch was hatte Joshua mit der Sache zu tun? Er gehörte doch nicht zum Kreis der Verdächtigen. Er mußte unbedingt Fyssh oder Bonham finden – de Stepyng war im Moment weniger wichtig. Während er gedankenverloren kaute, begann er, sich auf eigenartige Weise immer entspannter zu fühlen, trotz aller Sorgen. Er grinste den Koch blöde an und versuchte sich zu erinnern, was er in der Küche gewollt hatte. Ein Student erzählte jetzt eine Anekdote, und obwohl Falconer nicht alles mitbekam, konnte er nicht anders, als sich am Ende auszuschütten vor Lachen. Ein Student, der neben ihm saß, drehte sich zu ihm um und sah ihn befremdet an. Verstand der blöde Kerl denn nicht, daß er sich einfach nur amüsieren wollte? Der Koch spuckte ins Feuer, und die Flammen loderten auf. Falconer kam es so vor, als schnappten sie nach ihm. Er wankte zurück und klammerte sich an der Seitenwand der offenen Feuerstelle fest. Der Stein fühlte sich merkwürdig weich, warm und schuppig an. Falconer hatte das Gefühl, als erwache der gemeißelte Wasserspeier unter seiner Hand zum Leben, und ein kalter Schauer durchlief seinen Körper. Waren das wirklich bloß die flackernden Flammen, die den Schatten der Skulptur bewegten? Verschiedene Augenpaare schauten nun in seine Richtung, und Falconer wich zurück vor ihren bedrohlichen Blicken in den Schatten des Bogens, hinter dem die Spülküche lag. Er preßte sein Gesicht gegen den kalten Stein und versuchte sich zu beruhigen.

Es war ein glücklicher Zufall, daß er sich ein Stück fortbewegt hatte. Denn von der Position aus, in der er sich nun befand, konnte er über die Leute vor dem Feuer hinwegsehen. Plötzlich wurde er auf eine fette Gestalt aufmerksam, die an der offenen Küchentür vorbeischlich. Das mußte Fyssh sein – was hatte der hier noch zu suchen? Falconer konzentrierte sich erneut auf den Grund, warum er hier war, und durchquerte die Küche, um dem verdächtigen Master zu folgen.

Als er Falconer an sich vorbeigehen sah, stand Thomas auf. Energisch stieß ihn der Master zurück auf seinen Stuhl. Dabei zwinkerte er ihm zu, was eigentlich nicht seine Art war.

»Du bleibst hier«, sagte er mit einem verschwörerischen Lächeln.

Der Koch und seine Leute beachteten ihn gar nicht, als er um den Tisch herumging, auf dem sich Berge von Geschirr und Essensresten stapelten. Munter fuhren sie fort, Anekdoten zum besten zu geben. Als Falconer an der Tür war, spähte er vorsichtig um die Ecke, in die Richtung, in die Fyssh davongeschlichen war. Die korpulente Gestalt hatte das Ende des Durchgangs erreicht und stand jetzt vor der Treppe, die zu den Kellerräumen unter dem Saal führte. Eine Fackel neben der Treppe warf seinen Schatten in Überlebensgröße an die Wand. Für einen Moment kam es Falconer so vor, als wolle ihn der Schatten anspringen, und er zuckte zurück. Dann war Fyssh die Treppe runter, und sein Schatten war verschwunden. Falconer straffte seine Beinmuskeln und rannte hinter dem dicken Master her. Der Korridor schaukelte, als befände er sich in einem kleinen Fischerboot vor der Küste. An der Tür zur Kellertreppe angekommen, war ihm, als loderten Flammen vor ihm auf, und ein übler Geruch stieg ihm in die Nase. Stand Fyssh etwa mit dem Teufel im Bunde? Er zögerte und lehnte sich gegen den Türrahmen, der sich unter seinem Gewicht knarrend verzog. Dann stieg er vorsichtig die Stufen hinunter, wobei er sich dicht an der Wand zu seiner Linken hielt. Unten angekommen sah er Fyssh rechts unter einem Bogen. Er hatte sich gegen ein Faß gelehnt, das seinen eigenen Ausmaßen sehr nahe kam, und schien auf etwas zu warten. Wenn er mit dem Teufel verabredet war, so ließ dieser sich wohl noch etwas Zeit.

Um mehr zu erkennen, mußte Falconer näher an Fyssh herankommen. Er konnte sich jedoch unmöglich direkt auf den Mann zubewegen. Auf der Stelle wäre er entdeckt worden, auch bei dem schwachen Schein, den die Flamme in dem Kohlegefäß an der Wand verbreitete. Im Schutz einiger nebeneinander aufgereihter Fässer begann er deshalb, sich vorsichtig die Wand entlang zu schieben. Auf diese Weise würde er direkt hinter den wartenden Master gelangen. Während er noch zwischen den Fässern und der Wand vorwärtsschlich, vernahm er plötzlich ein lautes Rascheln. Es kam direkt aus der Fässerreihe vor ihm. Zunächst dachte er sich, es handele sich um Ratten, doch dann hörte er, wie man seinen Namen rief.

»William.«

Der Ruf hallte dröhnend von allen Wänden, und Falconers Mund wurde ganz trocken, als er die Stimme seines schon lange verstorbenen Vaters erkannte. Am ganzen Leibe zitternd, spuckte er das zerkaute Blatt auf den Boden. So plötzlich wie die Stimme ertönt war, verklang sie wieder. Falconer versuchte, seine Fassung wiederzugewinnen, und spähte über die Fässer, in der Annahme, der Master habe vor dem Lärm Reißaus genommen. Es war jedoch alles unverändert. Fyssh stand da, an das Faß gelehnt, und trommelte ungeduldig mit den Fingern auf dem Holz, völlig unbeeindruckt von dem ohrenbetäubenden Lärm, den Falconer gehört hatte. Erleichtert atmete der Regent Master auf. Jetzt mußte er nur noch näher an Fyssh herankommen. Er wollte gerade weiterschleichen, als Fyssh sich umdrehte und an jemanden das Wort richtete, der im Schatten des Bogens stand. Die niedrige Decke dämpft seine Stimme. Daher verstand Falconer nicht, was er sagte. Wer auch immer der dritte Mann im Keller sein mochte, er schien darauf bedacht, sich nicht zu erkennen zu geben. Überrascht starrte der wohlbeleibte Master ins Dunkel. Dann nahm er etwas aus seiner Gürteltasche und hielt es winkend vor sich. Falconer reckte sich noch höher, um vielleicht doch erkennen zu können, mit wem Fyssh da sprach. Aber die Person war verdeckt.

Für einen Moment tauchte ein schwarzer Ärmel in seinem Gesichtsfeld auf, als die Person nach dem Gegenstand griff, den Fyssh in der Hand hielt. Das Echo ihres hitzigen Wortgefechts hallte dröhnend durch das Kellergewölbe, verwandelte die Worte zu einen unverständlichen Stimmenwirrwarr. Ein Luftzug ließ die Flamme in dem Kohlegefäß aufgeregt flackern, und plötzlich waren da Dämonen, die unter der Gewölbedecke hin und her flatterten. Im Mittelpunkt dieser unheimlichen Szene standen zwei miteinander ringende Männer, die zusammen an den Gegenstand gekettet schienen, nach dem es beide verlangte. Falconer sah etwas aufblitzen, und im gleichen Moment kippte Fysshs Kopf zur Seite weg, in eine ganz und gar unnatürliche Position. Bäche von Blut strömten Falconer entgegen, und er verlor die Nerven. Mit einem Entsetzensschrei wandte er sich ab und floh Hals über Kopf vor dem schauerlichen Geschehen, bei dem es sich nur um das Jüngste Gericht handeln konnte. Als er sich noch einmal umdrehte, war eine große Fledermaus hinter ihm, die mit lauten Flügelschlägen auf ihn zuflatterte. Er taumelte die Stufen hoch und stürzte durch die Tür, wobei er sich mit einer Hand an dem rauhen Holz festhalten mußte. Bis zur rettenden Küche am anderen Ende des Korridors waren es nur noch ein paar Meter. Er konnte schon Stimmen hören – menschliche Stimmen. Gerade als er weiterlaufen wollte, packte ihn eine Klaue an der Ferse. Der heiße Atem des Dämons war in seinem Nacken. Er kugelte sich zusammen und brüllte, so laut er konnte. Die Schreie schienen aus der Tiefe seiner Seele zu kommen und hallten in seinem Schädel nach. Nachdem er einmal zu schreien begonnen hatte, konnte er nicht mehr aufhören.

Der Koch kam als erster hinzu und schwor später, daß Falconer ganz allein in dem Durchgang war. Thomas mußte sich zunächst durch das Menschenknäuel der Küchenbediensteten vor ihm durchkämpfen. Als er Falconer voller Blut auf dem Boden liegen sah, fürchtete er schon das Schlimmste. Der Koch war gerade dabei, ihn auf den Rücken zu drehen, und so konnte Thomas erleichtert feststellen, daß sich Falconers Brustkorb nach der Anstrengung des Schreiens heftig hob und senkte.

Das Blut kam aus einer häßlichen Wunde an seiner Hand – doch die würde heilen. Zunächst strampelte Falconer wie wild in dem festen Griff, mit dem die fleischigen Hände des Kochs ihn hielten. Doch als Thomas ihn immer wieder mit seinem Namen ansprach, begann er, sich zu beruhigen.

»Thomas, bist du's?«

»Öffnet nur die Augen, dann werdet Ihr mich erkennen.«

Noch mißtrauisch hob Falconer ein Augenlid an und schaute sich um.

»Und der Dämon? Ist er fort?«

Bei diesen Worten kam Falconer sich selbst ausgesprochen töricht vor. Aber hatte er den Dämon nicht mit eigenen Augen gesehen? Der Koch half ihm auf. Dabei schaute Falconer ihm über die Schulter und war sich sicher, vom Keller her einen roten Schein heraufleuchten zu sehen. Erneut begann er zu zittern, doch sein eigenartiges Befinden normalisierte sich jetzt allmählich.

»Wem seid Ihr gefolgt?«

Thomas' Frage brachte ihn in die Wirklichkeit zurück.

»Master Fyssh.«

Durch seine Antwort erinnerte er sich jetzt auch wieder an Einzelheiten der schauerlichen Szene im Keller.

»Er ist noch unten.«

Falconer wußte, daß ihm ein neuerlicher Gang in den Keller nicht erspart bleiben würde. Er war sich immer noch unsicher, was tatsächlich geschehen war und ob sich dort unten nun ein Teufel rumtrieb oder nicht. Daher bestand er darauf, daß niemand ihm folgte. Weder der Koch noch Thomas wollten sich ihm widersetzen. An der Tür, die in den Keller führte, bemerkte er den blutbeschmierten rostigen Riegel, an dem er sich anscheinend verletzt hatte. Der Keller wurde nur spärlich erleuchtet durch die flackernde Flamme einer Kohlelaterne. Seiner schwachen Sehkraft wegen mußte er sich daher weiter vorwagen, um festzustellen, was mit Fyssh geschehen war. Ein kalter Luftzug blies ihm vom anderen Ende des Kellers her entgegen. Er bewirkte, daß der schwache Lichtschein auf einem Kleiderhaufen am Boden zu tanzen begann. Falconer beugte sich darüber, weniger interessiert an dem Kleiderbündel als dem leblosen Körper darunter – Master Fyssh. Sein Kopf lag abgeknickt in einem unnatürlichen Winkel zum Oberkörper, während die Augen ausdruckslos in die Tiefe des Kellers starrten. Sein schweres Kinn vermochte nicht die entsetzliche blaugraue Wunde an seinem Hals zu verdecken, durch die er fast enthauptet worden war. Er schwamm in seinem Blut, mit dem sich der violette Überwurf immer noch weiter vollsaugte. Da lag er tot, einer von Falconers Hauptverdächtigen, offensichtlich auf die gleiche Weise ermordet wie das Dienstmädchen, mit deren traurigem Ende die Ereignisse ihren Anfang genommen hatten.

Falconer zog seine neue Sehvorrichtung aus der Tasche und stellte erleichtert fest, daß sie den Kampf mit dem Dämon unbeschadet überstanden hatte. Mit ihrer Hilfe untersuchte er jetzt sorgfältig die Leiche, bevor irgend jemand etwas an ihr verändern konnte. Ein Arm des Toten lag ausgestreckt in Kopfhöhe, so als ob er etwas geschützt hätte. Die zur Faust geballte Hand hielt noch etwas fest, anscheinend ein Stück Pergament – einen Brief vielleicht. Falconer öffnete die Faust und fand den Einband und die ersten Seiten eines kleinen Buches. Als er sich wieder erhob, hatte er das Gefühl, als werde er beobachtet. Ohne an seine Augengläser zu denken, machte er einige Schritte vorwärts und starrte in die Dunkelheit. Er erkannte die grauen Umrisse einer Gestalt, doch bevor er seine Sehvorrichtung vor die Augen nehmen konnte, war sie verschwunden. Er hörte ein Krachen und rannte blindlings los in die Finsternis, fand jedoch nur eine andere Treppe, die zu einer Falltür führte. Sie war geschlossen. Anscheinend war sie aber die Quelle des Lärms gewesen. Wer oder was sich auch immer in dem Keller aufgehalten hatte, war jetzt auf und davon.

»Alles in Ordnung dort unten, Master?«

Die entfernt klingende Stimme des Kochs kam von den oberen Stufen der anderen Treppe. Hastig steckte er die zerschlissenen Buchseiten in seine Gürteltasche und kehrte zur Leiche zurück.

»Ich fürchte, Master Fyssh wird keine Vorlesungen mehr halten. Ihr tätet gut daran, die Behörden zu verständigen.«

12. KAPITEL

Falconer schreckte aus dem Schlaf auf, in seinem Kopf die Reste eines Traumes. Eine schuppige Eidechse kroch über seinen Körper und schleckte mit ihrer dünnen Zunge über seine Augenlider. Das Zimmer war leer und in helles Licht getaucht. Staubflocken tanzten in den Sonnenstrahlen, die durchs Fenster direkt auf die Pritsche an der gegenüberliegenden Wand fielen. Er war wieder in seiner Kammer in Aristotle's Hall, und es dauerte eine Weile, bis er sich die Ereignisse des vergangenen Tages ins Gedächtnis gerufen hatte. Oder wenigstens dauerte es eine Weile, bis er sich mit klarem Kopf zu erinnern vermochte. Ganz langsam setzte er seine Beine auf dem strohbedeckten Fußboden auf und versuchte aufzustehen. Nach einem kurzen Moment der Benommenheit, als er meinte, er würde aus dem Fenster schweben, fühlte er sich sicherer auf den Beinen und ging zur Tür. Aus dem Gemeinschaftsraum drangen Stimmen zu ihm. Eine von ihnen war zweifellos die von Thomas Symon, der in gekränktem Ton jemand anderem Vorwürfe machte. Falconer stieg die Treppe hinunter, und als er die Tür öffnete, sah er Thomas und einen aschfahlen Hugh Pett, die sich an dem zerkratzten Eßtisch gegenübersaßen.

»Guten Morgen, die Herren. Ich weiß, ich bin etwas spät dran, aber haben wir noch etwas zu essen da?«

Hugh fuhr hoch und stürmte an Falconer vorbei aus dem Raum. Sein Gesicht war zu einer Maske erstarrt.

»Habe ich etwas Falsches gesagt?« Falconer sah Thomas fragend an. Der Junge erinnerte ihn daran, daß Hugh ihn, nach ihrer Heimkehr am Abend, in seinem Zimmer gesprochen und es kreidebleich und ohne ein Wort zu sagen wieder verlassen hatte. Später hatte er sich geweigert, Thomas zu erzählen, was sich zwischen ihm und Falconer zugetragen hatte.

»Ich weiß es auch nicht mehr«, sagte Falconer, dessen Erinnerung an den Vortag immer noch recht konfus war. Dann meinte er:

»Ihr jungen Leute glaubt, die Welt würde sich bloß um euch und eure Probleme drehen. Dabei sind wir alle nicht mehr als ein Staubkorn im Auge Gottes.«

Er griff nach einer übriggebliebenen trockenen Brotkruste auf dem Tisch und versuchte, die wichtigsten Ereignisse in der King's Hall zu rekapitulieren. Er dachte laut.

»Auf dem Weg in den Saal hat sich Fyssh mit de Stepyng gestritten. Nach dem Festmahl sagte er etwas Unerfreuliches zu Bonham, jedenfalls nach dessen Gesicht zu urteilen. Als ich zu dir in die Küche kam, hatten sie alle drei den Saal bereits verlassen. Genau wie der Kanzler und natürlich auch Prinz Edward.«

»Ihr glaubt doch nicht, daß er...«

Ein strenger Blick Falconers mahnte den Jungen, seiner Phantasie nicht die Zügel schießen zu lassen.

»Nein! Ich denke, unseren edlen Prinzen sollten wir nicht zu den Verdächtigen zählen.«

Er seufzte.

»Und Master Fyssh können wir auch streichen.«

»Könnte er nicht doch unser Mörder sein? Wenn ihn tatsächlich der Teufel geholt hat, wäre das doch ein Beweis seiner Schuld.«

»Ich fürchte, die Hand, die unseren dicken Freund getötet hat, war eher menschlich. Und daß ein Mörder selbst ermordet wird, wäre vielleicht eine praktische Lösung, ist aber in unserem Fall nicht logisch. Nein, wir haben zweifellos noch eine Menge zu klären, bevor sich die endgültige Wahrheit vor uns abzeichnet. Gerade als ich dachte, mir fehle nur noch ein Glied in der Kette, stoße ich auf ein neues zu entwirrendes Geflecht von Fakten, das mich wieder vom geraden Weg abbringt.«

Thomas rutschte unruhig auf seinem Stuhl hin und her.

»Aber als wir Euch gestern fanden, sagtet Ihr, Ihr habet den Teufel gesehen.«

Falconer errötete verlegen.

»Es wäre mir lieber, du würdest das vergessen. Oh, natürlich glaube ich an die Existenz des Teufels. Aber nicht in einem Oxforder Keller, bei einem Stelldichein mit einem übergewichtigen und überschätzten Regent Master.«

»Aber wen habt Ihr dann gesehen?«

»Ganz einfach. Ich sah Fysshs Mörder. Und wahrscheinlich den von Margaret Gebetz und Jack Moulcom. Leider war ich nicht in der rechten Verfassung, um sein Gesicht zu erkennen.«

Thomas war verwirrt.

Anstelle einer Erklärung bat Falconer den Jungen um ein weiteres der Blätter, die Joshua in der Küche hatte fallen lassen. Er nahm es entgegen und schnüffelte daran.

»Für ein Gewürzkraut hat es bemerkenswert wenig Aroma. Doch als Droge ist es ziemlich stark.«

Er führte es zum Mund, entsann sich dann jedoch der apokalyptischen Bilder, die sein Gehirn am Vortag produziert hatte, ließ die Hand sinken und steckte das Blatt behutsam in seine Gürteltasche.

»Ich weiß, wer uns sagen kann, was das für ein Zeug ist.«

Peter Bullock gab sich alle Mühe, mit dem Studenten vor ihm geduldig zu sein. Als er vorhin in die Kälte des Wintermorgens hinausgetreten war, hatte er den Jungen frierend unter dem Great Keep stehen sehen. Er wollte ihm eigentlich keine Beachtung schenken und hatte sich nach links gewendet, um seinen eigenen Angelegenheiten nachzugehen. Doch der Junge war ihm in den Weg getreten. Offensichtlich war er nicht gewillt, sich so einfach ignorieren zu lassen. Bullock seufzte, sein ausgestoßener Atem eine eisige Wolke.

»Also, was ist?«

Der junge Mann zögerte und senkte seinen Kopf, wobei ihm sein feines rötliches Haar ins Gesicht fiel. Er murmelte ein paar Worte, die der schwerhörige Bullock nicht verstand.

»Was?« knurrte er ungeduldig.

»Ich habe Master Fyssh umgebracht«, platzte es aus dem Jungen heraus. Ein ängstlicher Blick stand in seinem schmalen Gesicht.

»Das ist Sache der Universität. Geh damit zum Kanzler oder dem zuständigen Proktor.«

Bullock machte Anstalten, den Jungen stehenzulassen. Doch erneut trat dieser ihm mit einer flinken Bewegung in den Weg. Hugh Pett hätte nicht sagen können, warum er mit seinem Geständnis Bullock aufgesucht hatte und nicht die Universitätsverwaltung. Er wußte nur, daß Master Falconer ihm nicht zugehört hätte, und außer dem häßlichen, verwachsenen Constable kannte er sonst niemanden, dem er sich hätte anvertrauen können.

»Man würde mir nicht glauben.«

»Und warum ich?«

Hughs Augen flehten Bullock an, und er gab nach.

»Komm mal lieber rein. Du siehst aus, als hättest du die ganze Nacht hier draußen auf der Gasse verbracht.«

Drinnen gab er Hugh etwas Bier zu trinken, das er über den Kohlen seines Kaminfeuers aufgewärmt hatte. Dann redete er ihm behutsam zu, zu erzählen, was das bedeuten solle, er habe Regent Master Fyssh gestern umgebracht. Zunächst wiederholte Hugh nur immer wieder, daß er Fysshs Tod gewünscht und auch wahr gemacht habe. Doch Bullock ließ nicht locker. Er drängte ihn, alles der Reihe nach zu erzählen.

»Wo hast du das her«, fragte Samson streng, während er Thomas durch seine rot getönten Gläser mit forschendem Blick ansah. Dabei drehte er das Blatt, das Falconer ihm gereicht hatte, zwischen seinen feingliedrigen Fingern hin und her. Die mannigfaltigen Düfte, die durch Samsons Haus zogen, machten Thomas ganz schwindelig. Aber vielleicht lag das auch an der Anwesenheit von Samsons Tochter Hannah, die schweigend in einer Ecke des Raumes saß. Thomas atmete einmal tief durch, um seinen Kopf klar zu bekommen, und antwortete:

»Von Joshua.«

»Joshua?«

Samsons Stimme klang zweifelnd.

»Nun, nicht direkt. Er hat einige Blätter fallen lassen und ich... habe sie aufgehoben. Ich habe gesehen, wie er einige davon gegessen hat, und glaubte, es sei bloß irgendein Küchenkraut.«

Falconer unterbrach ihn.

»Sie schmecken ganz gut. Ich habe sie probiert.«

»O ja, natürlich sind sie gut. Oder zumindest fühlt man sich gut, wenn man sie gegessen hat. Meistens jedenfalls.«

»So wißt Ihr also, um was es sich bei den Blättern handelt?«

»Sicher. Bei den Arabern ist es als ›Khat‹ bekannt.«

Samson erklärte, daß die Blätter im Lande Hams, in Äthiopien wüchsen. Von den dortigen Moslems, denen der Genuß von Wein und Bier verboten ist, würde es gerne genommen. Es beruhige und gebe ein Gefühl des inneren Friedens, zeige aber auch starke Nebenwirkungen. Manche Leute, die davon äßen, würden vorübergehend den Verstand verlieren und felsenfest behaupten, daß jedermann sie hasse. Andere hätten das Gefühl, sie würden verfolgt, und durchlebten wahre Alpträume. Falconer dachte bei sich, daß er das nur bestätigen konnte. Samson fuhr fort: »Zum Glück verliert sich die Wirkung wieder, und es gibt keine bleibenden Schäden. Es sei denn, man tut sich oder anderen etwas an, während man sich in diesem Zustand befindet.«

»Und Joshua besitzt solche Blätter? Warum erlaubt Ihr ihm das?«

Samson wandte seinen müden Blick Hannah zu. Sie nickte. »Sie haben eine Erklärung verdient.«

»Gut. Dann bring sie zu Rabbi Jehozadok. Er kann das besser erklären als ich. Er ist der Vormund des Jungen. Gib ihm das Blatt, dann weiß er Bescheid.«

Bullocks Verhör von Hugh Pett machte gute Fortschritte, obwohl es sich bei den Informationen, die der Junge zu Protokoll gab, auch um auf der Straße aufgeschnappte Gerüchte handeln konnte. Sollte der Junge Fyssh tatsächlich umgebracht haben, brauchte er mehr Fakten, die er dem Kanzler präsentieren konnte. Vielleicht war es sinnvoll, zunächst seinen Freund Falconer zu Rate zu ziehen. Pett wußte, daß sich der Mord im Keller unter dem großen Festsaal ereignet hatte und daß die Tatwaffe ein Messer war. Zweifellos haßte er Fyssh aus irgendeinem Grund, der anscheinend gewichtig genug war, um ihn zu töten. Und nicht zu vergessen, er hatte ein Geständnis abgelegt.

»Jetzt komm schon«, sagte er barsch, und der Junge hob ruckartig seinen Kopf, den er schuldbewußt gesenkt gehalten hatte.

»Was habt Ihr mit mir vor?«

»Ich werde dich in einem passenden Quartier unterbringen. Dann kann ich in Ruhe überlegen, was zu tun ist.«

Er führte Hugh vor sich her auf die Gasse, die ein Stück um den Great Keep herumführte, und indem er den Jungen noch fester am Arm packte, wandte er sich nach rechts. Die schwache Sonne hatte es noch kaum vermocht, die Luft zu erwärmen, und der Frost hielt sich hartnäckig im Schatten der Mauern. Bullock tanzte fast die Gasse entlang, weil die Kälte des Bodens die dünnen Sohlen seines Schuhwerks mit Leichtigkeit durchdrang. Vor einem niedrigen Bogengang ließ er den verängstigten Jungen anhalten. Als Hugh einen Blick hindurchwarf, konnte er einen kleinen Durchgang erkennen, der von einer mit Beschlagnägeln besetzten Tür versperrt war.

»Was ist das?«

»Mein kleines Verlies. Die perfekte Unterbringung für einen verzweifelten Mörder. Was meinst du?«

Hugh wollte sich wehren, doch gegen Bullocks eisernen Griff war er machtlos. Er wurde vorwärts gestoßen, bis Bullocks Körpergewicht ihn gegen die Zellentür drückte. Beschlagnägel bohrten sich in seine Brust. Er keuchte. Der Constable kümmerte sich nicht um Hughs Schmerzen, lehnte sich im Gegenteil noch fester gegen ihn, darum bemüht, hinter den Jungen zu greifen, um die Tür mit dem schweren Schlüsselbund in seiner kräftigen Hand aufzuschließen. Offensichtlich hatte sich dieser Ablauf bereits bei anderen, robuster gebauten Übeltätern eingeschliffen. Als die Tür nachgab, taumelte Hugh, unter dem Druck von Bullocks Körper, vorwärts in die Zelle. Er fiel auf die Knie in einen Haufen alten Strohs, das nach Urin stank. Im Nu war die Tür mit beängstigender Endgültigkeit hinter ihm zugeschlagen. Er war allein in der Finsternis.

Rabbi Jehozadok führte sie in einen Raum, der über und über mit Büchern vollgestopft war. Falconer und Hannah waren schon einmal dort gewesen, Thomas noch nicht, und der Anblick erfüllte ihn mit Ehrfurcht. Er konnte nicht glauben, daß es so viele Bücher überhaupt gab. Der alte Mann drehte sich zu seinen Gästen um und bedeutete ihnen mit einer Handbewegung, Platz zu nehmen. Als sie saßen, erklärte Hannah die Situation und drückte dem Rabbi behutsam das Blatt in die Hand. Er ging hinüber zum Kamin und lehnte sich gegen den schweren Steinbogen. Sein Bart schimmerte rötlich im Schein des Feuers, und als er sich jetzt wieder seinen Zuhörern zuwandte, waren auch seine Augen gerötet.

»Joshua hat viel zu vergessen«, begann er. »Als kleines Kind lebte er mit seinen Eltern, Isaac und Belassez, im Judenviertel von Amiens. Sie waren eine wohlhabende und glückliche Familie. Joshua wurde von seinen Eltern abgöttisch geliebt, und beide wünschten sich, daß ihr Sohn im jüdischen Glauben heranwachsen und einmal Rabbi werden sollte. Doch ich vermute, ein wohlhabender Jude ist eine Provokation für manche...«

Jehozadok zögerte, und aus Respekt vor seinen Zuhörern vermied er es »Christen« zu sagen. Er fuhr fort.

»Manche Leute. Als das Kind eines dort ansässigen Kaufmanns verschwand, behauptete man, Isaac habe, unter Mithilfe seiner Frau, den Jungen gefoltert und gekreuzigt. Ich kann an euren Gesichtern ablesen, daß euch die Sache bekannt vorkommt. Ja, das kommt leider immer wieder vor, daß man uns solch ein Verbrechen zur Last legt. In diesem Fall ging man sogar noch weiter. Vielleicht war ihnen eine Missetat nicht genug für einen reichen Mann. Auch für die Tode von drei anderen Jungen, die im Verlauf der letzten drei Jahre gestorben waren, wurde Isaac verantwortlich gemacht. Die ganze Familie wurde ins Gefängnis geworfen, und der kleine Joshua mußte mitansehen, wie seine Eltern gefoltert wurden. Ich erspare euch die Einzelheiten, von denen Joshua mir berichtet hat.«

Thomas vermochte es nicht, noch länger in das gequälte Gesicht des Juden zu schauen. Er wandte den Kopf ab aus Scham wegen all der Geschichten, die sein Vater ihm erzählt und die er geglaubt hatte. Aus dem Augenwinkel sah er Hannah, die zusammengekauert in der dunkelsten Ecke des Raumes saß. Sie zitterte, und Thomas wurde mit einem Mal klar, daß sie und alle anderen Angehörigen dieses Volkes in der täglichen Furcht vor solch schrecklichen Ereignissen lebten. Jehozadok atmete tief durch und fuhr fort.

»Zu allem Unglück ertrug die Mutter die Schmerzen nicht. Oder vielleicht ertrug sie es einfach nicht, mit anzusehen, wie ihr Mann gefoltert wurde. Jedenfalls entschloß sie sich, alle Verbrechen zu gestehen. Vielleicht hoffte sie, man würde ihr so die fürchterlichsten Qualen ersparen. Doch ihren Peinigern reichte das noch nicht. Am nächsten Tag preßten sie ihr das Versprechen von den Lippen, sich zum Christentum zu bekehren. Die offizielle Version der Geschichte lautet nun, Isaac sei so außer sich gewesen über die Konversion seiner Frau, daß er sie noch in der gleichen Nacht in der Zelle erschlug und sich dann selbst das Leben nahm. Die Wahrheit ist aber, daß sie beide von einem betrunkenen Wächter totgeschlagen wurden.«

»Und Joshua – wie konnte er entkommen?«

»Der Wächter war noch nüchtern genug, um zu erkennen, daß sich das Kind zu Geld machen ließ. Er verkaufte es einer anderen jüdischen Familie, die den Jungen nach England brachte, wo er dann aufwuchs. Doch Joshua wird immer wieder vom Bild der gefolterten und getöteten Eltern heimgesucht. Nachts plagen ihn Alpträume, und manchmal braucht er etwas, das ihm ein wenig Erleichterung bringt.«

Der Rabbi ließ das Blatt aus den Fingern gleiten. In kleinen Kreisen schwebte es nieder ins Feuer, flammte kurz auf und war verschwunden.

»Wo ist Joshua jetzt?«

Falconers Frage zerriß die Stille, die sich nach dem Ende der traurigen Geschichte breitgemacht hatte. Jehozadok strich sich nachdenklich über seinen Bart.

»Warum willst du das wissen?«

»Wenn er an jenem Nachmittag in der Küche war, hat er vielleicht irgend etwas gesehen, das uns helfen könnte, meinen imaginären Dämon zu finden.«

Der alte Mann zögerte. Dann gestand er, nicht zu wissen, wo Joshua sich aufhielt. Er hatte ihn zuletzt gesehen, als Samson ihn mit den Kräutern und Gewürzen zum Koch des Kanzlers losgeschickt hatte. Die Nacht war er dann nicht nach Hause gekommen.

»Doch das ist nicht ungewöhnlich, wenn er Khat gekaut hat. Möglich, daß er gar nicht weiß, wo er ist, bis die Wirkung nachläßt.«

»Noch, was er tut?« fragte Falconer sachte nach.

Hannah begann zu protestieren und Joshuas Unschuld zu

beteuern, doch der Rabbi brachte sie mit einer Handbewegung zum Schweigen.

»Die Frage unseres Freundes Falconer ist nur folgerichtig. Und ich weiß darauf keine eindeutige Antwort. Mein Herz sagt mir jedoch, daß er keines Mordes fähig wäre.«

Thomas dachte an den Würgegriff, mit dem Joshua ihn über den Rand des im Bau befindlichen Turmes von St. Mary hatte ziehen wollen. Es lag ihm auf der Zunge zu widersprechen. Doch als er sah, wie Hannahs Augen ihn anflehten, an Joshuas Unschuld zu glauben, schwieg er. Nur Falconer ließ sich nicht beirren.

»Unter dem Einfluß der Blätter könnte er doch ... unnatürliche Dinge tun?«

Jehozadok seufzte und nickte. Der Master entschloß sich, es dabei bewenden zu lassen.

»Ich hab' noch etwas anderes auf dem Herzen. Du kennst dich doch mit alten Schriften aus.«

Er zog den abgegriffenen Einband aus seiner Gürteltasche, den er dem starren Griff des toten Fyssh entwunden hatte, und gab ihn Jehozadok. Der drehte ihn zwischen seinen Fingern hin und her. Es war ein flacher, in Leder gebundener Buchdeckel, an dem nur ein paar Seiten hingen. Während er sich die Seiten mit dem wenigen Text genauer betrachtete, rief Hannah plötzlich: »Aber das kenne ich doch.«

Sie wandte sich Thomas zu und zeigte auf das abgegriffene Buch.

»Sieh doch, Thomas. Das ist das Buch von Margaret. Da auf der ersten Seite sind Blutflecken.«

Thomas riß Jehozadok das Buch fast aus den Fingern.

»Ja natürlich, sie hat recht. Das ist das Buch. Oder zumindest ein Teil davon. Aber Bonham hat Euch gegenüber doch behauptet, er habe es verbrannt.«

»Damit wäre eine Sache bewiesen«, murmelte Falconer. »Fyssh hat Margaret nicht umgebracht. Wenn sie sterben mußte, weil der Mörder das Buch zurück wollte oder damit kein Mensch ihn mit dem Buch in Verbindung bringen konnte, hätte er es letzte Nacht im Keller nicht so offen hin- und hergeschwenkt. Nein, Fyssh hat seinem Mörder gedroht, ihn zu entlarven. Aber warum das Buch solch eine Bedeutung hat, ist mir immer noch unklar.«

»Ich glaube, das kann ich dir erklären, mein Freund«, unterbrach ihn der weise Jehozadok. »Wenn ich mich nicht täusche, sind das die ersten Seiten einer Katharer-Bibel.«

Thomas und Hannah blickten ihn verwirrt an.

»Eine Richtung eures christlichen Glaubens, die zur Ketzerei erklärt wurde.«

Bullock war nervös. Mit seiner gedrungenen Gestalt und seinem krummen Rücken kam er sich deplaziert vor in den prächtig ausgestatteten Räumen des Universitätskanzlers. Sogar Halegod, der alte Narr, der auch nicht besserer Herkunft war als er selbst, hatte ihn nur hochnäsig angeschaut, als er vorhin den Kanzler zu sprechen gewünscht hatte. Mit seiner Sturheit hatte er es schließlich doch geschafft, daß der alte Mann seinen Herrn rufen ging. Während er wartete, betrachtete der Constable die Einrichtung. In seinen Augen waren die Teppiche an den gelben Wänden, auf denen in hellen Farben Jagdszenen dargestellt waren, der Gipfel des Luxus. Falconer hatte ihm erzählt, der Kanzler sei ein Asket, und ihm auch erklärt, was damit gemeint war. Dabei hatte er sich bemüht, den Constable nicht mit ungebräuchlichen Wörtern zu verwirren. Bullock war sich sicher, verstanden zu haben, was ein »Asket« war. Und der Mann, der hier wohnte, war ganz sicher keiner.

»Worum geht's? Ich habe nicht viel Zeit.«

Bullock drehte sich um und blickte ins Gesicht des Kanzlers, der schon seine prunkvollsten Gewänder angelegt hatte. Zweifellos für ein neuerliches Treffen mit Prinz Edward. Im Kontrast dazu standen seine aschfahle Gesichtsfarbe und die dunklen Ringe unter seinen Augen. Anscheinend hatte der Kanzler eine schlaflose Nacht verbracht oder bei dem Bankett zuviel von seinem besten Wein getrunken. Vielleicht auch beides.

Bullock kam ohne Umschweife zur Sache.

»Ich habe einen Studenten in Verwahrung. Er behauptet, Euren Master Fyssh umgebracht zu haben.«

»Und? Hat er das?«

Bullock war verblüfft über die naheliegende Frage. Er hatte erwartet, de Cantilupe würde ganz einfach darauf bestehen, daß der Student freikäme. Die Universität wachte eifersüchtig über ihr Recht der freien Selbstverwaltung und ihre Unabhängigkeit von den städtischen Behörden.

»Nun?«

»Ich glaube nicht. Er scheint, wie soll ich sagen, zu weich für eine solche Tat.«

»Und wo liegt dann das Problem? Laßt ihn frei.«

»Ich fürchte, wenn ich das tue, werde ich in Kürze seine Leiche aus dem Fluß fischen können.« Auch Bullock konnte sehr deutlich werden.

»Ich verstehe.« Der Kanzler machte eine Pause und senkte den Blick.

»Zu wessen *Hall* gehört der Junge?«

»Zu der von Falconer.«

De Cantilupes Blick hellte sich auf, und ein Lächeln huschte über sein Gesicht.

»Dann bestehe ich darauf, daß Ihr den jungen Mann auf der Stelle der Obhut Master Falconers anvertraut. Und sagt ihm, er haftet mir persönlich für das Leben des Jungen.«

Er ergriff Bullocks Arm und drängte ihn zur Tür und aus dem Raum hinaus. Daher bekam Bullock nicht mit, wie er noch sagte: »Dann kommt er mir wenigstens nicht in die Quere.«

Es war ein kalter, aber ungewöhnlich heller Tag, und die Sonne brachte den Rauhreif zum Glitzern, bevor er hinwegschmolz. Thomas mußte sich mächtig sputen, um mit seinem Master Schritt zu halten. Der zerfurchte Boden knirschte unter ihren Füßen. Als sie am neuen Turm von St. Mary vorbeikamen, schaute Thomas mit gemischten Gefühlen auf. Arbeiter turnten auf dem Gerüst hin und her. Sie waren dabei, neue Bohlen an der Stelle anzubringen, wo Joshua durchs Gerüst gebrochen war. Irgendwie sah der Turm jetzt bei Tageslicht nicht so besonders hoch aus. Es war aber trotzdem verwunderlich, daß Joshua den Sturz überlebt hatte. Die Steinmetze waren ganz offensichtlich erfreut über den Wetterumschwung. Voller Eifer waren sie dabei, große Steinblöcke den Turm hochzuhieven. Die primitiven Flaschenzüge quietschten bedrohlich, doch den Männern war die schweißtreibende Arbeit gerade recht, und so zerrten sie mit aller Kraft an den Seilen.

»Der junge Herr schaut wohl gerne zu, wenn andere arbeiten.«

Es lag schon mehr als nur ein Hauch von Ironie in Falconers Worten. Thomas merkte erst jetzt, daß der Master schon einige Meter voraus war. Die Hände in die Hüften gestützt, blinzelte er in die Sonne, während er auf seinen trödelnden Schüler wartete.

»Vielleicht willst du das Treffen mit Master Bonham lieber mir allein überlassen und in die *Hall* und zu deinen Studien zurückkehren.«

Thomas protestierte und schloß eilig zu Falconer auf. Er wollte das Geständnis des kleinen grauen Mannes, den er doch von Anfang an in Verdacht hatte, auf keinen Fall versäumen. Die Existenz des Buches – oder zumindest Teile davon – wies eindeutig auf ihn als Täter hin. Hatte er nicht behauptet, er habe es verbrannt, nachdem er es Thomas abgenommen hatte? Master Fyssh hatte wohl das Buch gefunden und Bonham damit erpreßt, da er wußte, daß es der ermordeten Margaret Gebetz gehört hatte. Das war dann auch der Grund, warum er Fyssh selbst in jener Nacht im Keller tötete. Thomas fand allmählich, daß die Sache mit der deduktiven Logik gar nicht so schwer war, wenn man nur einmal den richtigen Dreh gefunden hatte.

Niemand antwortete auf Falconers hartnäckiges Klopfen an Bonhams robuster Eichentür. Der Master seufzte und war dabei, sich auf ein längeres Warten einzustellen, als Thomas sich an ihm vorbeidrückte. Er lehnte sich gegen die Tür und drehte den Griff. Sie gab nach. Thomas warf Falconer einen triumphierenden Blick zu.

»Das scheint eine Gewohnheit für dich zu werden«, stöhnte Falconer. »Also gut...«

Er spähte in beide Richtungen die Gasse runter und stieß Thomas vor sich her durch die Tür. Als sie drin waren, schloß er sie leise wieder, wobei er angestrengt auf irgendwelche Laute aus dem Haus lauschte. Direkt vor ihnen führte eine schmale hölzerne Wendeltreppe zum ersten Stock hinauf. Die wackligen Stufen ließen erwarten, daß sie auf Falconers schwere Schritte mit einem geräuschvollen Knarren reagieren würden. Deshalb bedeutete er Thomas, hochzugehen und sich oben umzuschauen, während er selbst sich Bonhams Studierzimmer am Ende des Korridors vornehmen wollte. Er beobachtete den Jungen, wie er auf Zehenspitzen die Stufen nahm, und schlich dann leise durch den Korridor. Die Tür stand ein Stück offen, und Falconer nestelte in seiner Gürteltasche, bis er seine Gläser fand. Er hielt sie vor die Augen und spähte durch den Spalt. Auf dem Tisch das gewohnte Bild, Bücherstapel überall, dazu ein besonders großer Wälzer einzeln am Ende der Tischplatte. Es war alles still. Doch wenn Bonham außerhalb seines Blickwinkels vor dem Kamin saß, würde es ihm nicht leichtfallen, sein unkonventionelles Eindringen zu erklären. Vorsichtig stieß er die Tür weiter auf, und sein Blickfeld weitete sich. Es war niemand da. Eilig durchquerte er den Raum und besah sich den Band, der aufgeschlagen auf dem Tisch lag. Es handelte sich um das *Quanun*, das bedeutende medizinische Werk des Arabers Avicenna. Falconer hatte nie zuvor solch eine hervorragende Abschrift davon gesehen. Er widerstand der Versuchung, darin zu blättern.

Im Haus herrschte immer noch völlige Stille. Sogar Thomas im Stockwerk darüber war nicht zu hören. So wie das Buch offen auf dem Tisch lag, war anzunehmen, daß Bonham das Haus gerade erst verlassen hatte. Doch weder Falconer noch Thomas hatten ihn vorhin in der Gasse gesehen. Wo war er jetzt? Als Falconer das Studierzimmer verließ, bemerkte er einen nicht sehr starken, aber unangenehmen Geruch, der von der Nische unter der Wendeltreppe zu kommen schien. Dort war eine Holztür. Sie war nur angelehnt. Sachte stieß Falconer sie auf und stand vor einer Anzahl Stufen, die hinunter in den Keller führten. Der Geruch war hier stärker. Er erinnerte ihn an das Oxforder Fleischerviertel. Falconer war etwas mulmig zumute, zumal wenn er daran dachte, was er bei seiner letzten Kellerexkursion entdeckt hatte.

Er beugte sich über das Geländer der Wendeltreppe und rief zischend nach Thomas. Es kam keine Antwort, und Falconer schimpfte auf den unaufmerksamen Kerl. Nun würde er sich alleine hinunterwagen müssen. Er stieß die Kellertür ganz auf und tastete sich im Halbdunkel die Stufen hinunter. Ein Geländer gab es nicht, und so ließ er die Hände über das Mauerwerk gleiten. Es fühlte sich kalt und feucht an. Der unangenehme Geruch gab ihm das Gefühl, in ein Grab hinabzusteigen. Er mußte stehenbleiben und seine Nerven beruhigen. Gleich würde ihm seine Phantasie erneut einen Dämon vorspiegeln, diesmal ohne daß er eine Droge genommen hatte. Er lächelte über seine törichten Gedanken und ging weiter.

Weiter unten machte die Treppe eine Biegung, so daß Falconer nichts als eine nackte Wand vor Augen hatte. Doch an der Wand flackerte eine Kerze, deren Schein die Unebenheiten der Ziegelmauer hervorhob. Damit war klar: Jemand oder etwas war im Keller. Und der Gestank wurde schlimmer. Unten angekommen, spähte Falconer vorsichtig um den Strebepfeiler herum. Im ersten Moment schienen in dem Raum nur ein paar Kleidungsstücke auf einem Tisch verstreut zu liegen. Er nahm die Linsen vor die Augen, und die Szene rückte in eine gnadenlose Schärfe. Sein Atem stockte.

Das war zweifellos ein Bild aus der Hölle, ein Bild des Grauens. Auf dem Tisch lag eine nackte Leiche, deren Oberkörper vom Hals bis zu den Geschlechtsteilen auseinanderklaffte. Haut und Fleisch waren abgezogen und zu zwei großen Wülsten zurückgeklappt. Die Eingeweide waren entfernt worden und lagen als graue oder violette Haufen neben dem Körper. Der Gestank war entsetzlich, und ein Heer von Schmeißfliegen schwirrte und krabbelte auf dem blutigen Chaos der Körperteile. Mit einem Ärmel hielt Falconer sich die Nase zu und näherte sich dem scheußlichen Gemetzel. An einer Hand des Mannes – daß es sich um einen Mann handelte, war immerhin noch zu erkennen – war die Haut abgezogen, so daß Muskeln und Knochen frei lagen. Mit einem Nagel war sie an den Tisch geheftet. Falconer würgte es im Hals. Als er sich fortdrehte, sah er sich plötzlich dem kleinen grauen Master gegenüber, der mit einem langen blutigen Messer am Fuße der Treppe stand. In seinem Griff wand sich, den Mund fest zugehalten, der unglückliche Thomas.

13. KAPITEL

Falconer war klar, daß es nicht einfach werden würde. Bonham hatte ein Geheimnis, das unter allen Umständen eins bleiben sollte. Nur war Falconer dahintergekommen, und auch vor dem Jungen würde es nicht zu verbergen sein. Thomas' Blick fiel auf die Leiche auf dem Tisch, und sein Gesicht wurde kreidebleich. Seine Gegenwehr ließ nach. Schlaff hing er jetzt in den Armen des Masters, alle Kraft war dahin. Bonham stand da wie angewurzelt und wußte nicht, was er tun sollte. Behutsam versuchte Falconer, die festgefahrene Situation zu entkrampfen.

»Es tut mir leid, Euch auf diese Weise gestört zu haben. Wir hätten unseren Besuch natürlich ankündigen müssen«, begann er in einem solch gefälligen Ton, als seien er und sein Student bei dem Master hereingeschneit, um mit ihm über einige Platonstellen zu diskutieren. »Ich hätte nicht zulassen dürfen, daß meine Neugier die Oberhand gewinnt. Es ist wirklich unverzeihlich. Thomas, ich denke, wir sollten jetzt lieber gehen.«

Thomas' Augen verrieten seine Verwunderung über Falconers seelenruhigen Plauderton. Sagen konnte er nichts, denn Bonham hielt ihm immer noch den Mund zu. Falconer ging um den Tisch herum und deutete dabei flüchtig auf die ausgeschlachtete Leiche. »Das hier ist gar nicht wichtig. Darüber brauchen wir gar kein Wort zu verlieren ... Ach, übrigens ...«

Er griff wie zufällig in seine Gürteltasche und brachte das

kleine Messer zum Vorschein, das er aus Bonhams Schublade entwendet hatte. Bonhams Armmuskeln spannten sich an, und Thomas zuckte in seinem Griff zusammen. Falconer legte das Messer an den blutbesudelten oberen Rand des Tisches und fuhr fort.

»Als ich mir das hier auslieh, konnte ich mir schon so etwas denken. Ihr versteht.«

Zu Thomas' großer Überraschung ließ Bonham ihn los und seufzte.

»Mir bleibt wohl nichts anderes übrig, als Euch zu vertrauen«, sagte er und ließ sein Messer sinken.

Thomas konnte es nicht fassen. Sein Master hatte sich auf einen Pakt mit dem Mörder eingelassen. Ungläubig schaute er von einem zum andern.

»Doch was ist mit dem Jungen?«

»Nun ja. Er hält Euch wohl immer noch für einen Mörder. Daher wird ihn die Wahrheit wahrscheinlich enttäuschen. Thomas, sieh dir das Gesicht der Leiche etwas genauer an.«

Thomas zuckte zusammen, tat dann aber doch, nicht ohne Neugier, wie ihm geheißen wurde. Er ging zu der Leiche rüber, wobei er versuchte, nicht auf die überall auf dem Tisch verstreuten Organe zu schauen. Er konnte kaum glauben, daß sie von nur einem Menschen stammten, so viele waren es. Der Kopf lag am anderen Ende des Tisches. Würgend beugte er sich über den ausgeschlachteten Körper und stammelte plötzlich: »Das ist doch...«

»Ganz richtig. Der junge Master Moulcom. Du weißt, er ist schon seit einigen Tagen tot, kann also heute nicht schon wieder umgebracht worden sein.«

»Aber wie...?«

»Also Thomas, du mußt wirklich lernen, deine Fragen präziser zu formulieren.«

Dann erklärte Falconer, wie er hinter Bonhams wahres Geheimnis gekommen war. Die erste Vermutung hatte er bereits, nachdem er das Messerchen an sich genommen und herausgefunden hatte, daß es sich um ein Skalpell handelte. Der Metzger, den er in der Stadt bei der Arbeit mit einer ganz ähnlichen Klinge beobachtet hatte, brachte ihn auf den richtigen Gedanken. Und eine Bestätigung waren dann die Bücher in Bonhams Studierzimmer, vor allem das aufgeschlagene medizinische Werk von Avicenna.

»Verstehst du, Master Bonham hat ein rein wissenschaftliches Interesse am menschlichen Körper. Und wie jeder gute Wissenschaftler liegt ihm daran, die Theorie durch praktische Beobachtung zu untermauern. Kein geringerer als Bruder Bacon vertritt diesen Ansatz. Und ich stimme dem voll und ganz zu.«

Thomas schien immer noch verwirrt und bedachte Bonham mit einem mißtrauischen Blick.

»Durch die Sektion von Leichen versucht Master Bonham die Thesen Avicennas zu Aufbau und Funktionen des menschlichen Körpers zu belegen. Leider verurteilen weniger aufgeklärte Menschen, und besonders die Kirche, dieses Vorgehen. Master Bonham geriete in größte Schwierigkeiten, würde sein kleines Geheimnis bekannt werden. Wir, die wir selbst Wissenschaftler sind, können ihm aber versichern, daß von unserer Seite aus nichts an die Öffentlichkeit dringen wird.«

Falconers starke Hand, die sich fest auf Thomas' Schulter gelegt hatte, vermittelte dem Jungen unmißverständlich, was sein Master von ihm erwartete.

Bullock hatte Schwierigkeiten, Falconer zu finden und ihn über die Entscheidung des Kanzlers zu informieren. In Aristotle's Hall wurde ihm gesagt, er habe ins Judenviertel gehen wollen.

Bullock hatte wenig Kontakt zu Juden – auch er hielt sie obskurer mörderischer Rituale für schuldig – und zögerte, Falconer dorthin zu folgen. Doch die Pflicht verlangte es. Kategorische Erkundigungen führten ihn zum Rabbi, von dem er aber lediglich erfuhr, daß Falconer und einer seiner Studenten einen bestimmten Regent Master aufsuchen wollten. Man nannte ihm keinen Namen und gab auch keine Erklärung für Falconers hektische Betriebsamkeit. Doch Bullock war sich sicher, daß der Rabbi mehr wußte. Er kannte seinen Freund sehr gut und wußte, daß jetzt der Prozeß richtig in Gang gekommen war, der zu einer seiner bekannten Schlußfolgerungen führen würde. Und er wußte auch, daß Falconer an diesem Punkt der Ermittlungen verschlossener war als gewöhnlich. So weit ging ihre Freundschaft nicht, daß er ihm den Namen eines Mörders preisgegeben hätte, bevor er alle Beweise zusammen hatte.

Mit dem Problem des sich hartnäckig selbstbezichtigenden Studenten mußte Bullock nun alleine zurechtkommen. Ein Junge, dem man eigentlich keinen Mord zutrauen konnte, der sich aber dennoch nicht von der fixen Idee abbringen ließ, ein solches Verbrechen begangen zu haben? Bullock war wütend, wenn er daran dachte, wie leicht ihn der Universitätskanzler abgewimmelt hatte. Schließlich war das doch eine Angelegenheit der Universität. Er knurrte verärgert, während er schleppenden Schritts durch die Pennyfarthing Lane ging, zurück in sein Viertel und zu einem wohlverdienten Krug Bier. Sollte der Junge doch in seinem Loch verschimmeln, solange sich niemand für ihn interessierte. Irgendwann würde man ihn schon vermissen.

Thomas war froh, daß sie alle drei in Bonhams Studierzimmer hochgegangen waren, bevor die Sprache auf das Büchlein kam. Die Gegenwart von Moulcoms ausgeweidetem Körper war nicht eben förderlich für einen klaren Kopf, auch wenn sich die beiden Master offensichtlich wenig davon hatten beeindrucken lassen.

»Ich nehme an, Ihr habt mein Skalpell bei Fysshs Leiche gefunden«, begann Bonham.

Falconer war einen Moment verwirrt, gestand dann aber mit rotem Kopf, wie es in seinen Besitz gekommen war.

»Nein, ich habe es bei meinem letzten Besuch hier mitgenommen. Wie kommt Ihr darauf, daß es der bedauernswerte Master Fyssh gehabt haben könnte?«

»Er war hier, am Morgen vor dem Bankett. Und ich habe ihn eine Weile allein gelassen. Genau wie Euch.«

Er warf Falconer einen scharfen Blick zu, und der Master schlug die Augen nieder.

»Und dann, während des Festmahls, kam er zu mir und behauptete, es sei etwas in seinen Besitz gelangt, das interessante Dinge über mich verrate. Er sagte, ich solle in den Keller runterkommen. Dann würde er es mir geben. Ich ging zuerst nach Hause, um nachzusehen, um was es sich dabei handeln könnte. Dabei entdeckte ich, daß eines meiner Messer fehlte. Ich nahm an, er wäre zu dem gleichen Schluß gekommen wie Ihr. Die Kirche ist immer noch ein erbitterter Gegner der Anatomie, und ich dachte mir, Fyssh wolle irgendeine Gegenleistung von mir, damit er das Geheimnis wahrte. Er war ein abscheulicher Kerl, um den es bestimmt keinem leid tut.«

»Deswegen habe ich Euch im Keller gesehen?« Falconers Frage war reine Spekulation, denn er hatte bloß einen Hinterkopf mit einer Tonsur davonhuschen sehen. Wenn Bonham die Tatsache eingestand, sprach das allgemein für seine Glaubwürdigkeit. Denn würde ein Mörder zugeben, am Tatort gewesen zu sein? Wahrscheinlich nicht. Es sei denn, er war besonders hinterhältig und kalkulierte den Gedankengang mit ein.

»Ja«, sagte er, »ich war dort. Aber ich kam viel zu spät. Ich hörte nur aus einiger Entfernung einen Schrei, und als ich Fyssh fand, war er schon tot. Dann hörte ich jemanden kommen – Euch – und versteckte mich. Anscheinend nicht gut genug.«

Es ging schon auf den Abend zu, und Bonham machte eine Pause, um eine Kerze anzuzünden. Der Schein flackerte auf seinem Gesicht und warf einen großen Schatten an die Wand des kleinen Raumes. Thomas hatte plötzlich das Bild vor Augen, wie Bonham über Moulcoms Leiche gebeugt vor dem Tisch stand und das Messer vom Hals bis zu den Leisten durch den Körper zog. Unwillkürlich kreuzte er schützend die Arme vor der Brust.

»Master, das Buch«, platzte es aus ihm heraus.

»Keine Angst, Thomas. Das habe ich nicht vergessen.«

Jetzt war es an Bonham, verwirrt zu sein, oder zumindest gab er sich so.

»Ein Buch? Was für ein Buch?«

»Das Buch, das Ihr dem jungen Mann hier abgenommen habt. Ihr habt doch behauptet, es sei verbrannt.«

»Das stimmt auch.«

»Und wie kommt es dann, daß der tote Fyssh den Einband umklammert hielt, als man ihn fand.«

Bonham erbleichte. Er durchquerte den Raum, ging aber nicht zu dem Bücherstapel, den Thomas bei seinem ersten Besuch unter die Lupe genommen hatte, sondern zu einem ramponierten Stuhl mit einer vertäfelten Sitzfläche, die sich aufklappen ließ. Bonham griff hinein.

»Es ist weg.«

»Der Einband ist aber hier.« Falconer hatte den abgegriffenen Buchdeckel, an dem einige wenige Seiten hingen, in der Hand und schwenkte ihn unter Bonhams Nase hin und her.

»Und sagt mir jetzt nicht, das sei ein anderes Buch. Zwei Leute haben es identifiziert. Darunter Thomas.«

Mit einem Nicken bestätigte Bonham, daß Falconer das besagte Buch in Händen hatte. Er erklärte, er habe es unbedingt behalten wollen, weil ihn der Inhalt interessierte. Deswegen habe er Falconer die erstbeste Lüge aufgetischt, die ihm auf dessen Frage nach dem Buch in den Sinn gekommen war.

»Versteht Ihr, mich interessierte einfach, was darin stand. Ich hatte von solchen Werken reden hören, jedoch noch nie eins gesehen.«

»Ihr meint, eine Katharer-Bibel?«

Es nahm Bonham etwas den Wind aus den Segeln, daß Falconer schon über das Buch Bescheid wußte. Durch Falconers Frage, was er ihm über diese Ketzer erzählen könne, kam er wieder ins Reden. Er erklärte, daß die Lehre der Katharer besonders in Frankreich verbreitet sei. Sie gehe von einer streng dualistischen Scheidung der Welt aus. Auf der einen Seite die gute geistige auf der anderen Seite die böse irdische Welt. Dieser Lehre nach wohnten aus dem Himmel vertriebene Seelen in fleischlichen Körpern und würden dann, bei deren Tode, in andere Körper überwechseln. Entweder wieder in menschliche oder auch tierische Körper, je nach dem Lebenswandel des Verstorbenen. Die Anführer der Sekte äßen kein Fleisch. Das würde die Seelenwanderung stören. Bonham fuhr fort: »Diese Ketzer halten es für den einzig richtigen Weg, sich auf keinen Fall mit Frauen fleischlich zu vereinigen. Dann könnten die Seelen möglicherweise in den Himmel zurückkehren, weil es dann nach einiger Zeit keine Körper mehr gäbe, die zu bewohnen wären.«

Bonham unterbrach seinen Vortrag und schüttelte mißbilligend den Kopf.

»Und diese Anführer – die Priester – haben die irgendeinen

Namen?« Falconer glaubte zu wissen, was Bonham auf seine Frage antworten würde.

»O ja, natürlich. Sie nennen sich selbst die ›Perfecti‹.«

Falconer war enttäuscht. Dann fuhr Bonham fort.

»Manche bezeichnen sich auch als ›Bonhommes‹.«

Mit dem Tod Jack Moulcoms hatte der Kanzler nicht nur seinen Spion in der Landsmannschaft der nordenglischen Studenten verloren, sondern auch den Mann, der Dinge für ihn erledigte, von denen er sich in der Öffentlichkeit distanzierte. Jetzt brauchte er jemand anderen, den er für seine Ziele einspannen konnte. De Cantilupe behagte es eigentlich nicht, sich mit dem schwer zu ertragenden Master de Stepyng einzulassen. Jedoch war nicht zu leugnen, daß sie auf derselben Seite standen in dem sich immer mehr zuspitzenden Konflikt, der das Land spaltete. Sein Auftritt während des Festbanketts hatte das nur bestätigt. Der Kanzler hingegen hatte sich diplomatisch verhalten, sich gut gestellt mit Prinz Edward, der nun vorübergehend in der King's Hall vor den Mauern der Stadt residierte. Doch in Wirklichkeit lagen seine Sympathien bei Baron Simon de Montfort oder, genauer gesagt, bei einer effektiven Regierung des Landes, und die war von de Montfort zu erwarten.

Er hatte de Stepyng zu sich bestellt, weil er darauf baute, aus ihrer gemeinsamen Sympathie für Baron Simon würde sich eine Zusammenarbeit in beiderseitigem Interesse ergeben. Er saß in seinem Sessel und blickte mit gleichgültiger Miene auf die Wandteppiche, die Peter Bullock einige Zeit zuvor so ehrfürchtig bewundert hatte. Für den Kanzler dienten sie bloß dazu, die winterliche Kälte von seinen Knochen fernzuhalten. Der Abend senkte sich schon über die Stadt, es wurde dunkler und kälter, und mit dem Fuß schob er einige Holzscheite ins Feuer. Als er Halegods trippelnde Schritte vernahm, drehte er sich um, zwang sich zu einem Lächeln und hieß den Regent Master willkommen.

»Master Robert, ich danke Euch, daß ihr so rasch meiner Bitte entsprochen habt.«

De Stepyngs fahles Gesicht wirkte so angespannt wie immer, seine Lippen waren zusammengekniffen, sein Blick streng.

»Stets zu Diensten, mein Kanzler.«

De Cantilupe bedeutete dem Master, in dem anderen Sessel vor dem Feuer Platz zu nehmen, und einen Moment lang entstand eine Pause. Dann begann der Kanzler:

»Ich denke, wir beide haben einen sehr mächtigen gemeinsamen Freund, dem wir einen Gefallen tun könnten. Und wenn wir Erfolg damit haben, wird das für jeden von uns von beträchtlichem Vorteil sein.«

De Stepyng schwieg. Mit versteinerter Miene starrte er in die Flammen, und der Kanzler wußte, daß er ihm vertrauen konnte. Weniger vertrauen konnte er jedoch seinem Diener Halegod. Daher senkte er seine Stimme, als er fortfuhr. Was er zu sagen hatte, war nicht gleich für die ganze Stadt bestimmt. Im Moment jedenfalls noch nicht.

»Diese verschiedenen Morde in der letzten Zeit...« Er hielt inne, um seine Gedanken besser zu ordnen.

»Ihr sprecht von den Fällen, die Falconer so eifrig zu lösen sucht?«

»Ganz richtig. Könnte man nicht sagen, daß die Mordfälle etwas stark Dämonisches haben?«

De Stepyng war sich nicht sicher, worauf der Kanzler hinauswollte, und hütete sich, sogleich zu antworten.

»Ich will damit sagen... könnten nicht die Juden mit den Morden zu tun haben?«

Plötzlich konnte de Stepyng dem Gedankengang des Kanzlers sehr gut folgen. Es war kein Geheimnis, daß er die Juden aus religiösen Motiven verabscheute. Interessant war nur, daß sich seine Gefühle hinsichtlich der Juden so gut mit denen von Simon de Montfort ergänzten, dessen Gegnerschaft rein ökonomische Gründe hatte. De Stepyng hatte von Reisenden erfahren, daß man in Canterbury und in anderen Städten unter dem Deckmantel des allgemeinen Aufruhrs im Lande gegen die Juden vorgegangen war. Doch wie auch immer, die jüdische *Archa*, in der die Schulden aller Christen aufgelistet waren, war jedenfalls verschwunden.

»Es würde unserem gemeinsamen Freund sehr gelegen kommen, wenn Falconer herausfände, daß die Juden hinter der Ermordung Fysshs und seines Dienstmädchens stecken. Den Tod des Studenten Moulcom würde ich im Moment außer acht lassen. Es ist doch zu wahrscheinlich, daß ihn irgendein Bürger auf dem Gewissen hat. Falls es gewünscht wird, könnte man jedoch später jederzeit die Anschuldigung auch auf den dritten Mord ausdehnen.«

Der Kanzler ließ unausgesprochen, was geschehen würde, wenn man der Stadt einen Juden als Mörder präsentierte. Für die Bürger wäre die Sache damit sicherlich noch nicht erledigt.

»Und was hätte ich dabei zu tun?«

»Nun, ich muß zugeben, daß Master Falconer mir nicht unbedingt in allem, was ich anordne, Folge leistet. Ich dachte mir, Euch fiele vielleicht etwas ein, um das Mädchen Gebetz mit irgendeinem jüdischen Mann in Verbindung zu bringen. Ein Akt fleischlicher Unzucht, gefolgt von einer rituellen Schlachtung. Das wäre doch glaubhaft, oder was meint Ihr? Natürlich müßte Falconer möglichst bald auf diese Spur gebracht werden. Unserem gemeinsamen Freund brennt die Sache unter den Nägeln.«

»Ich werde mich unverzüglich darum kümmern.«

Falconers Zimmer war kalt und ungemütlich. Das Feuer war erloschen, und beim Durchwühlen der Vorratstruhe stellte sich heraus, daß nur noch eine Kerze da war. Und diese eine brannte noch schlecht, und das flüssige Wachs tröpfelte direkt auf den Tisch, auf dem sie stand. Falconer überlegte, daß er jetzt eigentlich alle wichtigen Indizien zusammengetragen hatte. Was ihm jedoch noch fehlte, war der Schlußstein. Denn er wußte jetzt, wer Margaret Gebetz, Jack Moulcom und Master John Fyssh umgebracht hatte, aber nicht, warum. Und das ärgerte ihn.

Thomas kam in seine Kammer und brachte den kärglichen Rest der Mahlzeit, die die anderen Studenten vorher im Gemeinschaftsraum eingenommen hatten. Ein wenig Käse, trokkenes Brot und einen letzten Tropfen von dem Bier, das die Kehlen der jungen Leute so gut geschmiert hatte, daß sie jetzt fröhlich ihre Lieder schmetterten. Von unten herauf hörte Falconer laute Stimmen, die ein Loblied auf die Kraft der Jugend, im Gegensatz zur Nutzlosigkeit des Alters, sangen.

Congaudentes ludite,
Choros simul ducite!
Juvenes sunt lepidi,
Senes sunt decrepiti.

Der Gesang mündete in schallendes Gelächter, und Falconer fühlte sich jetzt noch verlorener als zuvor. Es war Zeit, daß er sich wieder mehr um seine Studenten kümmerte, sich an ihrer jugendlichen Energie erfreute und darauf sah, daß sie nicht über die Stränge schlugen. Im Moment war sein Gehirn so benebelt, daß er nicht das einfachste Problem zu lösen vermochte. Plötzlich wurde er gewahr, wie Thomas das Tablett vor ihn hinstellte und ihn dabei erwartungsvoll anschaute. Was hatte er nur an sich, daß ihn so viele Studenten für unfehlbar hielten? Manche sahen in ihm sogar einen Geisterbeschwörer, bloß wegen seiner Fähigkeit, logisch zu folgern.

»Nehmen wir Würfel oder Karten?«

»Was?«

»Schon gut.« Falconer seufzte. »Gehen wir also noch einmal die Fakten durch, die wir sicher kennen. Margaret Gebetz wurde von jemandem umgebracht, den sie kannte. Wegen eines Buches, das in ihrem Besitz war.«

»Oder das sie jemandem fortgenommen hatte.«

Falconer ignorierte den Einwurf.

»Master Fyssh wurde umgebracht wegen eines Buches, das in seinem Besitz war.«

Voller Eifer öffnete Thomas den Mund, um etwas zu sagen, doch Falconer hob mahnend den Zeigefinger und fuhr fort:

»Es handelt sich um dasselbe Buch – eine Ketzerbibel.«

Thomas gelang eine Frage. »Und warum wurde Jack Moulcom getötet? Was hatte er mit dem Buch zu tun?«

»Jack Moulcom war Jack Moulcom.«

Wieder öffnete Thomas den Mund, um sich diese Selbstverständlichkeit näher erläutern zu lassen. Und wieder bremste Falconer seinen Eifer. Allmählich konnte er sich selbst wieder für seine kriminalistische Arbeit erwärmen.

»Es ist ja kein Geheimnis, daß Moulcom alle möglichen anrüchigen Aufgaben erledigte, sowohl im Auftrag von Angehörigen des Lehrkörpers als auch von Kaufleuten. Für nichts war er sich zu schade, wenn nur genug für ihn dabei heraussprang. Ich würde annehmen, daß er für unseren Mörder unterwegs war. Er sollte das Buch wiederbeschaffen, das...«

»... Margaret an sich gebracht hatte.«

»... das das Mädchen an sich gebracht hatte. Und dabei erfuhr er mehr, als gut für ihn war.«

Nur eins verstand Falconer nicht. Warum war der Besitz des Buches bloß so belastend. Niemand wurde dadurch schon zum Ketzer, daß er eine Ketzerbibel besaß. Man lebte in recht liberalen Zeiten, und viele Universitätsangehörige beschäftigten sich mit sonderbaren und abwegigen Schriften. Was machte das Wissen um die Lehre der Katharer hier und heute in Oxford zu solch einem Wagnis? Noch einmal ging er die bekannten Fakten durch.

»Sollte das Motiv für die Morde etwas mit Frankreich zu tun haben? Immerhin gibt es einige Verbindungen von Universitätsangehörigen zu diesem Land. Fyssh lernte dort sein Dienstmädchen Margaret kennen. Der Kanzler war eine Zeitlang Dozent an der Pariser Universität. Und Bonham hat in Paris studiert.«

»Wohingegen ich keinerlei Verbindungen zu Frankreich habe.« Die schneidende Stimme de Stepyngs riß Falconer aus seinen Gedanken. Er schaute auf. De Stepyng mit seiner Hakennase, die aus dem strengen Gesicht herausragte, stand in der Tür. Falconer fragte sich, wie lange er wohl schon so dastand und wieviel er von seinen Überlegungen mitbekommen hatte. Der Mann fuhr jetzt fort, ohne sich von Thomas' Anwesenheit stören zu lassen.

»Es gibt noch eine weitere Verbindung zu Frankreich, die ihr vergessen zu haben scheint.«

»Und die wäre?«

»Ich habe gehört, daß der Jude, der bei Rabbi Jehozadok lebt, als kleines Kind von Frankreich hergebracht wurde.«

»Kann sein.«

»Wenn Ihr die Morde schon mit Frankreich in Verbindung bringt, aus Gründen, die ich nicht kenne...«

Gut, dachte Falconer, er hat uns nicht von der Katharerbibel sprechen hören.

»... wäre es da nicht angemessener, einen Juden zu verdächtigen als so ehrenwerte Männer wie den Kanzler oder Master Bonham.«

Falconer schnaubte bei dieser offensichtlich einem weitverbreiteten Vorurteil entsprungenen Beschuldigung. Judenhaß war ganz sicher kein Faktor, der in seiner deduktiven Kette eine Rolle spielen sollte. Und das sagte er de Stepyng auch.

»An einer Tatsache, die ich selbst herausgefunden habe, werdet Ihr aber nicht vorbeikommen. Verschiedene Studenten haben diesen Juden gesehen, wie er sich vor *Beke's Inn* herumtrieb und das Dienstmädchen bei jedem Botengang verfolgte. Er soll sie mißbraucht und geschwängert haben. Zweifellos hat er sie deswegen getötet.«

Ein selbstgefälliges Lächeln umspielte seine Lippen, während er sich nach diesen Worten umdrehte und aus Falconers Kammer stürmte. Thomas sah ihm nach und wandte sich dann wieder seinem Master zu. Besorgt fragte er sich, wie Hannah wohl diese Neuigkeit aufnehmen würde. In Falconers Gesicht stand jedoch ein zufriedenes Lächeln.

»Sehr gut. Wir haben gerade eine sehr wertvolle Auskunft erhalten. Warte hier auf mich.«

Auch er stürmte aus dem Zimmer und ließ Thomas mit seinen düsteren Gedanken allein.

De Stepyng war sich nicht sicher, ob seine Saat aufgehen würde. Dazu war Falconer zu sehr ein Mann, der eigene Wege ging. Man konnte sich nicht darauf verlassen, daß er der deutlichsten Spur folgte. Aus diesem Grund eilte de Stepyng auch, gleich nachdem er Aristotle's Hall verlassen hatte, durch die Dunkelheit zum Haus von Peter Bullock. Er verachtete den gedrungenen häßlichen Mann, weil er ihn für wenig intelligent hielt. Doch wußte er auch, daß der Constable in dieser Angelegenheit ganz in seinem Sinne vorgehen würde. Eine Anklage gegen einen Juden würde bei ihm auf fruchtbaren Boden fallen, und sehr bald würde man überall in der Stadt davon wissen. Die Folge wären mit Sicherheit spontane Ausschreitungen gegen das Judenviertel. Und das war doch genau das, was de Cantilupe wollte.

Jetzt dachte Peter Bullock darüber nach, was de Stepyng ihm gerade gesagt hatte. Der Universitätslehrer hatte unrecht mit der Annahme, daß es dem Constable an Intelligenz fehle. Geblendet von dessen wenig gewinnender Erscheinung, übersah er seine Fähigkeiten, um die Falconer sehr wohl wußte. Doch auch wenn de Stepyng gewußt hätte, wie gewissenhaft Bullock seinen Dienst als Constable versah, hätte er dessen erfolgreiche Arbeit sicher bloß einem gewissen Geschick zugeschrieben. Trotz seines eigenen Mißtrauens gegenüber den Juden gab Bullock daher de Stepyngs Drängen nicht sofort nach. Mehr denn je verlangte es ihn, sich mit Falconer über sein weiteres Vorgehen in dieser Sache zu beraten. Ein beharrliches Klopfen an der Tür riß Bullock aus seinen Gedanken. Als er öffnete, sah er sich voller Verwunderung dem Mann gegenüber, an den er gerade gedacht hatte. Und nicht zum ersten Mal fragte sich Bullock jetzt, ob Falconer eine Art Zauberer war, der Gedanken lesen konnte.

»Bullock, mein Freund. Ich habe eine Bitte an dich. Nur würde ich sie dir lieber nicht in aller Öffentlichkeit vortragen.«

Bullock entschuldigte sich und trat zur Seite, um Falconer eintreten zu lassen. Erst jetzt bemerkte er, daß Falconer nicht allein war. Hinter ihm stand ein kleiner grauer Mann mit einem nüchternen Gesicht, anscheinend auch ein Master, den er noch nie gesehen hatte.

»Das ist Master Bonham. Er wird mir bei der Erledigung meiner Aufgabe behilflich sein.«

Bonham verzog das Gesicht, als Falconer ihre Aufgabe erwähnte. Offensichtlich war er wegen irgend etwas besorgt, ließ sich aber trotzdem von Falconers Eifer mitreißen. Und wie ihm erging es vielen Leuten, die mit Falconer zu tun hatten. Und auch Bullock wußte, wie das war, wenn man sich von Falconers Feuer anstecken ließ und sich dann im nachhinein wunderte, wieso man sich nicht gesträubt hatte. Der Constable hoffte, daß dies jetzt nicht wieder so eine Situation war. Er folgte den beiden Universitätslehrern in sein enges, nicht aufgeräumtes Zimmer. Dort angekommen, wollte er sein Problem mit den Juden zur Sprache bringen. Doch Falconer ließ ihn nicht dazu kommen.

»Später. Ich muß mich ganz dringend eines Sachverhalts vergewissern, und dazu brauche ich deine Hilfe. Wo ist Margaret Gebetz?«

Spitzfindige Erwiderungen waren Bullocks Sache nicht, und so verzichtete er darauf, »entweder im Himmel oder in der Hölle« zu antworten.

»Ich nehme an, du meinst ihre Leiche. Sie liegt in einem Sarg in der Krypta von St. Frideswide. Ich fürchte, es hat sich noch niemand gefunden, um sie zu begraben.«

Falconer lag es fern, das Schicksal des toten Mädchens zu bedauern. Im Gegenteil, er war hocherfreut.

»Ausgezeichnet. Ich dachte schon, ich müßte dich bitten, sie für uns auszugraben.«

»Sie ausgraben?« Bullock war schockiert. Das war genau wieder so eine Situation, wie er sie befürchtet hatte. Aber diesmal war er entschlossen, sich in keine zwielichtigen Angelegenheiten hineinziehen zu lassen.

Trotz dieses Vorsatzes war Bullock, zu seiner eigenen Überraschung, schon wenig später dabei, die beiden Regent Master zur Krypta unter der Kirche hinunterzuführen, wo die Leiche des Mädchens aufgebahrt war. Erneut hatte Falconer ihn überrumpelt.

In der eisigen Kälte der Krypta verband sich der Atem der drei Männer zu weißen Wolken. Unten an der Treppe angekommen, streckte Bullock seine Laterne aus, um den Weg zu leuchten. Der gelbe Schein wurde fast vollkommen von der Finsternis verschluckt, und die Männer konnten kaum zwei, drei Schritte weit sehen. Die mächtigen Pfeiler, die die Kirche darüber trugen, wirkten gestaucht, so als würden sie langsam im Boden der Krypta versinken. Die Männer mußten die Köpfe einziehen, um nicht gegen die Bögen zu stoßen. Vielleicht war das ganze Gebäude im Begriff, im Erdboden zu versinken.

»Hier ist sie.« Bullock deutete auf einen langen Sarg aus Holz, der in einer Ecke des Raumes stand. Er war mit einer dünnen Eisschicht überzogen, die im Schein seiner Laterne glitzerte. Wenigstens würde so die Verwesung nur langsam erfolgen.

Falconer ging hinüber, bedeutete Bullock mit seiner Laterne, ihm zu folgen, und beugte sich über den Sarg. Mit seinen kräftigen Händen umklammerte er die leicht hervorstehende Kante und zog. Er hatte Glück. Die Nägel waren recht kurz, und mit einem Quietschen, das Bullock einen Schauder durch den Körper jagte, gab der Deckel nach. Bonham trat hinzu und zog eine Lederrolle aus seinem Gewand, die durch ein Band in der Mitte zusammengehalten wurde.

»Was habt Ihr vor«, fragte Bullock, wobei er sich schon halb vor der Antwort fürchtete.

»Seid still und kommt mit der Laterne näher heran«, zischte der kleine graue Master. Er rollte sein Lederetui auf und plazierte es auf dem Sargdeckel, der nun auf dem Boden lag. Bullock wurde gewahr, daß das Etui mit einer Anzahl Messer bestückt war.

»Nein, das könnt Ihr nicht machen. Das ist Gotteslästerung«, keuchte er.

»Wollt Ihr etwa mir, einem Regent Master der Universität von Oxford, erzählen, was Gotteslästerung ist?« wies Bonham ihn zurecht. »Und jetzt haltet endlich die Laterne ruhig.«

Bullock wollte gerade zu einer Erwiderung ansetzen, als Falconer ihn fest am Arm faßte.

»Du kannst mir glauben, Peter. Es ist lebenswichtig.« Sein durchdringender Blick machte dem Constable klar, daß er die Situation irgendwie durchstehen mußte.

»Also gut. Aber ich will nichts damit zu tun haben.« Er drückte Falconer die Laterne in die Hand und zog sich ins Halbdunkel zurück. Gegen einen Pfeiler gelehnt, wandte er das Gesicht vom Geschehen ab.

Bonham seufzte resigniert auf und griff zu einem kleinen Messer aus dem Etui neben ihm. In Bauchhöhe des toten Mädchens schnitt er durch die Kleidung, die starr von getrocknetem Blut war. Nachdem er das grau-blaue Fleisch darunter freigelegt hatte, schnitt er auch dort hinein, so selbstverständlich, als handele es sich um eine weitere Schicht Kleidung. Da kein Blut floß, fiel es auch Falconer schwer, zu glauben, daß Bonham gerade einen menschlichen Körper zerteilte. Nachdem er die Leiche an zwei Stellen eingeschnitten hatte, zog er die gefrorene Haut zurück und griff in den Unterleib des Mädchens. Er tastete herum, zog dann heraus, wonach er gesucht hatte, und brachte noch einen Schnitt an.

»Da habt Ihr Eure Antwort, Falconer.« Bonham wandte sich von der Leiche ab und rieb seine Hände mit trockener Erde sauber.

Falconer hielt die Laterne etwas tiefer und betrachtete das Stück Gewebe, das Bonham zum Vorschein gebracht hatte.

»Genau, wie ich es mir gedacht habe.«

14. KAPITEL

Thomas de Cantilupe liebäugelte mit einer wichtigen Beförderung. Er wollte Kanzler von ganz England werden. Von diesem Wunsch beseelt, war er jetzt dabei, den Mann zu umwerben, auf den er bei diesem Vorhaben baute. In seinen luxuriös ausgestatteten Gemächern, die seine Selbsteinschätzung, ein Asket zu sein, Lügen straften, sprach er mit dem möglicherweise künftigen Herrscher des Reiches. Seltsamerweise war dieser Mann sich selbst gar nicht so sicher, daß er dies auch wirklich werden wollte.

Er saß dem Kanzler am Tisch gegenüber, auf dem noch verstreut die Reste ihres Mahls standen, und rutschte unruhig auf seinem reich verzierten Stuhl hin und her. Seine Kleidung war grau und unauffällig und verriet nichts von seiner noblen Herkunft, kleidete seinen muskulösen Körper aber dennoch gut. Obwohl er die Fünfzig schon um einiges überschritten hatte, war er immer noch eine imposante, sehr männlich wirkende Erscheinung mit einem vollen, wenn auch grauen Haarschopf. Heute jedoch wirkte sein schön geschnittenes, durch viele Feldzüge wettergegerbtes Gesicht müde und angespannt. Der Earl of Leicester war ein Mann voller Widersprüche, der sich nicht mit letzter Konsequenz dazu entschließen konnte, nach der Krone zu greifen. Trotzdem genoß er es, seine souveräne Macht für seine eigenen Ziele auszuspielen. Und jetzt hatte er anscheinend vor, sich mit Prinz Edward zu treffen. Er war den ganzen Weg von Kenilworth geritten, nachdem er erfahren hatte, daß der Prinz auf dem Rückweg von den Walisischen Marken in Oxford Quartier bezogen hatte. Und dies trotz eines noch nicht ganz verheilten Beinbruchs, den er sich einige Wochen zuvor bei einem Sturz vom Pferd zugezogen hatte. Der

Earl war unangekündigt eingetroffen, in Begleitung von nur zwei bewaffneten Männern seines Vertrauens, die für seine Sicherheit verantwortlich waren.

De Cantilupe blieb es nicht verborgen, daß sein Gegenüber sich immer noch nicht im klaren darüber war, ob er König Henry und seinen Sohn endgültig vom Thron stürzen sollte. Obwohl Prinz Edward nur wenige Tage zuvor einen Waffenstillstand mit Earl Simons Sohn gebrochen hatte, gedachte er, mit dem legitimen Thronfolger zu einer Übereinkunft zu kommen. Der Prinz residierte immer noch in der King's Hall, und de Cantilupe sollte für Earl Simon ein Zusammentreffen mit ihm arrangieren. Eine Aufgabe, die dem Kanzler sehr willkommen war, konnte er sich auf diese Weise doch bei beiden Seiten als Vermittler profilieren. Sosehr er persönlich auch einen Erfolg von Earl Simon de Montfort wünschen mochte, seine ehrgeizigen Pläne erforderten es, daß er auf der siegreichen Seite stand. Egal, welche es schließlich sein würde.

Er schenkte dem Grafen Wein nach und hörte ihm zu.

»Das Treffen muß unter allen Umständen geheim bleiben. Niemand darf davon erfahren. Das Wohl des ganzen Landes kann davon abhängen.«

»Ich handele als Vermittler in dieser Sache und kann Euch versichern, kein Mensch wird von Eurer Anwesenheit in Oxford erfahren. Eure Wachen natürlich ausgenommen.«

De Montfort blickte den Kanzler scharf an.

»Ihnen kann ich vertrauen. Ob ich Euch trauen kann, muß sich erst noch erweisen.«

De Cantilupe schoß das Blut in die Wangen, doch protestierte er nicht. Im Gegenteil, er verneigte sich. De Montfort hatte angedeutet, wer Herr der Lage war. Jetzt konnte er dazu übergehen, sich den Kanzler gewogen zu machen, indem er ihn ins Vertrauen zog. Er seufzte tief.

»Verzeiht mir. Ich bin wohl etwas übervorsichtig. Doch seit mein Vater den Feldzug gegen die ketzerischen Katharer in Frankreich anführte, sind entsetzliche Dinge in meiner Familie geschehen. Meine drei Brüder fanden alle auf rätselhafte Weise den Tod, und ich habe es mir seit langem angewöhnt, äußerst mißtrauisch zu sein.«

De Cantilupe war besänftigt.

»Mein Diener weiß nicht, wer Ihr seid. Und wenn Ihr in Eurem Quartier bleibt, wird er auch nicht dazu kommen, seine Neugier zu befriedigen.«

»Gut. Dann will ich die Gelegenheit nutzen, um etwas Schlaf nachzuholen.«

Thomas war sich nicht sicher, ob er überhaupt hätte herkommen sollen. Es war schön, mit Hannah in dem kleinen Hinterzimmer in Samsons Apotheke zu sitzen. Doch was er ihr zu sagen hatte, war weit weniger schön, und er wußte nicht, ob er überhaupt mit der Sprache rausrücken sollte. Nachdem Falconer ihn allein gelassen hatte, war er aus einem Impuls heraus geradewegs zu Hannah geeilt. Er schämte sich, wenn er an den wahren Grund dachte, warum er mit ihr reden wollte. Hätte er bloß jemanden zu einem Gedankenaustausch gesucht, hätte er sich auch mit seinen Kommilitonen unterhalten können. Auch Joshuas Schicksal interessierte ihn nicht wirklich. Schließlich hatte der Jude versucht, ihn umzubringen. Nein, was er suchte, waren ihr Verständnis und ihre Nähe. Für einen Jungen, der in der rauhen Welt eines Bauernhofes aufgewachsen war, war er merkwürdig weich und zaghaft gegenüber diesem außergewöhnlichen, selbstbewußten Mädchen.

Schließlich kam er doch zur Sache. Die elfenbeinfarbene Stirn in Falten gelegt und die vollen Lippen zu einem Schmollmund verzogen, hörte Hannah aufmerksam zu, während Thomas erklärte, daß Joshua in Verdacht stand, Margaret ermordet zu haben.

»Dann muß ich ihn sofort warnen. Manchen Leuten reicht schon weit weniger als ein bloßer Verdacht, um uns nachzustellen.«

Thomas errötete bei dem Gedanken daran, wie er selbst noch vor wenigen Tagen über die Juden gedacht hatte. Beschämt senkte er den Kopf. Hannah strich ihm leicht über die Hand.

»Und dann gibt es andere, die stets bereit sind, ihren Mitmenschen zu helfen«, sagte sie freundlich. Erwartungsvoll sah er auf, doch sie war schon aufgestanden und lief hinaus, um Joshua zu warnen. Alles, was Thomas jetzt zu tun übrigblieb, war, einem möglichen Wutanfall seines Masters entgegenzusehen.

Und dieser würde wahrscheinlich nicht lange auf sich warten lassen. Denn kaum hatte Hannah den Raum verlassen, da hörte er Falconers Stimme aus der Richtung des Zimmers, wo Samson seine Arzneimittel zubereitete. Er hielt es für besser, sich im Moment nicht bemerkbar zu machen, und duckte sich hinter die breite Rückenlehne der Bank, auf der er saß.

Edward Skepwyth und John Samon waren Saufkumpane und gehörten zur Landsmannschaft der Nordengländer. Den Morgen über hatten sie fleißig studiert, und so kamen sie jetzt überein, statt zu essen, den Nachmittag mit Trinken zu verbringen. Ihre Unterhaltung in der Taverne kreiste um die Vormachtstellung der Südengländer an der Universität, die ihnen stark zu schaffen machte, und um den Kniefall der »Schwarzen Kongregation« und des Kanzlers vor Prinz Edward bei dem Festbankett. Wie viele ihrer Kommilitonen sympathisierten sie mit den Baronen und deren Zielen, speziell mit Earl Simon de Montfort. Als sich Stephen de Hedon, ein befreundeter Student, am Spätnachmittag zu ihnen gesellte, hatte sie das billige und starke Gebräu schon betrunken gemacht. Der Wirt gehörte nicht zu denen, die ihr Bier pantschten, und die beiden Studenten waren Stammgäste.

Stephen hatte flugs den Krug geleert, rief nach Nachschub und erzählte weiter von der seltsamen Begegnung, die er auf dem Weg in die Taverne hatte. Von Cat Hall kommend, wo er untergebracht war, war er auf vier Männer gestoßen, die ihm schnellen Schritts entgegenkamen. Anscheinend waren sie in einer geheimen Mission unterwegs. Drei der Männer, die wie gewöhnliche Soldaten gekleidet waren, hatte Stephen noch nie gesehen. Doch einen kannte er nur allzu gut, und zwar den Kanzler der Universität, hatte er sich doch noch vor kurzem vor dessen Gericht verantworten müssen, weil er einen walisischen Studenten verprügelt hatte. Stephen hatte den vier Männern noch nachgesehen, wie sie die Stadt durch das Smith Gate am Ende der Cat Street verließen.

»Er war wohl zu Edward unterwegs, um wieder mal vor dem Prinzen mit dem Schwanz zu wedeln«, meinte John Samon.

An allen drei nagte die Verärgerung über die Unterstützung des englischen Königshauses durch den Universitätskanzler. Hätten sie nur gewußt, daß einer der drei gewöhnlichen Soldaten Earl Simon selbst war. Im Bierrausch steigerte sich ihr Ärger. Und als es auf den Abend zuging, kamen sie überein, einige gleichgesinnte Freunde um sich zu scharen und allen zu zeigen, daß sie vor Prinz Edward keine Angst hatten – Königssohn hin oder her.

»So, das hätten wir.«

Thomas war überrascht, wie schnell das Mädchen wieder zurück war. Er war immer noch dabei, angestrengt das Gespräch zwischen Falconer und Samson zu belauschen. Als Hannah

Falconers Stimme hörte, bekam ihr Gesicht einen entschlossenen Ausdruck. Sie packte Thomas an einem Ärmel und schleifte ihn ungeachtet seiner Proteste ins Nebenzimmer. Überrascht schauten die beiden Männer auf, als Hannah dort wutschnaubend hineinplatzte.

»Was ist bloß in Euch gefahren, daß Ihr jetzt Joshua zum Sündenbock machen wollt?« wetterte sie los. »Ich jedenfalls habe ihn gewarnt. Hoffentlich ist er jetzt schon weit weg von Oxford.«

Für Falconer kam Hannahs Wutausbruch zunächst völlig überraschend. Dann sah er jedoch den betreten dreinschauenden Jüngling neben ihr, den Hannah immer noch am Ärmel hielt, und wußte Bescheid.

»Thomas! Was hast du ihr gesagt?«

Falconers Stimme klang ziemlich verärgert, und Thomas begann es zu bereuen, daß er wieder einmal das Judenviertel aufgesucht hatte.

»Er hat mir gesagt, daß Euch jemand ein Ammenmärchen erzählt hat über Joshua und Margaret. Und daß Ihr ihm geglaubt habt.«

»So? Hab' ich das?«

»Wollt Ihr etwa leugnen, daß Ihr deswegen hier seid?«

»Ich bin hier, um deinen Vater, meinen Freund, ein paar Dinge zu fragen. Schade, Thomas, daß du so undiszipliniert bist. Du solltest einer Sache erst auf den Grund gehen, bevor du handelst.«

Den Vorwurf wollte der junge Student vor Hannah nicht auf sich sitzen lassen.

»Als Master de Stepyng gegangen war, habt Ihr selbst gesagt, daß er uns eine sehr wertvolle Auskunft gegeben hat.«

»Das hat er auch. Ich habe aber nicht gesagt, was das für eine Auskunft war.«

Falconer merkte, daß ihm niemand im Raum folgen konnte. Irgendwie schmeichelte es ihm, daß er klarer sah als die meisten seiner Mitmenschen, und das trotz seiner schlechten Augen. Doch natürlich war das weniger sein Verdienst als das der strengen aristotelischen Logik, an der er sich geschult hatte. Und so entschloß er sich, seine Erkenntnisse nicht für sich zu behalten.

»Thomas, willst du wissen, was de Stepyng uns Wertvolles mitgeteilt hat? Nun, er sagte, er habe keine Verbindungen zu Frankreich. Erinnerst du dich? Und was Joshuas vermeintliches Verhältnis mit Margaret und dessen unvermeidliches Resultat anbelangt – Master Bonham und ich sind der Sache auf den Grund gegangen. Sie war nicht schwanger.«

Thomas öffnete den Mund, um zu fragen, wie sie dies nur hatten herausfinden können. Dann ging ihm auf, daß Bonham mit der Überprüfung zu tun hatte. Er dachte an den ausgeschlachteten Moulcom in Bonhams Keller, und ihm wurde speiübel. Anscheinend hielt sein Magen den empirischen Untersuchungen seines Masters nicht stand.

»Warum sollte de Stepyng Euch anlügen?«

Hannah schnaubte. »Aus dem naheliegendsten Grund, nehme ich an.«

Falconer schaute das Mädchen lange an. Einige Zeit vorher war er ja selbst schon zu dem gleichen Ergebnis gekommen. Er sagte jedoch nichts. Die Disziplin deduktiven Folgerns verlangte unbestreitbare Fakten, keine Vermutungen. Manchmal fühlte sogar er sich durch die Zwänge der Logik eingeengt. Doch in seinem Kopf begannen sich jetzt die vielen Fakten neu zu ordnen, die er zuvor viele Male schon zu kunterbunten Flickenteppichen vor sich ausgebreitet hatte. Und nach und nach wurde das Bild klarer. Kein Flickenteppich mehr, sondern ein prächtiger Wandteppich mit einem strengen Muster. Allein das Büchlein wollte sich noch nicht einfügen. Das Bild war schon dabei, vor seinem geistigen Auge wieder zu verschwimmen, als ihm eine weitere kleine Begebenheit in den Sinn kam. Er war sich über deren Bedeutung nicht ganz im klaren, erkundigte sich aber trotzdem und war nachher froh, daß er dies getan hatte.

»Samson, wie war das an dem Tag, als ich die Augengläser abholte? Da war doch de Stepyng hier. Was habt Ihr ihm da gegeben?«

Samson war verwirrt. »Ich glaube nicht, jemals mit Master de Stepyng zu tun gehabt zu haben«, antwortete er. »Vielleicht haben Eure Augen Euch getäuscht.«

»Nein, nein.« Falconer wurde ungeduldig. »Thomas, du hast ihn doch gesehen und mir beschrieben. Und du kennst ihn doch.«

Thomas nickte heftig, um die Aussage seines Masters zu bestätigen.

»So täuscht ihr Euch alle beide. Ich weiß jetzt, von wem Ihr sprecht. Es war tatsächlich jemand da, um Rattengift abzuholen, das ich aus Adlerfarn zubereite. Und zwar Master Belot.«

Mit zitternder Hand nahm Falconer den blutbeschmierten Buchdeckel aus seiner Gürteltasche und las noch einmal die fast unleserliche Inschrift.

»Belot«, murmelte er.

Ein weiteres Indiz war an seinem Platz. Der Bildteppich nahezu vollendet.

De Cantilupe war mit sich zufrieden. Er hatte die beiden Männer zusammengebracht, die zur Zeit die mächtigsten Herrscher im Lande waren. Neben König Henry natürlich, aber der war im Grunde ein Schwächling, der seinen Einfluß schon lange an die Fremden, mit denen er sich umgab, verloren hatte. Es hatte keinen Sinn mehr, sich vom König Vergünstigungen zu erhoffen. Der Karriere dienlich sein konnten nur sein Sohn Edward oder Simon de Montfort. Und beide waren nun ihm, dem selbstlosen Vermittler in der Streitfrage, die das Königreich spaltete, etwas schuldig.

Er umarmte sich selbst, wobei er sein Haarhemd fest an seinen Körper rieb. Ja, er konnte sich freuen, durfte jedoch auch nicht vergessen, eine gewisse Zurückhaltung und Demut beizubehalten. Trotzdem hätte er fast einen Freudentanz aufgeführt, wäre da nicht ein dezentes Räuspern seines Halegod zu vernehmen gewesen. Der Kanzler riß sich zusammen und blickte zur Tür. Im gleichen Moment wurde sein Diener von Master de Stepyng zur Seite gestoßen. Halegod rappelte sich wieder hoch, und mit so viel Würde, wie er aufzubringen vermochte, drehte er sich um und verließ den Raum.

De Stepyng wirkte ungewöhnlich nervös. Mit einer Handbewegung forderte de Cantilupe ihn auf zu sprechen.

»Ich dachte, es würde Euch freuen zu hören, daß die Sache mit dem Juden erledigt ist. Mit eigenen Augen konnte ich sehen, wie Falconer ins Judenviertel eilte, in seinen Augen das Feuer der Wahrheit. Auch beim Constable konnte ich die Flammen ein wenig auflodern lassen – ein Mann voller Vorurteile, der seinen Zweck für uns erfüllen wird.«

Der Kanzler beobachtete de Stepyng, wie dieser rastlos im Raum auf und ab ging, während der Kerzenschein auf seinem Raubvogelgesicht tanzte. Er hatte den Eindruck, als habe der Master noch mehr auf dem Herzen, und da er um dessen Charakter wußte, vermutete er, daß de Stepyng einen Lohn für sein Tun erwartete. Seine nächste Frage bestätigte das.

»Unser gemeinsamer Freund, von dem wir sprachen, der Mann also, für den Maßnahmen gegen die Juden von Vorteil sind, wird wohl bald von meiner Gefälligkeit erfahren?«

De Cantilupe, der alle Demut vergaß, konnte sich den Hinweis auf seine Rolle bei einer wichtigen Staatsaffäre nicht verkneifen.

»Das wird geschehen. Erst heute habe ich mit ihm gesprochen. Im Moment ist er in der King's Hall...«

Er hielt noch rechtzeitig inne, bevor er verraten konnte, daß auch Prinz Edward sich noch dort aufhielt. Es war wohl nicht so tragisch, daß nun ein Regent Master von der Anwesenheit Earl Simons wußte. Jedoch über das Zusammentreffen der beiden Männer sollte er besser Stillschweigen wahren. Nicht zuletzt hatte er ja auch seine Diskretion zugesichert. Aber wie auch immer, de Stepyng schien sich ohnehin nicht dafür zu interessieren, ob Prinz Edward noch dort war oder nicht. Plötzlich hatte er es sehr eilig zu gehen.

»Ich bitte um Vergebung, mein Kanzler. Ich habe noch zu sehr später Stunde gestört und werde euch sofort wieder Euren Kontemplationen über die Demut überlassen.«

Mit diesen Worten verließ er den Kanzler, der nicht recht wußte, ob de Stepyng sich bloß höflich gezeigt oder ihn verspottet hatte.

John Samon, Edward Skepwyth und Stephen de Hedon hatten sich getrennt, und jeder war jetzt damit beschäftigt, Freunde zusammenzutrommeln. Junge Menschen, denen der Sinn danach stand, mit eigenen Torheiten zum allgemeinen Durcheinander im Tollhaus, das sich England nannte, beizutragen.

Es begann eigentlich damit, daß die Freunde den Südengländern zeigen wollten, für wen ihr Herz schlug. Doch diese Rivalität ging in der allgemeinen Aufregung bald unter. Studenten beider Landsmannschaften, aus dem Norden und dem Süden, traten gemeinsam für die Sache der Barone ein. Und der Gedanke, Prinz Edward offen mit ihren Gefühlen zu konfrontieren, war so berauschend wie das Ale, das sie fast alle reichlich genossen hatten.

Die drei Drahtzieher hatten abgemacht, sich vor den Schulen der Freien Künste zu treffen und von dort durch das Smith Gate zur King's Hall zu ziehen. Es war etwas ungünstig, daß die Mitglieder der königlichen Familien traditionell außerhalb der Stadtmauer Quartier bezogen. Doch davon ließ man sich nicht abschrecken. Das Tor würde sicher noch offen sein, obwohl es jetzt schon auf den Abend zuging. Die späte Stunde hatte jedoch auch den Vorteil, daß man hinreichend Zeit zum Trinken gehabt hatte. Und das bedeutete wiederum, daß die Zahl der Teilnehmer die Erwartungen von John, Edward und Stephen bei weitem übertraf. Mehr als hundert aufgeputschte Studenten standen bald am Ende der Schools Street und in der Gasse, die an der Stadtmauer entlangführte, zusammen. Man würde sich zweifellos gut amüsieren heute abend.

Falconer war zu der Einsicht gekommen, daß es angeraten wäre, den Kanzler über seine Erkenntnisse zu informieren, bevor er de Stepyng damit konfrontierte. Es schien nicht dringlich zu sein, den Mann einzukerkern. Wahrscheinlich ahnte er noch nicht einmal, daß Falconer die Wahrheit herausgefunden hatte. Auf dem Weg zum Kanzler, wohin Thomas ihn begleitete, hatte er Peter Bullock getroffen. Der Constable ging ein Stück neben ihnen her und fand dabei endlich Gelegenheit zu erzählen, daß er Hugh Pett in Gewahrsam genommen hatte. Der Junge war immer noch entschlossen, die Schuld an Master Fysshs Tod auf sich zu nehmen. Falconer erklärte ihm gutgelaunt, der Junge habe damit nichts zu tun. Bullock könne gerne gleich mit zum Kanzler kommen, dort werde er erfahren, wer der Mörder sei. Und Hugh würde es gut tun, noch ein Weilchen alleine über seine Verfehlungen nachzudenken.

Und so erreichten sie zusammen die Residenz des Kanzlers – der Regent Master, sein Student und der Constable –, wobei sie den Mann, um den sich jetzt alles drehte, nur knapp verpaßten. Der hochnäsige Halegod schien noch unfreundlicher als gewöhnlich, während er die kleine Gruppe zu de Cantilupe führte. Der Raum war kalt, was ebenfalls ungewöhnlich war für den komfortliebenden Kanzler, und wurde nur durch zwei Kerzen erhellt. Ihr Schein fiel auf das Gesicht von de Cantilupe, der an einem Lesepult über eine reich bebilderte Bibel gebeugt stand. Er hatte die Stirn in Falten gelegt und schaute jetzt auf, um seine Besucher um ihre Meinung zur christlichen Demut zu bitten.

»Bei Matthäus heißt es: ›Wer sich selbst erniedrigt, wird erhöht werden, und wer sich selbst erhöht, wird erniedrigt werden.‹ Habe ich nicht stets durch meinen eigenen Lebenswandel dazu angehalten, sich von diesem Grundsatz leiten zu lassen?«

Falconer war nicht danach zumute, auf die Überspanntheiten des Kanzlers einzugehen. Statt dessen erklärte er, daß er nun wisse, wer Margaret Gebetz, Master Fyssh und sehr wahrscheinlich auch Jack Moulcom ermordet hatte. Ohne etwas auf das verdutzte, im Kerzenschein gelbe Gesicht des Kanzlers zu geben, fuhr er voller Eifer fort:

»Er ist ein Ketzer, oder zumindest kommt er aus einer Familie von Ketzern. Und Margaret wußte davon, denn beide stammen aus dem Languedoc, wo die Irrlehre immer noch einen festen Rückhalt hat. Möglicherweise floh sie vor ihrem Einfluß, traf dann aber in Oxford ausgerechnet auf diesen ›Perfectus‹. Aus irgendeinem Grund war es ihm so wichtig, das Geheimnis zu wahren, daß er sie schließlich umbrachte.«

De Cantilupe hob die Hand.

»Was für eine Irrlehre? Und wen klagt Ihr eigentlich an?«

»Habe ich das nicht gesagt?« Falconer mußte selbst über seinen ungestümen Mitteilungsdrang lächeln. »Ich spreche von Robert de Stepyng, und die ketzerische Lehre ist die der Katharer. Allerdings weiß ich nicht, warum das alles hier und heute in Oxford noch solch eine Bedeutung hat.«

Falconer hielt inne, als er sah, wie de Cantilupes Gesicht kreidebleich wurde.

»Das kann ich Euch sagen. Simon de Montforts Vater war es, der den Kreuzzug gegen die Katharer im Languedoc anführte. Von Earl Simon weiß ich, daß seine Familie an den Konsequenzen schwer zu tragen hatte. Und ich habe de Stepyng gerade erzählt, wo Earl Simon zu finden ist.«

»Wo?«

»In der King's Hall. Aber Ihr werdet de Stepyng nicht mehr einholen. Es ist schon zu spät.«

Er ließ seinen Kopf auf die Bibel niedersinken. Seine Fingerknöchel wurden weiß, als er seine Hände voller Verzweiflung in die Buchseiten krallte. Falconer war jedoch nicht der Typ, der so kurz vor der endgültigen Lösung eines schwierigen Rätsels aufgab. Hastig wandte er sich an Thomas.

»Lauf los zum Nordtor und sag den Wachen Bescheid, sie sollen niemanden rein- oder rauslassen. Auch dann nicht, wenn jemand vorgibt, der König persönlich zu sein.«

Thomas stürmte aus dem Raum, wobei er beinahe den aufgeschreckten Halegod umrannte, der hinter der Tür gestanden hatte.

»Wir müssen ihn unbedingt aufhalten. Vielleicht ist er nicht geradewegs zur King's Hall gegangen. Er könnte in seiner *Hall* eine Waffe geholt haben, oder das Gift, das Samson ihm gegeben hat. Und wenn er vorhat, Rattengift anzuwenden, wird er eher behutsam zur Sache gehen müssen. Doch das wird ihm nichts ausmachen. Schließlich hat er lange genug gewartet, um zur richtigen Zeit am richtigen Ort zu sein.«

Er drehte sich zu Bullock um.

»Hast du den Schlüssel vom Smith Gate?«

Bullock rasselte mit dem Schlüsselbund an seinem Gürtel.

»Den habe ich immer bei mir.«

»Dann los. Wir versuchen, ihn abzufangen und in der Stadt einzuschließen.«

Dieses Mal wußte Halegod Bescheid. Er hatte den Eingang schon freigegeben, bevor die beiden Männer hinausstürmten, der schwerfällige Bullock neben dem forsch ausschreitenden Master.

De Stepyng fluchte, weil er Pech hatte. Nach seinem Besuch beim Kanzler war er sofort in seine Unterkunft geeilt, um die mit Gift präparierten Süßigkeiten zu holen, obwohl das natürlich einen Umweg bedeutete. Er hatte auch noch einmal Zeit darauf verwendet, die Bibel ehrfürchtig zur Hand zu nehmen, die er dem sterbenden Fyssh entrissen hatte. Sie war beschädigt, der Einband fehlte. Und damit fehlten auch die Flecken, die das Blut seines Vaters hinterlassen hatte. Das Blut, das auf die Bibel gespritzt war, als de Montforts Männer den älteren Belot niedergemetzelt hatten. Doch die Tat war ja nun fast gesühnt. Nur noch ein Racheakt blieb auszuführen. Er würde sich an das Schema halten, das sich zwanzig Jahre zuvor bei der Ermordung Amaury de Montforts so hervorragend bewährt hatte. Es war ein subtilerer Tod gewesen als der seiner beiden Brüder, die er auf brutale und auch riskantere Weise umgebracht hatte. Er konnte sich nicht vorstellen, daß es von Erfolg gekrönt sein würde, wenn er auf Earl Simon mit einem Messer losging. Nein, nein, er erreichte sein Ziel eher, wenn er sich als treuer Anhänger der Sache der Barone bei ihm vorstellte und ihn mit einigen Süßigkeiten erfreute.

Als er die Schools Street hinaufkam, stieß er auf eine Schar betrunkener Studenten, die laut grölend den Weg versperrten. Um keine Zeit zu verlieren, begann er ärgerlich, sich knuffend einen Weg durch die Menge zu bahnen. Bald merkte er jedoch, daß dies ein Fehler war. In ihrem Rausch kannten sie keinen Respekt vor seiner Stellung. Johlend nahmen sie ihn in die Zange, packten ihn an den Ärmeln seines Gewandes und zogen und zerrten ihn mal dahin, mal dorthin. Während er noch versuchte, rückwärts aus dem wilden Haufen auszubrechen, erscholl plötzlich ein lauter Befehl von zwei Anführern an der Spitze, und die ganze Horde setzte sich in Bewegung. De Stepyng wurde mitgerissen.

Auch Thomas wurde durch die Studenten aufgehalten. Er war jedoch am Rande des Aufmarschs stehengeblieben und überlegte, ob er sich mittendurch kämpfen oder die Menschenansammlung umgehen sollte. Als er sah, wie sich die Studenten weiter vorn noch dichter aneinanderdrängten, entschloß er sich, einen Weg außen herum zu suchen. Er wollte gerade kehrt machen in der engen, von der Schools Street aus parallel zur Stadtmauer verlaufenden Gasse, als er einen älteren Mann in der Menge auftauchen sah, der wie ein Regent Master gekleidet war. Als er Thomas sein zornrotes Gesicht zuwandte, erkannte der Junge ihn an den scharf geschnittenen Zügen: Es war de Stepyng.

Damit war sein Auftrag, die Wachen am North Gate zu informieren, wohl hinfällig geworden. Thomas begann, sich einen Weg durch die Menge johlender Studenten zu bahnen, in die Richtung, wo er Margarets Mörder gesehen hatte. Die Gesichter der jungen Leute um ihn her waren rot und verschwitzt, ihr Atem biergesättigt. Sie nahmen Thomas in ihre Mitte und zogen ihn, ermunternde Sprechchöre für ihre Vorderleute schmetternd, mit sich die Straße runter. Eine Zeitlang, die wie eine Ewigkeit schien, wurden Thomas und de Stepyng von der vorwärts flutenden Menge mitgerissen, wie zwei Stücke Treibgut auf den Wogen eines Ozeans. Hin und wieder wurde Thomas nach oben auf den Kamm der Welle getragen, von wo aus er dann de Stepyng ausmachen konnte. Und jedesmal war er ihm ein wenig näher gekommen. Dann sah er schließlich, daß sich der Master ganz dicht gegen die Stadtmauer gepreßt hatte und nun nicht mehr mit dem Strom vorwärts trieb. Mit den Armen rudernd, arbeitete sich Thomas durch die Menge und stand plötzlich de Stepyng von Angesicht zu Angesicht gegenüber. Was nun? Er hatte nur daran gedacht, wie der Mörder zu erreichen, nicht wie er aufzuhalten wäre.

De Stepyng schaute Thomas forschend an. Er wußte, daß dieser blonde Bauerntölpel zu Falconers Studentenbande gehörte. Und am mißtrauischen Blick des Jungen erkannte er auch, daß Falconer Bescheid wußte. Er packte Thomas am Arm und zog ihn an sich heran.

»Er weiß alles. Stimmt's?«

Thomas nickte herausfordernd, unsicher, was mit ihm geschehen würde.

»Wir warten ab, bis diese Idioten durchs Tor sind. Mit den letzten werden wir dann selbst hindurchschlüpfen.«

Er zog Thomas noch dichter an sich heran und drehte seinen Arm um.

»Das Chaos, das die hier veranstalten, könnte es mir sogar leichter machen. Eine Zeitlang wird kein Mensch mehr zur King's Hall durchkommen.«

Er drehte Thomas mit dem Gesicht in Richtung Stadttor und schob ihn am Rande der Menschenmenge entlang vor sich her. Plötzlich blieb er keuchend stehen, und Thomas sah, daß der Strom sich staute. Wütende Schreie drangen von der Spitze des Zuges zu ihnen. Da Thomas recht groß für sein Alter war, konnte er über die vielen Köpfe vor ihm drüberblicken. So sah er, was den Aufmarsch zum Stehen gebracht hatte und warum die Studenten so aufgebracht waren.

Das Stadttor war geschlossen, vermutlich auch abgeschlossen, denn die Anführer rüttelten an der Verriegelung und schlugen mit den Fäusten gegen das schwere Eichenholz. Sich durch die Menge hindurchkämpfend, kamen ihnen zwei Gestalten entgegen: Bullock und Falconer. Offensichtlich ging es ihnen noch zu langsam, obwohl Bullock einen mächtigen Knüppel schwang. Falconer blieb stehen, nahm eine kleine Vorrichtung vor die Augen und starrte angestrengt in die Richtung, wo er de Stepyng und den Jungen zuletzt gesehen hatte. Ihr Vordringen zu Thomas hatte etwas Alptraumhaftes, denn der Abstand wollte sich einfach nicht verringern. Und in der Tat hatte de Stepyng Thomas' Arm noch brutaler umgedreht und damit begonnen, ihn wegzuzerren. Um sie herum standen die Studenten weniger dicht, und so kamen sie schneller vorwärts. Thomas verlor die beiden Männer aus den Augen und geriet in Panik. Er begann um Hilfe zu rufen, doch de Stepyng legte, ohne ihn loszulassen, einen Unterarm um seine Kehle und erstickte seine Schreie. Allerdings war von den Studenten auch kein Beistand zu erwarten. Zu eifrig waren sie mit ihrem Vorhaben beschäftigt, das Tor aufzubrechen, als daß sie einem kleinen Handgemenge in ihrer Mitte Beachtung geschenkt hätten.

Thomas wurde rückwärts zu einer Treppe hingezogen und kam ins Straucheln, als de Stepyng ihn die ersten Stufen hochzog.

»Wirst du wohl auf den Beinen bleiben«, knurrte der Mann.

Thomas sah, daß sie eine in die Innenseite der Stadtmauer eingelassene Treppe hochstiegen, die zu einer Seitenpforte vom Smith Gate führte. Bald schon befanden sie sich über der aufgeputschten Studentenschar, während das Tageslicht allmählich schwächer wurde. Konnten Falconer oder Bullock sie trotzdem sehen? Thomas ließ seinen Blick über die Menge schweifen und bemerkte Bullocks klobige Gestalt. Ihm gelang ein Schrei, der aber mehr ein Gackern war, bevor de Stepyng ihm erneut mit eisernem Griff die Kehle zudrückte. Er nahm noch wahr, wie Bullock suchend umherblickte, während sich Falconer neben ihm heiser schrie und angestrengt durch seine Vorrichtung starrte. Sie hatten ihn verloren.

15. KAPITEL

Der Lärm in der Gasse war beträchtlich, und Falconer mußte Bullock fast ins Ohr schreien, um sich verständlich zu machen.

»Was ist? Siehst du sie?« In seinem Gesicht standen Angst und Sorge.

»Eben waren sie noch da vorn«, brüllte Bullock zurück, der breitbeinig dastand, um besseren Halt zu haben in der Menge. Er war wie ein Fels, der einer rauhen See trotzt, und Falconer hielt sich zur Sicherheit an seiner Schulter fest. In alle Richtungen spähte der Regent Master über die Köpfe der Umstehenden hinweg. Die beiden blieben verschwunden. Falconer stöhnte.

»Der Mann ist gemeingefährlich. Ein Wahnsinniger. In den letzten Tagen hat er allein drei Menschen getötet. Wir müssen ihn finden. Sonst fürchte ich das Schlimmste für den Jungen.«

»Und für Earl Simon.«

Hinter ihnen hatte jemand eine schwere Bank aufgetrieben. Bereitwillige Hände reichten sie über die Köpfe nach vorne weiter. Die Studenten, die direkt am Tor standen, begannen, sie gegen das verschlossene Tor zu rammen. Irgendwo anders hatte sich eine Axt gefunden, mit der jetzt einer der Anführer auf die dicken Eichenbretter einhämmerte.

»Als wir sie zuletzt sahen, waren sie doch direkt an der Stadtmauer. Wo könnten sie bloß hin sein?«

Plötzlich schaute Bullock hoch zur Armierung über dem Tor.

»Ja natürlich. Die Seitenpforte. Die Stufen dorthin sind direkt in die Stadtmauer eingelassen.«

Erneut begann er, sich durch die Menge zu schieben, wobei er sich mit seiner Keule den Weg freischlug.

De Stepyng schätzte, daß er die King's Hall doch noch vor Falconer erreichen konnte. Dazu mußte er auf der Stadtmauer zum North Gate laufen, es durchqueren und dann außerhalb an Candich vorbei ein gutes Stück zurücklaufen. Seine Verfolger würden noch eine Weile in dem Aufmarsch der rebellierenden Studenten eingekesselt bleiben. Natürlich mußte er auch so schnell wie möglich den Jungen loswerden. Wenn er ihn im Rücken der Horde über die Brüstung warf, würde seine Leiche nicht so schnell bemerkt werden. Und danach würde es heißen: wieder einmal ein unvorsichtiger Student in einem Tumult ums Leben gekommen.

Er zerrte Thomas roh zum inneren Rand der Stadtmauer und stieß seinen Kopf nach unten ins Leere. Mit aller Kraft klammerte der Junge sich an der Brüstung fest und versuchte verzweifelt, nicht vornüberzukippen. Seine Finger rissen auf. Die schwarze Gasse drehte sich unter ihm, die hin- und herwogenden Köpfe der Studenten waren abgewendet, niemand nahm Notiz von seiner Not. De Stepyng gab jetzt seine Kehle frei und umklammerte dafür seine Beine, versuchte ihn aus dem Gleichgewicht zu bringen. Thomas begann, über den abgeschrägten Rand der Brüstung zu rutschen. Seine Füße fanden keinen Halt mehr. Erst im letzten Moment gelang es ihm irgendwie, sich mit einem Bein an einem Steinblock zu seiner

Linken festzukeilen. Der Sturz war aufgehalten. Zunächst jedenfalls, denn de Stepyng brachte alle Kraft auf, um Thomas' Bein von dem einzigen Halt, der ihn noch vom Tode trennte, loszumachen. Nach und nach erlahmte der Widerstand des Jungen, und das Bein löste sich langsam von dem Steinblock. Dann war der Druck plötzlich fort.

Thomas hörte einen gespenstischen Schrei und das Geräusch von Schritten, die rasch näher kamen. Obwohl seine Oberschenkelmuskulatur fast taub war von der starken Belastung, schaffte er es, sich vom Abgrund wegzuziehen. Er glitt zurück über die Kante der Brüstung und fand wieder festen Boden unter den Füßen. Seine Beine zitterten. Als er hochblickte, sah er, wie de Stepyng zurückwankte und sich an etwas klammerte, das an seinem Halse hing. Es sah aus, als säße ihm ein infernalische Schreie ausstoßender Dämon im Nacken. Das fahle Gesicht des Masters lief rot an, und die Augäpfel traten hervor, während er sich mit aller Kraft aus der Umklammerung des Teufels zu befreien suchte.

Thomas sah, daß es Joshua war, der de Stepyng von hinten gepackt hatte. Dieses Mal war er heilfroh, daß der Jude sich wieder an seine Fersen geheftet hatte. Er wollte ihm für seine Rettung danken, da fiel ihm sein Gesicht auf – eine weiße Maske mit funkelnden Augen. Ganz offensichtlich stand Joshua unter Drogeneinfluß. Und wie zur Bestätigung zischte der Jude de Stepyng ins Ohr:

»Judenmörder. Du wirst meine Eltern nicht umbringen.«

In seinem verwirrten Zustand hielt er de Stepyng für den Gefängniswärter seiner Eltern. Und dieses Mal war er alt und stark genug, um sich zur Wehr zu setzen. Er krallte seine Hände noch fester um de Stepyngs Kehle und schrie wieder.

»Du Vergewaltiger meiner Mutter.«

De Stepyng hingegen hatte andere Visionen. Der Dämon

war ein Intimus des furchtbaren Ritters, der kein anderer als de Montfort selbst war. Erschrocken wandte er den Kopf. Vielleicht war sie wieder da, die Gestalt, die ihm sein Leben lang keine Ruhe gegeben hatte. Und wie durch Zauber erschien sie, direkt über der Brüstung, jetzt ohne Pferd. Seine Augen weiteten sich vor Entsetzen. Um Joshua abzuschütteln, machte er ein paar Schritte zurück und ließ sich krachend gegen die Brüstung auf der Außenseite fallen. Es gelang nicht, und er taumelte vorwärts, um es noch einmal zu versuchen – fast direkt in die Arme des Ritters, der wieder in dem glänzenden, mit Gold besetzten Harnisch steckte. De Stepyng konnte jede einzelne Verzierung, jede einzelne Spirale auf seiner Brust erkennen. Hinter dem Visier seines Helms war nur Finsternis. Der Master stand wie betäubt da.

Die Zeit schien stillzustehen, während de Stepyng und Joshua miteinander rangen, und Thomas wagte es nicht, sich zu rühren. Ja, es war fast so, als würde der Kampf selbst erstarren, als würden die Kräfte der beiden Männer einander aufheben. Ein letzter Strahl der hinter ihnen untergehenden Sonne brach sich blitzend an einer Glasscheibe der King's Hall jenseits der Stadtmauer, und Thomas nahm schützend eine Hand vor die Augen.

De Stepyng zuckte zurück, als eine eisenbewehrte Hand aufblitzte und der Todesritter zum Helm griff. Das Visier wurde angehoben, und zum Vorschein kam nichts als ein finsteres Loch. War da etwa nie etwas gewesen? War seine Rache stets ins Leere gegangen? Der kreischende Dämon krallte sich in seinem Gesicht fest und riß ihm die Haut auf. Blut lief über seine Wangen. Erneut taumelte er zurück, um den Dämon abzuschütteln. Doch stieß er nicht gegen die Mauer, sondern in die Aussparung für die Bogenschützen zwischen den Zinnen. Verzweifelt versuchte er, seine Balance wiederzufinden. Doch Joshuas Gewicht auf seinen Schultern zog ihn unerbittlich zurück. Und plötzlich sah er im Helm des Ritters ein Gesicht auftauchen. Es war das seines Vaters, der ihm vortrug, wie die Seelen der Gottlosen von Dämonen in den Abgrund gestürzt werden. Und er verstand.

Thomas sah die Todesangst in de Stepyngs Gesicht und den Jubel auf der Maske, die Joshuas Gesicht war. Dann waren sie verschwunden.

Mit zitternden Knien taumelte Thomas zu der Stelle, wo sie hinabgestürzt waren und schaute hinunter. Zwei reglose Körper lagen zu Füßen der Stadtmauer. Thomas wandte sein Gesicht ab und sah Bullock und Falconer, die die Treppe erklommen hatten und auf ihn zukamen. Im gleichen Moment brauste ein großes Geschrei auf, und der angestaute Strom der Studenten durchbrach das Tor und ergoß sich auf die dahinterliegenden Felder.

Der Jüdische Friedhof außerhalb vom East Gate war ein kalter, unwirtlicher Ort. Weiße Dunstschleier lagen über dem Grüppchen, das vor einem offenen Grab zusammenstand. Alle Geräusche schienen gedämpft, und Thomas fühlte sich an seinen ersten Tag in Oxford erinnert und an den gespenstischen Schrei, mit dem die Kette außergewöhnlicher Ereignisse ihren Anfang genommen hatte. Rabbi Jehozadok hatte sich zum Schutz gegen die Kälte in einen schweren Umhang eingewikkelt und wischte sich mit einem Zipfel davon eine Träne von der Wange. Samson und Hannah standen links und rechts von ihm und hatten tröstend ihre Arme um ihn gelegt.

»Armer Joshua. Er war niemals glücklich in seinem Leben. Vielleicht hat er jetzt etwas Besseres gefunden.«

Alle drei dankten Falconer und Thomas und entfernten sich dann zusammen im Nebel. Thomas schaute noch eine Weile

Hannah nach, bis sie ganz außer Sichtweite war, und wandte sich dann Falconer zu.

»Ich verstehe immer noch nicht, warum Ihr de Stepyngs Anschuldigung gegen Joshua überprüft habt. Da wußtet ihr doch schon, daß er der Mörder war.«

»Ich dachte es mir«, korrigierte Falconer den Jungen. »Einige Indizien hatte ich schon zusammen. De Stepyng behauptete zum Beispiel, Margaret nicht gekannt zu haben. Wie du dich aber erinnern wirst, hat Hannah uns erzählt, daß sie einmal für Margaret einen Namen auf einer Botschaft lesen mußte, die das Dienstmädchen für Fyssh zu überbringen hatte.«

»Ja. Margaret hatte vergessen, für wen sie war. Und selbst konnte sie nicht lesen.«

»Hannah erinnerte sich, an wen sie adressiert war – an Master de Stepyng. Also muß er sie zumindest einmal gesehen haben. Das war natürlich nur ein Anhaltspunkt, mehr nicht. Daß er dann beim Festbankett nichts aß, war eigenartig, schien aber nicht von Bedeutung. Bis wir dann hinter die Verbindung zu den Katharern kamen. Erinnerst du dich daran, wie Bonham uns erzählt hat, daß die ›Perfecti‹ kein Fleisch essen?«

Thomas schüttelte verwundert den Kopf.

»Dann war da noch eine Sache, die noch erhellender war als die Lügengeschichte über Joshua. Und zwar behauptete de Stepyng, er habe keine Verbindungen zu Frankreich. Dabei war seine eigene Mutter Französin. Ich weiß das, weil der Kanzler diese Tatsache in de Stepyngs Anwesenheit erwähnte. Und de Stepyng hat sie nicht geleugnet.«

Thomas sah immer noch ungläubig drein.

»Du hast recht, Thomas. Diese Fakten wirken für sich genommen recht unbedeutend. Doch zusammen mit dem Namen auf dem Buch und der Tatsache, daß der Mörder Rattengift aus

Adlerfarn erwarb, reihen sie sich ein in die Kette, die mich schließlich zur richtigen Lösung führte. Es treibt mir jedoch die Zornesröte ins Gesicht, wenn ich daran denke, daß de Stepyng sich eigentlich schon am Tag nach der Ermordung des Mädchens verriet, ohne daß es mir auffiel. Und zwar wußte er von der aufgeschlitzten Kehle des Opfers, obwohl dies noch nicht öffentlich bekannt war. Er hat in meiner Gegenwart davon gesprochen, und mir war es vollkommen entfallen. Vielleicht hätten sich die anderen Morde verhindern lassen.«

Er seufzte.

»Und was die Überprüfung seiner Geschichte über Joshua und Margaret anbelangt, muß ich gestehen: Es geschah aus reiner Neugier.«

Falconer merkte, daß Thomas noch weit davon entfernt war, die Arbeitsweise seines wißbegierigen Geistes voll zu erfassen. Er gab dem Jungen einen Klaps auf die Schulter.

»Los komm. Wir müssen ein paar Sachen zusammenpacken.«

Thomas schien immer verwirrter.

»Ich könnte mir denken, daß der König in Oxford militärisch eingreift. Einen Aufstand unloyaler Studenten im eigenen Haus wird er einfach nicht dulden können. Wir werden unsere Zelte hier abbrechen und nach Northampton gehen.«

Thomas war völlig überrumpelt.

»Was? Aber ich bin doch gerade erst angekommen.«

EPILOG

Die Studentenausschreitungen am Oxforder Stadttor Smith Gate sind historisch belegt. Doch der genaue Grund, warum das Tor nun verschlossen war, ist nicht überliefert. In dieser Frage können die Historiker nur Vermutungen anstellen.

Im März 1264 ritt König Henry tatsächlich in Oxford ein, und viele Studenten verließen die Stadt in Richtung Northampton. So war Henrys Schicksal vielleicht vorherzusehen, gemäß der alten Warnung, daß es keinem König Glück bringe, die Stadt Oxford zu betreten. Am 14. Mai desselben Jahres noch verlor er die Schlacht von Lewes gegen die Truppen Simon de Montforts.

Fünfzehn Monate lang herrschte Simon über eine gespaltene Nation, bis er in der Schlacht von Evesham selbst schwer verletzt und getötet wurde. König Henry regierte bis zu seinem Tod im Jahr 1272. Sein Sohn Edward wurde, noch während er auf einem Kreuzzug im Heiligen Land weilte, zu seinem Nachfolger ausgerufen.

Thomas de Cantilupe erreichte sein ehrgeiziges Ziel. Earl Simon ernannte ihn zum Kanzler von England. In späteren Jahren war er dann auch ein enger Berater König Edwards.

Richard Bonham starb an Typhus, nur wenige Jahre nach den hier beschriebenen Ereignissen. Er hatte sich an einer von ihm sezierten Leiche infiziert.

Sowohl Rabbi Jehozadok als auch der Apotheker Samson erreichten ein gesegnetes Alter. Sie liegen auf dem jüdischen Friedhof neben Joshua begraben. Von Hannah verliert sich jede Spur, nachdem sie im Jahr 1290 zusammen mit allen anderen englischen Juden aus dem Land vertrieben wurde.

Peter Bullock wurde 1274 während einer bewaffneten Auseinandersetzung zwischen nordenglischen und walisischen Studenten getötet. Bei dem Versuch, zwei gegeneinander kämpfende Studenten zu trennen, wurde er versehentlich von einem Schwerthieb getroffen.

Hugh Pett kehrte nach Essex zurück und übernahm dort die väterlichen Geschäfte, als sein älterer Bruder auf Edwards Kreuzzug gegen die Sarazenen ums Leben kam. Er heiratete und hatte drei Kinder.

Thomas Symon kehrte von Northampton nach Oxford zurück, ließ sich hier nieder und wurde selbst ein Regent Master der Fakultät der Freien Künste. Später spielte er eine bedeutende Rolle beim Aufbau des University College.

William Falconers unstillbarer Wissensdrang ließ ihn noch viele weitere Abenteuer erleben. Er bereiste die ganze Welt, hielt dabei jedoch regelmäßigen Briefkontakt zu seinem Freund Thomas Symon. Er soll in einem fernen Land gestorben sein, das ein späterer Reisender Cathay nennen sollte, und das für uns heute China heißt. Falconer war immer schon davon überzeugt, daß die Erde eine Kugel ist.